임진무쌍 황진

임진무쌍 황진

壬辰無雙 黃進

김동진 역사소설

교유서가

차례

黃進 壬辰無雙

프롤로그

운명

1593년 6월 21일.

저 멀리 동편 하늘이 밝아오자, 왜적 무리들이 모습을 드러냈다. 10만 명의 왜적들이 진주성을 겹겹이 에워싸고 있었다. 남강이 흐르는 남문 쪽 성벽만 제외하고, 진주성의 북쪽, 동쪽, 서쪽 앞이 온통 왜적들로 채워졌다. 멀리서 보면, 진주성은 한 척의 작고 외로운 배였다. 일본군 10만 명이라는 거대한 바다 위에 위태롭게 떠 있는 일엽편주! 예상은 했지만 너무나 큰 병력 차였다. 임진년 전쟁이 시작되고, 크고 작은 전투를 수없이 치러온 조선 관군과 의병들이었지만, 이렇게 많은 왜적을 한꺼번에 상대해본 적은 없었다.

일본군은 공격진을 펼치면서 장대 깃발을 흔들고, 북을 치며, 큰 소리로 구호를 외쳤다. 그것은 굶주린 사냥개들이 먹잇감을 향해 달려들기 전에 내는 으르렁 소리처럼 들렸다.

총사령관 우키타 히데이에를 비롯해, 가토 기요마사, 고니시 유키나가, 모리 히데모토, 고바야카와 다카카게, 구로다 나가마사, 시마즈 요시히로 등 일본군 다이묘들은 여유로운 미소를 지었다. 그들은 확신했다. 자신들의 연합 부대가 공격을 개시하면 진주성 안에 살아 있는 모든 것들이 남김없이 도륙될 것이며, 성벽과 가옥은 파괴되어 흔적도 남지 않게 될 것임을…….

그 시각!

진주성 북문 성루에 충청도 병마절도사이자 진주성 순성장 황진이 우뚝 서 있었다. 임진년 전쟁이 시작되고, 육전에서 싸운 조선군 장수들 가운데, 그는 단연 최고였다. 이치와 웅치에서, 수원에서, 죽산에서, 벽암에서 도저히 이길 수 없으리라 여겼던 싸움들을 황진은 기적 같은 승리로 바꿔냈다.

이제 그는 고립무원의 진주성에서 또 한 번 기적에 도전해야 했다. 고작 6000여 명의 병력으로 일본군 정예 병력 10만 명을 상대해야 했다. 일본의 전국시대 말기를 풍미하고 있던 사무라이 장수들과 전략가들을 단기필마로 상대해야 했다.

누가 봐도 절대적으로 불리한 싸움이었다. 지금이라도 몰래 성을 빠져나간다고 해서, 그 누구도 쉽게 비난하지 못할 그런 전투였다. 하지만 황진은 피하지 않기로 했다. 진주성에 남아 온몸으로 왜적과 맞서 싸우기로 했다.

진주성에는 일본군의 살육과 노략질을 피해 경상도 일대에서 피난 온 사람들을 포함해 6만여 백성들이 있었다. 또한 진주성은 지리적으로, 전략적으로, 호남 수성의 보루였다. 진주를 뺏기면, 곡창지대이자 조선 수군의 본거지인 호남이 위태로워진다. 호남을 적에게 뺏기면 나라와 백성을 잃게 된다.

마침내 황진이 손을 들어 신호를 보내자, 진주성 조선군이 일제히 발을 구르며, 깃발을 흔들고, 꽹과리를 울리기 시작했다. 성안의 조선군과 성 밖의 일본군 간에 숨 막히는 긴장감이 흘렀다. 이제 그들 모두는 생사의 갈림길에 섰다.

그 찰나의 순간……, 황진은 어쩌면 이 모든 게 운명일지 모른다는 생각이 들었다. 그와 동시에 마치 봉인이 풀린 듯, 지난 3년여의 세월에 얽힌 무수한 기억들이 그의 뇌리를 빠르게 스쳐 갔다.

ㅇ 공(황진)은 휘가 진(進)이고, 장계현인(長溪縣人)으로, 고(故) 상신(相臣) 익성공 황희(黃喜)의 5세손이다. 아버지는 좌의정에 증직된 황윤공이며, 어머니는 남양 방씨인데, 경술년(1550)에 공을 낳았다.

공은 체구가 크고 수염이 아름다웠으며 용력이 남보다 훨씬 뛰어났다. 성품은 강직하고 굳세었으며 큰 뜻을 지니고 있었다.

—『청음집(淸陰集)』 제29권 남원 정충사 비문

1. 선전관 황진

1589년 11월 초, 초겨울 찬 바람에 휩싸인 수원의 독성산성. 산성을 지키는 군졸들이 손을 호호 불어가며, 낡은 무기고의 문을 열었다. 칼과 창, 그리고 활과 화살이 아무렇지도 않게 창고 바닥에 쌓여 있었다.

"선전관 나리! 자! 보십시오! 잘 정리되어 있지 않습니까?"

두툼한 솜옷을 껴입은 아전이 옆에 서 있는 구군복 차림의 선전관 황진에게 항변하듯 말했다. 선전관은 조선시대 왕명의 출납과 경호는 물론, 기무 사찰과 같은 비밀 업무를 맡은 무관 직책이었다.

황진은 아전의 말에 아무 대꾸도 하지 않고, 직접 무기고 안에 들어갔다. 무기고 밖에선 잘 보이지 않았는데, 안에 들어가서 보니 무기들마다 먼지가 잔뜩 쌓여 있었다. 꽤 오랫동안 사람의 손이 닿지 않았음이 분명했다. 황진은 무기들을 뽑아 들고 일일이 점검하기 시작했다. 먼저 군관용 환도 하나를 뽑아 날의 상태를 유심히 살폈다. 이어 창과 활, 화살촉까지 일일이 들여다봤다.

"에헴! 에헴!"

아전이 어색한 분위기를 피해보려 헛기침을 해댔다. 군졸들의 표정이 잔뜩 굳어졌다. 칼들은 죄다 녹이 슬었고 창끝은 무딜 대로 무디어져 있었다. 촉이 온전한 화살도 별로 남아 있지 않았다.

"네 이놈들! 나라의 병장비를 이렇게 처박아두다니! 외적이라도 쳐들어오면 어찌한다는 말이냐! 이러고도 네놈들이 성할 성싶으냐?"

황진이 불같이 호통을 쳤다. 아전과 군졸들은 허리를 굽혀 읍소했다.

"아이고 나리, 용서해주십시오. 올해는 흉년까지 들어서 백성들을 부역이나 군역에 동원하기가 쉽지 않았사옵니다. 관아 형편도 녹록지 않아서……."

아전의 구구한 변명에도 황진은 노기를 풀지 않았다.

"나리, 그러지 마시고, 현령께서 주연을 준비해놓고 기다리고 계십니다. 제가 그쪽으로 안내하겠습니다요. 헤헤! 잘 아시겠지만, 현령께선 소싯적 율곡 대감께 학문을 배우신……."

아전은 이곳 관할 현령의 당색이 서인임을 은근슬쩍 흘리려 했다. 윗선으로부터 황진이 서인 계열이라는 귀띔을 받은 터였다. 그러나 황진에게는 그런 말이 먹히지 않았다.

"이 고얀 놈! 그 입 다물지 못할까! 네놈의 현령이 서인이든 동인이든 나라의 무기를 이렇게 해도 된다고 누가 말하더냐? 네놈의 상전도 책임을 면치 못할 게야!"

아전은 황진의 분노에 어찌할 바를 몰라 했다. 군졸들도 혹여 처벌을 받을까 감히 고개를 쳐들지 못했다. 하지만 황진은 한심한 무기 관리 상태에도 불구하고, 이들을 처벌할 수 없다는 것을 잘 알고 있었다. 이번 조사의 목적은 외적의 침입에 대비하기 위함이 아니었기 때문이다.

선조 임금은 그 무렵 선전관청에 은밀한 교지를 내렸다. 경기도와 전라도, 황해도 지역의 무기고 상태를 긴급 점검하라는 내용이었다. 정여립을 필두로 한 대동계 세력이 역모를 꾀하고 있다는 고발 장계가 들어왔기 때문이었다. 정여립 세력이 얼어붙은 한강을 건너 각 고을과 산성의 무기고를 털어 한양 궁궐로 쳐들어온다는 밀고였다.

선전관들이 은밀히 무기고를 점검하고 있는 사이, 도성 한양에선 대대적인 숙청의 피바람이 불고 있었다. 정여립과 잠시 옷깃만 스친 자들이라도, 죄다 붙잡아 극심한 고문을 가했다. 피해자는 대부분 동인 계열의 인물들이었다.

"멈추시오!" 파발마를 탄 군졸이 황급히 달려왔다.

"황진 선전관께 전하라는 중추원의 서신을 갖고 왔습니다."

파발 군졸은 말에서 뛰어내리더니 품에서 서찰을 꺼내 황진에게 전했다. 황진은 그 편지를 단숨에 읽어 내렸다. 아전이 슬금슬금 황진의 옆으로 다가왔다.

"선전관 나리, 저희 현령께서 기다리고 계시는데요. 헤헤헤."

황진은 그의 말에 대꾸하지 않은 채 말에 훌쩍 올라탔다.

“급히 한양에 올라가게 됐으니, 현령께는 다음 기회에 뵙자고 전하거라. 네놈들의 죄는 내 그냥 넘어갈 수 없다. 다음에 다시 와서 볼 것이니 그때는 병장비들이 제대로 되어 있어야 할 것이다. 아니면 곤장 맞을 각오를 해야 할 것이야. 이랴!”

황진을 태운 말은 흙바람을 일으키며 아전과 군졸들의 시야에서 빠르게 사라져 갔다.

‘무슨 일일까? 몸이 조금 편찮으시다고 들었는데.’

서찰은 첨지중추부사 황윤길 대감이 급히 자신을 찾는다는 전갈이었다. 황윤길은 세종대왕 시절 명재상으로 이름을 날린 황희의 4대손으로, 황진에게는 5촌 당숙 어른이기도 했다. 황진은 어린 나이에 부친을 여의고 외가에 의탁해 어렵게 자랐다. 글공부를 할 가정 형편이 못 되어, 하루종일 밭일과 논일에 매달렸다. 또 산과 들을 뛰어다니는 어린 나무꾼으로 자랐다. 가끔씩 당숙 윤길이 멀리서 찾아와, 과거 공부를 권하며 서책을 놓고 가곤 했다. 비록 문관이 아닌 무관의 길을 걷게 됐지만 늘 마음속으로 고맙게 여기고 있었다.

“히이잉!”

황진의 말이 어느새 중추원 마당에 당도했다. 첨지 대감의 급한 부름을 받고 왔다고 밝히자, 경비 군졸이 그를 관아 안쪽으로 인도했다. 긴 회랑을 따라 여러 개의 창호문과 복도를 지나고 나서야, 첨지 황윤길의 집무실이 나왔다.

“대감 부르셨습니까?”

"잘 왔네! 여기 앉게. 오래간만일세!"

황윤길은 황진을 반갑게 맞아주었다. 집무실 안에선 탕약 냄새가 진하게 났다. 황윤길은 몇 해 전보다 훨씬 수척해 보였다. 기력도 많이 쇠약해진 듯 보였다. 황진은 어디가 편찮으신지 묻고 싶었지만 참았다.

여종이 차를 내왔다.

황진이 차를 한 모금 마시자 황윤길은 "자네, 이게 어디서 온 차인지 아는가?"라고 물었다.

"제가 과문해서 차에 대해선 잘 모릅니다만…… 10년 전 사절단의 호위무관으로 명에 파견되었을 때 마셔본 차와 같사옵니다."

"그래, 그렇지! 맞네. 중국에서 온 차네. 자네가 그때 사신들을 잘 보필했다고 들었네. 명나라에서 많은 것을 보고 느꼈다 했지? 그래서 말인데…… 이번에 나를 따라 일본에 한번 갔다 와야겠네."

"네에! 일본이라고요?" 황진은 예상 밖의 제안에 다소 놀랐다.

"자네가 불혹이 가까워오는데도 아직 하급 무관을 벗어나지 못하고 있는 게 늘 안타까웠네. 나와 함께 통신사 사행을 잘 마치면 좋은 일이 기다리고 있을 것이네. 부디 나와 함께 가주게. 자네처럼 군무를 들여다볼 줄 아는 무관이 꼭 필요하네."

"알겠사옵니다! 그리하겠습니다. 어려서부터 대감께 진 신세를 이제야 조금이라도 갚을 수 있게 되어 기쁩니다. 그리고 저 또한 왜적이 지금 무슨 일을 꾸미고 있는지 제 눈으로 꼭 확인해보고 싶습니다."

황윤길은 며칠 전 선조 임금의 부름을 받고 내전에 들어갔다. 선조가 술상을 놓고 그를 기다리고 있었다. 왕이 신하를 홀로 만나는 일은 흔치 않은 일이었다. 선조는 황윤길에게 술을 따라주며, 일본으로 가는 통신사 정사를 맡으라고 명했다.

황윤길은 깜짝 놀랐다. 일본의 새로운 실력자 도요토미 히데요시는 몇 해 전부터 대마도 도주 등을 통해 수차례 통신사 파견을 요구했다. 하지만 조선 조정은 통신사 파견을 놓고, 찬반이 분분해 쉽게 결론을 내지 못했다.

일본에서 혼돈의 전국시대가 끝나고 새로운 실력자가 등장한 만큼, 통신사를 보내 외교 관계를 복원하고 정세를 파악하자는 의견이 다수였다. 하지만 왜구들이 도적질과 인신 납치를 일삼는 상황에서 일본을 정상적인 외교 상대로 인정할 수 없다는 반론도 끊이지 않고 나왔다.

고민하던 선조는 일본 측이 정해왜변(1587년)을 일으킨 반민 사화동과 왜구 두목들을 체포해 송환하고, 그때 납치해 간 조선 백성들을 되돌려 보내는 등의 성의를 보임에 따라 마침내 통신사 파견을 결심하게 된 것이었다.

일반적으로 상국(上國)인 명나라에 파견되는 사신단에 들어가는 것은 조선 관료 사회에선 영광된 일이었다. 하지만 일본으로 가는 통신사는 그렇지 않았다. 그 무렵 조선 내에선 왜적이 조만간 큰 무리를 지어 쳐들어올 것이라는 소문이 퍼지고 있었다. 그래서 통신사는 자칫 잘못하면 목숨을 잃을 수도 있는 위험천만한 일로 생각되고 있었다.

그러나 그렇게 중차대한 상황이기에 통신사의 임무는 막중했다.

일본의 침략 소문이 과연 사실인지 아닌지, 왜적의 심장부에 들어가 정확한 정세를 읽고 와야 했기 때문이다. 통신사의 말 한마디, 판단 하나가 두 나라 정세가 전쟁으로 갈지 평화로 갈지를 가늠할 중요한 근거가 될 터였다.

○ 병자년(1576, 선조 9)에 무과에 급제하였다. 정축년(1577, 선조 10)에 훈련원 봉사의 신분으로, 종계 개정을 주청하러 가는 상사 황림을 따라 군관이 되어 연경(燕京)에 갔다. (중략) 갑신년(1584)에 북병사 이일의 편비(군영의 부장)가 되어 막하(幕下)에 있었는데, 이공이 매우 중하게 여겼다. 을유년(1585)에 안원보의 권관을 거쳐 무자년(1588)에 다시 선전관을 제수받았다. 그러고 보면 임오년에 북방으로 들어간 뒤로 모두 7년 만에 비로소 집으로 돌아온 셈이다.

—『포저집(浦渚集)』 제35권 충청도 병마절도사 황공 행장

○ 일본에 보낼 통신사에 관한 문제였다. 상이 종2품 이상을 불러 인견하고 제각기 소견을 아뢰도록 하니, 모두가 통신사 보내는 것이 편리하다 하였으나 이산보(李山甫)만이 불가하다고 하였는데, 상이 조정의 논의에 따라 통신사를 보내도록 하였다.

—『조선왕조실록』 선조 22년(1589) 9월 21일

2. 통신사 삼사

1589년 11월 18일.

조정의 대소 신료들이 모두 모인 어전 회의에서 선조는 일본에 통신사를 파견하겠다고 밝혔다. 그동안 일부 중신들과 내밀히 의논해왔던 내용을 신료들 앞에서 공식화한 것이었다.

유교 국가 조선의 외교 사절단은 크게 정사와 부사, 서장관 등 삼사(三使)로 구성된다. 선조는 그 자리에서 중추부첨지 황윤길(1536년생)을 통신사 정사로, 성균관사성 김성일(1538년생)을 부사로, 성균관전적 허성(1548년생)을 서장관으로 각각 임명했다. 일본의 최고 실력자 도요토미 히데요시가 정해년(1587년)부터 3년째 조선에 사신을 보내 줄기차게 요구해왔던 통신사의 파견 문제가 그렇게 일단락된 듯 보였다.

하지만 통신사 삼사를 정한 후 조정 안팎에는 심상치 않은 기류가 흘렀다. 통신사 삼사의 당색이 달랐기 때문에 이를 걱정하는 목소리였다. 정사 황윤길은 당시 집권 세력인 서인 계열이었고, 부사 김성일과 서장관 허성은 반대파인 동인 계열이었다.

바야흐로 '정여립의 난'에서 시작된 가혹한 숙청의 피바람(기축옥사)이 중앙 조정과 지방 사림에 매섭게 휘몰아치는 때였다. 조선시대 첫 방계 출신 왕인 선조는 정여립과 연루된 자들을 닥치는 대로 잡아들여 추국했다. 선조에게 정여립의 역모가 사실이냐 아니냐는 그다지 중요치 않은 듯 보였다. 그는 기축옥사를 통해 자신의 권력에 조금이라도 도전하면 어떻게 되는지를 만천하에 보여주고 싶어 안달이 난 것 같았다.

선조는 영악한 인물이었다. 피의 숙청을 진행하면서도 자신의 손에는 피를 묻히지 않았다. 그는 서인의 좌장인 송강 정철에게 정여립 역모 사건의 진상 조사를 맡겼다. 칼자루를 쥔 정철과 서인 강경파는 그동안 눈엣가시 같았던 동인 계열의 정적들을 향해 거침없이 칼을 휘둘렀다. 정여립과 조금이라도 교류했던 인물들은 투옥되어 극심한 고문을 받다가 형장의 이슬로 사라졌다. 정여립의 고향인 호남에선 유생의 씨가 말라버렸다는 이야기까지 나왔다. 관련 희생자만 줄잡아 1000명이 넘었다.

정철은 '동인 백정'이라 불렸다. 그는 특히 자신의 숙적이자 동인의 영수였던 이발에게 잔인한 정치적 보복을 가했다. 이발은 물론이고, 그의 동생과 80대 노모, 그리고 열 살짜리 아들까지 모두 형틀에 묶고 장을 쳐 죽였다. 살아남은 동인들은 뼛속까지 복수의 한을 품지 않을 수 없었다.

이런 정치적 상황에서 선조는 동인과 서인을 통신사라는 한배에 태웠다. 선조의 조치는 좋게 보면 특정 정파의 시각에 휘둘리지 않고, 균형 잡힌 시각을 얻겠다는 의도로 해석될 수 있었다. 하지만 그 같은 선택이 훗날 조선의 운명에 어떤 엄청난 후폭풍을 몰고 올지 선조는 미처 예상하지 못했다.

일각에선 황윤길과 김성일의 기본 성정 자체가 너무 다르다보니 충돌을 우려하는 목소리도 적지 않았다.

황윤길은 세종대왕 시절 명재상 황희의 직계 4대손이었다. 할아버지를 닮아서일까 성격이 모난 데가 없이, 매사 원만한 일처리를 중시했다. 그런 점 때문에 관료나 학자로서 자기주장이 약하다는 평을 들었다. 정치적으로 서인에 속했지만, 원래가 훈구파 출신이어서 당색 또한 강한 편이 아니었다.

반면 김성일은 원리 원칙을 강조하며, 매사 빈틈없는 일처리를 중시했다. 그의 앞에선 지위 고하를 막론하고 적당한 요령이나 입에 발린 말이 통하지 않았다. 퇴계 이황의 후학답게 김성일은 예학에 관해선 당시 조선에서 둘째가라면 서러워할 대학자이기도 했다. 조정에서 김성일의 별명은 '대궐의 호랑이(殿上虎)'였다. 왕 앞에서도 기죽지 않고 바른 소리를 했기 때문이었다.

그의 성정과 관련해서는 이런 일화도 전해진다.

선조는 어느 날 신하들에게 "내가 중국 역사의 어느 왕과 비교될 만한가?"라고 물었다. 선조는 내심 자신에 대한 칭찬을 기대하고 던진 질문이었다. 하지만 발언에 나선 김성일은 "학문에서는 명군인 요왕과 같으나, 신하의 간청을 거부하는 폐단이 있으니 정치로 보자면 주왕 같은 폭군이 될 수 있다"고 직언했다. 순간 선조의 표정이 싸늘하게 굳어졌다. 함께 있던 다른 신하들이 서둘러 수습했기에 망정이지, 하마터면 김성일은 귀양을 갈 뻔했다.

통신사에서 외교 문서 등을 담당하게 된 서장관 허성은 앞선 두 인물과는 조금 결이 달랐다. 그는 기본적으로 성리학자였지만, 문장가로도 이름을 알리고 있었다. 그의 문재(文才)는 집안 내력이었다. 그는 조선시대 최고의 여류 문인 허난설헌의 큰오빠였고, 한글 소설 『홍길동전』의 저자인 허균의 이복형이기도 했다. 허성은 다른 형제들처럼 지적 호기심이 많았고, 글과 시를 잘 썼고, 다른 성리학자들과 달리 '실용과 후생' 학문에도 관심이 많았다. 그는 통신사 사행 내내 황윤길과 김성일 사이에서 중재 역할을 했다.

1590년 정월에 접어들면서, 예조에선 통신사 사행에 합류할 여러 인력들을 뽑느라 분주했다. 외교적 실무를 다룰 하급 관료들과 문장가, 서예가, 화공, 악공 등 특수 인력을 포함해야 했다. 또한 호위군관과 짐꾼, 수행원, 격군 등도 대동해야 했다. 그 수가 어림잡아 200여 명에 달했다.

이미 황윤길로부터 통신사 호위무관으로 내정을 받은 황진은 그 무렵 틈만 나면 병조의 서가를 찾았다. 아는 만큼 보이는 법이었다. 일본과 관련된 것이라면 무엇이든 미리 조사해둘 필요가 있었다. 멀게는 80년 전 삼포왜란부터, 가깝게는 3년 전 정해왜변까지 왜적들이 침탈했을 때마다 그 발생 경위와 전개 과정을 기록한 보고 문서들을 찾아 읽었다.

그 기록들 중에 특히 황진의 눈을 사로잡는 대목이 있었다. 1587년 전라도 해안에서 일어난 정해왜변에 관련한 보고 기록에서였다. '조총'을 사용하는 왜구들에게 녹도만호 이대원 등 조선 정규군 100여 명이 큰 피해를 입고 패했다는 골자의 보고 내용이었다.

'조총이라고? 왜구 놈들이 우리 군사들을 향해 조총을 쐈다고 나오는데, 이는 현자총통과 비슷한 무기인가?'

일본군이 사용하는 다른 무기들은 대부분 알고 있는 것들인데, 조총만은 불혹의 황진도 여태껏 본 적이 없었다.

"황공! 여태 퇴청하지 않으신 게요?" 뒤를 돌아보니 병조좌랑이 서고에 들어오고 있었다.

"통신사 사행이 멀지 않았는데 준비가 부족하여 어쩔 수 없습니다." 하급자인 황진은 공손히 응대했다.

"왜놈들에 대한 정보가 너무 부족하지요? 왜구들이 삼포에서 난을 일으킨 후 근 100년간 큰 충돌이 없었기에 기록이 많지 않을 게요. 원래 무식하고 무례한 야만족이라서 별달리 연구할 것도 없고……. 내 듣자 하니 지난해 명나라 사신으로 갔다 온 이들이 명나라에서 새로 나온 왜구 퇴치 병법서를 봤다고 하더이다. 외국인에게는 금서여서 사오지는 못했고, 눈으로 잠깐 일별했다고 하니 필요하면 한번 만나보시게나."

황진은 좌랑의 말에 귀가 솔깃해졌다. 황진 자신도 10년 전 명나라 조공사절단에 하급 무관으로 따라갔던 적이 있었다. 무과에 막 급제한 젊은 무관 황진에게 명나라 수도 북경은 그야말로 별천지였다. 난생처음 보는 희귀하고 진기한 물산과 사람들이 모여드는 곳이었다. 특히 서장관을 호위하여 찾아갔던 북경 뒷골목의 책방

풍경이 떠올랐다. 서가에 성리학서는 물론이고, 의학, 농법, 병서, 군담, 전기 등이 눈이 어지러울 정도로 빼곡히 진열되어 있었다.

"고맙습니다. 제가 한번 그분을 찾아가 만나보겠습니다." 그날 병조 관청을 나서는 황진의 발걸음이 한결 가벼워 보였다.

○ 좌참찬 정탁을 사은사로 차출하여 숭정 품계를 가하고, 황윤길과 김성일을 일본 통신의 상사 부사로, 허성을 서장관으로 차출하였다.

—『조선왕조실록』 선조 22년(1589) 11월 18일

○ 그때 정철 등이 자기들과 친한 금부도사를 시켜 거짓으로 선홍복의 가서(家書)를 만들어 선홍복에게 은밀히 전하면서 '만약 이발·이길·백유양 등을 끌어넣으면, 너는 반드시 살아날 수 있다' 하고, 큰 버선을 만들어 통을 넓게 하여 밖으로 젖히게 하고, 그 말을 버선 안쪽에 써두었다가 그가 결박되는 때 거기에 쓰인 대로 잊지 않고 진술하게 하였다. 선홍복이 그 말을 믿고 날날이 그대로 진술하였는데, 자백이 끝난 뒤에 즉시 끌어내 사형에 처하려 하니, 선홍복이 크게 부르짖기를 '가서와 버선 안의 글에 이발·이길·백유양 등을 끌어대면 살려주겠다 하고 어찌 도리어 죽이려 하느냐?' 하였으니, 정철 등이 사주하여 살육한 것이 이토록 심하였다.

—『조선왕조실록』 선조 22년(1589) 12월 12일

3. 무인들의 밤

1590년 정월 대보름 즈음, 예조 서리가 아침 일찍부터 선전관청으로 황진을 찾아왔다. 그는 통신사 사행단과 준비물을 꾸리는 실무를 맡은 인물이었다.

"선전관 나리. 통신사를 따라갈 무관단을 구성하는 일에 대해 여쭤보러 왔사옵니다. 통신 정사 황 대감께 말씀드렸더니, 나리와 직접 상의하라고 하셨습니다."

"그 문제라면…… 지난번에 추천이나 지원이 들어오는 인물들 중에서 우선적으로 뽑기로 했잖습니까?"

"그렇죠! 그런데 그게 말입니다요……."

서리는 난처한 표정을 지으며, 우물쭈물했다.

사연인즉슨, 이러했다.

조선에서 명나라로 보내는 사절단인 조천사(朝天使)의 경우 사신단을 이끄는 삼사는 물론이고 단순 짐꾼 자리에도 지원자가 몰렸다. 명나라가 만주와 요동의 치안을 잘 유지하고 있는 덕분에 위험하지도 않았고, 관료들은 임무를 마치고 돌아오면 조정으로부터 포상이나 승진 혜택을 누렸다. 게다가 덤으로 명의 선진 문물도 마음껏 경험하고, 각종 진귀한 물품도 챙겨 올 수 있어 경제적으로 큰 이득이 됐다. 황진도 무과에 합격한 직후인 1577년 종계변무사 황림의 군관으로 명나라에 갔다 온 경험이 있었기에 그런 속사정을 비교적 잘 아는 편이었다.

하지만 일본 통신사 쪽은 사정이 달랐다. 전국시대의 혼란 등으로 일본과 100년 정도 정상적인 외교 관계가 거의 끊겨 있다가 이번에 비로소 재개되는 것이었다. 조만간 일본이 조선에 쳐들어올 거라는 흉흉한 소문까지 퍼진 상태였다. 통신사가 되면, 험한 바닷길을 건너야 하는 데다, 자칫 외교적 대화가 잘못 풀리면 살아 돌아오지 못할 수도 있었다.

"황진 나리! 이번 통신사절단에 따라갈 역관과 수행원, 화공, 악공 등은 관청에 소속된 자들을 어떻게든 차출할 수 있을 것 같습니다만…… 문제는 호위무관들입니다요. 조천사의 경우 인물 좋고 가문 좋은 젊은 무관들이 서로 지원해서 뽑기 어려울 정도였으나 이번엔 지원 자체가 없사옵니다."

조선시대 사신단에 포함된 무관들은 국서를 지키고 삼사를 경호하는 역할도 했지만 외국인들에게 국가의 위풍을 드러내는 의장대의 성격도 강했다. 예조는 선발할 때부터 이 점에 각별하게 신경을 써야 했다.

"알았소. 쓸 만한 추천이나 지원이 없다면 직접 선발하는 수밖에 없지요. 정 안 되면 내가 데리고 있던 군관들 중에서 쓸 만한 자들로 채울 테니 너무 걱정 마시오."

황진은 그렇게 말하고 예조 서리를 돌려보냈다.

며칠 후 황진의 한양 집에서 조촐한 술자리가 벌어졌다. 황진과 친분이 두터운 이종인이 멀리 함경도에서 찾아왔다. 북도병마사 휘하에서 군관으로 일하고 있는 그는 때마침 휴가를 얻어 한양 집에 내려온 차에 조만간 일본으로 떠날 황진을 보러 온 것이었다. 황진과 함께 선전관으로 일하다가 훈련원으로 자리를 옮긴 장윤도 함께했다.

황진보다 나이가 여섯 살 어린 이종인(1556년생)은 황진과는 서로 호형호제하는 막역한 사이였다. 종인은 8척 장신(180센티미터)으로 인물 또한 훤칠하고 성격도 호탕했다. 그는 어려서부터 말타기와 활쏘기, 검술을 제대로 익혀 무예 실력이 출중했다. 병마절도사가 여는 각종 무술 겨루기에서 황진과 늘 1, 2등을 다투곤 했다. 그는 한때 퇴계 이황의 문하에 들어가 글공부도 했으나, 타고난 무골 기질을 버리지 못하고 무인의 길로 전향했다.

장윤(1552년생)도 무골답게 8척 장신의 장사였다. 그는 선전관 장응익의 아들로 태생부터 무인 가문 출신이었으나, 어린 시절 학문에 뜻을 두고 여러 번 문과에 응시했다가 낙방했다. 그 후 말타기와 활쏘기 등에 전념해 1582년 늦깎이로 무과에 급제했다. 장윤은 발포만호 시절 관리들의 부패를 쇄신할 것을 주장했다가 절도사의 심기를 거슬러 미움을 받자, 한때 벼슬을 버리고 고향인 순천으로 낙향했다. 그는 부친상을 치른 후 1588년 다시 선전관을 거쳐 훈련원정으로 일하고 있었다.

"유붕이 자원방래면 불역열호아! 멀리서 벗들이 찾아와주니 내 기쁘지 않을 수 없네. 자! 한잔들 드시게."

황진이 술잔을 들자, 장윤과 이종인도 잔을 높였다.

조선의 하급 무관들의 경제 사정은 늘 빈궁했다. 변변치 않은 술과 안주였지만, 셋은 개의치 않고 호탕하게 마셨다.

"이보게, 함경도 사정은 요즘 어떤가? 여전히 여진족들이 말썽인가?"

황진이 종인에게 북방 사정을 묻자, 종인은 단숨에 술잔을 비운 뒤 입을 뗐다.

"북방 변경의 일은 걱정 붙들어 매십시오. 이탕개의 난(1583년) 때 우리들에게 단단히 혼쭐이 나서 앞으로 몇 년은 더 잠잠할 거외다. 저는 오히려 북방보다는 남방이 더 걱정이외다. 왜구들이 쳐들어온다는 소문이 북쪽 국경까지 퍼졌습니다."

"허허, 내 자네가 버티고 있으니 북방은 걱정하지 않겠네. 지난번에도 여진 토벌로 공을 세웠다고 들었네. 벌써 몇 번째 무공을 세운 겐가? 이제 여진족이 자네만 보면 벌벌 떨겠네그려." 장윤이 북방 활약을 칭찬하자, 이종인은 덩치에 어울리지 않게 쑥스러워했다.

"제가 고향 순천에 머물며 정해왜변 소식을 가까이서 들었습니다. 왜구들한테 우리 군졸들이 상대가 되지 않았다고 했습니다. 녹도만호가 사력을 다해 싸웠으나, 긴 칼을 든 왜구들이 우리 병졸들을 추풍낙엽처럼 베었다고 하더이다. 게다가 조총이라는 신무기까지 사용했는데, 그 위력이 가히 방패를 뚫을 만큼 무서웠다고 합니다."

장윤의 이어진 설명에 이종인이 술잔을 내려놓으며 말했다.

"형님! 그건 우리가 너무 방심하다가 기습당해서 그런 것일 겝니다. 조선의 활로 놈들의 사기를 꺾고, 창기병으로 소탕한다면 싸움 양상이 분명히 달라질 겝니다."

황진이 무거워진 분위기를 돌리려, 중국의 최신 병서 이야기를 꺼냈다.

"아우님들! 혹시 『기효신서』라고 들어봤소? 명나라에서 새로 나온 병법서인데, 조선에는 아직 들어오지 않은 병서라고 하오."

황진의 질문에 장윤과 이종인은 서로 얼굴을 쳐다본 후 대답했다.

"아니요. 저희는 과문해서 처음 듣습니다. 대체 무슨 내용의 병서랍니까?"

"작년에 명나라에 조천사로 따라갔다 온 역관에게 주워들은 게 전부라서, 나도 잘은 모르네만…… 칼 든 왜놈 한 놈을 잡기 위해 명군 열두 명이 진을 펼치는 내용이라고 하네. 실제로 그 병법대로 했더니 명나라 해안가에 창궐했던 왜구들을 말끔히 소탕할 수 있었다고 하네."

"에이, 형님두! 왜놈 한 명에게 관군 열두 명이 붙는다구요. 하하하! 명군도 이제 한물갔나봅니다. 그 작은 왜놈들한테 겁을 먹다니! 어린애 같은 왜놈들은 내가 그냥 맨손으로도 때려눕히겠소."

술기운이 제법 돈 이종인이 자신의 근육질 팔을 치켜올리며 호기롭게 말했다.

16세기 초 명나라 남부 해안 지역에는 왜구가 들끓었다. 진압하려고 출동한 명의 관군들이 왜구들과 싸우다가 번번이 큰 피해를 입고 퇴각했다. 왜구가 제집 안마당처럼 드나드니, 명나라의 해안가는 아예 사람이 살지 못할 정도로 황폐해졌다.

그러자 척계광이라는 명나라 장수가 왜구들의 칼과 창 전술에 맞서 싸울 수 있는 새로운 병법을 연구해 내놓았다. 그것이 바로 1560년 등장한 『기효신서』였다. 명나라 조정이 외부 반출을 금지해서 조선에는 임진왜란 발발 때까지 수입되지 못했다.

"왜놈들에게 공연히 겁먹을 필요도 없지만, 얕잡아 볼 일도 아닌 것 같습니다. 듣자 하니 일본에 새로운 무인정권이 들어섰다니 뭔가 달라진 건 있을 듯합니다. 미리 살피고 방비해서 나쁠 건 없겠지요."

장윤의 말에 황진이 고개를 끄덕였다.

"북로남왜(北虜南倭)는 우리 조선의 숙명 같소. 북방이 잠잠하면 남쪽 왜적이 시끄러워지는 법! 하나 아우 말대로 미리부터 겁먹을 필요는 없을 듯하네! 이번에 내가 일본에 가면, 왜놈들의 진의를 알게 되겠지……."

황진이 두 사람의 잔에 술을 채워주자 장윤과 이종인이 말했다.

"어쨌든 위험한 바다를 건너는 일입니다. 게다가 성정이 흉포한 왜놈들과 마주 앉아 대화해야 하는 일입니다. 부디 무사히 다녀오십시오."

"고맙네!"

무인으로 변방을 떠도느라 좀처럼 한자리에 모일 기회가 없었던 황진과 벗들은 그날 밤늦게까지 통음했다.

○ 이종인은 날래고 용맹스럽기가 월등하였으므로 비장(飛將)이란 칭호가 있었다. 젊을 때부터 의협심이 강하고 얽매이는 성품이 아니었다. 황진과 우의가 깊어 의열(義烈)로써 서로 허락하고 생사를 함께할 것을 약속하였는데, 끝내는 그 뜻과 같이 되었다.

—『조선왕조실록』 선조(수정실록) 26년(1593) 6월 1일

○ 장윤은 천성이 강직하고 재략이 뛰어났으며, 키가 8척이나 되고 용력이 뛰어났다. 젊어서부터 유학에 뜻을 두어 경(經)·사(史)·자(子)·집(集)을 모두 통달하였으나 과장에 들어갈 때마다 낙제를 당하자, 마침내 붓을 던지고 병술(兵術)에 종사하였다.

—『송자대전(宋子大全)』 제214권

4. 통신사의 출발

1590년 2월 초로 접어들자, 통신사를 꾸리는 일이 막바지에 접어들었다. 외교 사절단 구성의 실무를 맡은 예조 관리들이 정사 황윤길과 부사 김성일, 서장관 허성의 집무실을 부지런히 찾아다니며 막판 진행 상황을 보고했다.

조선의 사절단 구성은 통상적으로 삼사를 정점으로 통역을 맡은 사역원의 통사(通事, 역관), 호위와 의장을 담당할 군관, 공물의 수송과 관리를 맡는 압물(押物), 사신들의 건강을 지켜줄 의원, 외교 행사에서 연주할 악공, 행사를 화보로 남길 화공, 사절단의 짐을 운반할 반당(伴倘, 짐꾼) 등으로 구성됐다. 여기에 바닷길로 가야 하는 일본의 특수성을 감안해 대선 1척과 중선 1척 등의 배를 운행할 영선(領船)과 격군들도 포함해야 했다. 아무리 단출하게 꾸린다고 해도 통신사 규모는 200명에 달했다.

예조에서 황진에게 급하게 호출이 왔다. 황진이 예조 관아로 가 보니, 서장관 허성과 예조좌랑, 그리고 서리들이 준비 상황 점검 회의를 하고 있었다. 일본으로 출발할 날이 얼마 남지 않아 참여 인원과 물품 준비 상황을 꼼꼼하게 확인하는 자리였다.

황진은 통신사 파견 준비가 시작된 후 서장관 허성을 몇 차례 만난 적이 있었다. 허성은 유교 경전에 해박한 성리학자임에도 여러 면에서 정사 황윤길이나 부사 김성일과는 달랐다. 그는 권위나 체면을 그다지 내세우지 않았으며, 아랫사람들에게 농담을 잘 던졌다. 동인이었지만 정치색도 그다지 강하게 느껴지지 않았다.

황진이 자리에 앉자 예조좌랑이 무관 구성 결과를 설명했다.

"어서 오시게 황 무관! 이번 사행에 함께 갈 군관들은 자네를 포함해 모두 열다섯 명으로 정했네. 생각 같아선 더 많이 데려가고 싶지만, 나라의 여러 형편상 규모를 늘리기 어렵다는 점을 이해해 주시게."

"네, 알겠습니다. 처음엔 자제무관을 포함해도 군관 지원자가 한 명도 없다기에 걱정하던 차였는데 인원을 채울 수 있게 됐다니 참으로 다행입니다."

지난번에 군관 지원자가 없어 황진에게 도움을 청했던 예조 서리가 황진의 안색을 살피며 부연 설명을 했다.

"선전관 나리께서 지난번에 선전관청과 훈련원을 통해 별도로 추천해준 여섯 명과 예조로 추천이 들어온 여덟 명을 모두 포함했습죠. 개인 내력을 살펴보면 아시겠지만 다들 무과 급제한 지 얼마 안 됐거나, 반듯한 가문 출신이라 데리고 일하실 때 아무 걱정 안하셔도 될 듯하옵니다."

그때였다. 예조 관청 밖에서 소란스러운 소리가 들렸다. 관청 출입문 경비를 서는 군졸 하나가 급히 달려와 상황을 아뢰었다.

"금군 복장의 젊은 군졸 한 명이 찾아와 막무가내로 서장관 나리를 만나게 해달라고 조르고 있습니다. 어떻게 할깝쇼?"

"뭐라. 궁궐 경비에 바쁠 금군이 예조까지 찾아와서 뭐 하려는 게지. 내 한번 나가봄세."

허성이 벌떡 자리에서 일어나, 예조 관청의 앞마당으로 성큼성큼 걸어 나갔다. 황진과 다른 관리들이 그 뒤를 따랐다.

"누구냐? 감히 나를 보자고 한 자가!"

허성이 나타나자 몸집은 작지만 날렵하게 생긴 젊은 군관 하나가 한쪽 무릎을 꿇고, 무인의 예를 올렸다.

"저는 안성 사람 홍계남이라고 하옵니다. 현재 금군에서 궁궐 외곽을 경비하고 있사옵니다. 다름 아니오라, 통신사 사행에 포함시켜달라고 일찍이 지원했는데, 여태 기별이 없어 무례를 무릅쓰고 이렇게 찾아왔습니다. 소인 비록 출신은 하잘것없으나, 데리고 가시면 제 작은 재주를 반드시 쓰실 데가 있을 것이옵니다. 부디 통신사를 모실 수 있게 해주십시오."

"통신사의 군관 선발이라면 이미 다 끝났는데, 이를 어쩌나……."

허성이 그렇게 말하며 뒤편의 황진과 예조 관리들을 쳐다봤다. 허성은 무관 구성 실무를 맡은 예조 서리와 황진 등을 옆으로 살짝 불러내, 자초지종을 캐물었다. 예조 서리는 허성에게 "사절단 군관은 좋은 가문 출신을 뽑는 것이 관행인데, 저자는 어미가 관기인 천출이었사옵니다. 마땅한 지원자가 없다면 모르겠지만, 다른 좋은 인물들이 있는데, 굳이 뽑을 필요는 없사옵니다"라고 아뢰었다.

"뭐라. 서얼이라서 뺐다고……."

허성은 잠시 뭔가를 생각하는 것 같더니, 이내 계남을 향해 "네가 통신사에 도움이 될 작은 재주가 있다고 하였느냐? 어디 한번 여기서 보여보거라"라고 말했다.

홍계남은 예조 군졸에게 말을 한 필 빌리더니, 훌쩍 뛰어 올라탔다. 그는 말을 타고 마당을 이리저리 돌며 화려한 기창(騎槍) 실력을 보여주었다. 말을 탄 상태에서 창을 들고 공중으로 솟아올랐다가 다시 말안장에 중심을 잡고 앉거나, 말의 옆구리에 매달려 창으로 목표물을 찌르고 베기도 했다. 마치 사람과 말이 한 몸인 것처럼 보였다. 무관들 중 무예 실력이 출중하기로 소문난 황진이 보기에도 예사롭지 않은 실력이었다.

"기창 실력은 그만하면 됐다. 어디 이번에는 네 활 솜씨를 한번 보고 싶구나. 조선의 무사라면 역시 활을 잘 쏴야지!"

허성이 홍계남에게 활을 쏘아보라고 명하자, 황진은 자신이 갖고 있던 각궁과 화살 두 대를 계남에게 건넸다. 계남은 그것을 받아 들더니, 곧바로 50보쯤 떨어진 나무기둥을 향해 쐈다. 두 개의 화살이 모두 기둥의 한가운데에 정확하게 꽂혔다.

"오호, 꽤 쓸 만하구나! 무과 시험을 볼 수 있었다면 분명히 급제했을 실력이구먼."

서장관 허성은 계남의 무공을 보며 연신 감탄사를 내뱉었다. 홍계남의 미천한 출신을 지적했던 예조 관리들은 허성의 뒤편에서 못마땅한 듯 입을 꾹 다물고 있었다.

"서장관 나리…… 이번 통신사절단의 총인원이 확정된 게 아니라면, 저자를 포함시키는 게 어떨지요?"

황진이 허성의 귀에 대고 나직하게 말했다. 허성은 고개를 끄덕였다.

"이름이…… 계남이라고 하였느냐? 어디서 무예를 배웠느냐? 서얼이라 무과 시험을 볼 수도 없을 텐데. 하루 이틀 갈고닦은 실력이 아니로구나!"

"소인, 비록 미천한 신분이오나 외적의 침입으로 나라가 위태로울 때는 백성 된 도리로 반드시 앞장서 싸우겠다는 생각으로 어려서부터 무예를 연마했사옵니다. 부디 통신사를 보필할 수 있게 해 주십시오!"

그는 마당에 무릎을 꿇고 다시 한번 간청했다. 허성의 얼굴에 부드러운 미소가 번졌다.

"어허, 나라와 임금을 지키는 데 출신이 뭐 그리 중요하겠느냐! 금번 통신사 서장관인 나를 호위할 무관으로 내 특별히 너를 뽑겠으니, 그리 알고 돌아가서 예조의 지침에 따라 행장을 준비하라!"

황진과 허성, 홍계남의 특별한 인연이 그렇게 시작됐다.

1590년 2월 28일.

한양 도성 밖 참수터에 사람들이 몰려들었다. 구경꾼들이 참수터 주변을 빼곡히 메우자, 망나니들이 큰 칼을 들고 덩실덩실 춤을 추기 시작했다. 왜구와 작당하여 정해년(1587년) 전라도 해안 마을을 습격해 우리 관군을 죽이고, 백성 400여 명을 잡아가 노예로 팔아넘겼던 반민(叛民) 사화동과 왜구 우두머리들이 무릎을 꿇은 채 목을 길게 빼고 있었다. 누구도 사화동 패거리를 동정하지 않았다. 춤을 다 춘 망나니가 칼을 힘껏 내리치자, 사화동은 외마디 비명과 함께 앞으로 고꾸라졌다. 그의 머리가 바닥에 떨어졌다.

그로부터 1주일 후인 1590년 3월 6일, 정사 황윤길이 이끄는 통신사 일행은 드디어 한양 도성을 출발했다. 1443년(세종 25년) 통신사가 파견된 이래 약 150년 만에 조선 국왕의 사절단이 일본으로 향한 것이었다.

○ 경기도 수원 충의위 홍언수가 의병을 일으켜 왜적을 토벌하였다. 홍언수가 미천한 몸에서 낳은 아들이 있으니 이름은 홍계남으로 용맹과 힘이 무리 중에 뛰어났다. 경인년(1590)에 통신사의 군관이 되어 황진과 더불어 일본을 다녀왔기로 그놈들의 강약을 자세히 알고 있었다.

—『난중잡록(亂中雜錄)』 제1권

○ 허씨(許氏)는 또 세족(世族)으로, 만력(萬曆) 연간에 허봉(許篈)과 허성(許筬), 허균(許筠) 삼 형제가 모두 문장으로 이름을 떨쳤으며, 이들의 누이동생 경번(景樊)은 재주와 명성이 오빠들보다 위로, 중국 북방의 여러 나라들 가운데에서 가장 걸출한 집안이다.

—『해동역사』 제45권

5. 대마도

통신사 행렬이 일본으로 건너가기 위해 부산까지 내려가는 여정도 만만치 않았다. 정사 황윤길이 이끄는 통신사 일행은 1590년 3월 6일 한양을 출발해, 충주와 안동, 경주를 거쳐 같은 달 말에야 부산포에 당도했다.

부산포로 내려가는 길가에는 진달래와 개나리가 흐드러지게 피어 있었다. 통신사 일행은 자신들이 이용한 바로 이 이동 경로를 거슬러서, 훗날 일본군이 한양까지 밀고 올라오리라고는 상상조차 하지 못했을 터였다.

부산포에는 대마도의 승려 겐소가 마중을 나와 있었다. 겐소는 도요토미 히데요시의 지시에 따라, 조선과의 외교 협상과 실무를 담당하고 있던 대마도 측 인물이었다.

대마도는 부산포에서 약 130리(50킬로미터) 떨어진 섬이었다.

날씨가 좋으면 부산포 앞에서 육안으로도 볼 수 있는 거리였다. 당시 조선 수군의 주력선인 판옥선을 타면 이른 아침에 부산포를 출발해 해 질 무렵 대마도에 닿을 수 있었다. 가까운 거리였지만 바닷길은 결코 안심할 수 없었다. 바다는 화창하다가도 언제 거센 풍랑에 휩싸일지 모르는 위험천만한 곳이었다. 통신사 일행은 날씨가 좋은 날을 고르고 또 골라, 무사 항해를 기원하는 해신제를 지낸 후 조심스럽게 닻을 올렸다.

그들은 4월 29일 대마도 북쪽 사스나 포구에 도착했다. 포구에는 조선에서 온 통신사 일행을 보려고 많은 구경꾼들이 나와 있었다. 대마도 도주가 보낸 무사들이 통신사 행렬을 경호했다. 황진이 이끄는 조선의 호위군관들도 통신사 삼사와 외교 문서가 담긴 보관함을 지켰다.

황진이 도적 떼 왜구 무리가 아니라, 갑옷을 제대로 차려입은 일본군 무사들을 눈앞에서 본 것은 그때가 처음이었다. 대마도 무사들도 작은 활(각궁)과 짧은 환도로 무장한 조선 무관들을 신기한 듯 봤다. 키는 조선 무관들이 대마도 무사들보다 한 뼘씩은 더 컸지만, 휴대한 칼과 창은 조선 측이 훨씬 더 짧았다.

"이건 사신에 대한 예의가 아니오!"

통신사 일행이 배에서 내리고 짐도 다 부렸을 무렵, 부사 김성일이 언성을 높였다. 황진이 무슨 일인지 알아보기 위해 얼른 그쪽으로 달려갔다. 김성일은 잔뜩 화난 표정으로 겐소에게 연신 호통을 치고 있었다. 겐소는 그 앞에서 당혹스러운 표정을 감추지 못했다.

김성일이 항의한 이유는 선위사(宣慰使)가 마중 나오지 않았기 때문이었다. 외국에서 사신이 오면, 국경까지 선위사가 나와 맞이하는 것이 당시의 외교적 관례였다. 예의 법도를 중시하는 조선은 자신들이 상국으로 모시는 명나라는 물론이고, 일본에서 사신이 올 때도 항상 선위사를 내보내 영접했다.

외교적 의례를 중시하는 김성일은 일본 측의 결례를 그냥 넘기지 않았다. 그는 "국가의 체면과 관련된 중요한 문제"라며 "선위사가 나올 때까지 여기서 한 발도 움직일 수 없다!"고 주장했다. 겐소가 "풍랑 때문에 선위사의 출발이 늦어져서 그런 것이니 양해를 바란다"고 말했지만, 김성일의 노기는 풀리지 않았다.

일행이 숙소로 이동하지 못하고 포구에서 마냥 기다리게 되자, 정사 황윤길이 "이보시게, 김 부사! 조정에서 정한 사안에 선위사에 관한 조항이 원래 없었고, 여기서 여정을 많이 지체할 수 없으니 그만 출발합시다!"라고 김성일을 달랬다. 결국 신경전 끝에 통신사 일행은 선위사의 영접을 받지 못한 채 대마도 측이 마련해둔 숙소로 이동했다.

첫날 선위사 영접 갈등은 작은 시작에 불과했다. 며칠 후 일본이 또다시 외교적 의례를 어긴 문제로 서로 심각하게 얼굴을 붉히는 일이 발생했다.

통신사 일행은 5월 4일 대마도의 부중(府中, 가장 중심이 되는 행정구역)인 이즈하라에 입성했다. 대마도 도주인 소 요시토시는 여독에 지친 통신사를 위로한다며 국본사(國本寺)라는 큰 절에서 연회를 베풀었다. 선위사 영접 문제로 서먹해진 감정도 풀 겸, 앞으로 교토까지 서로 호흡을 잘 맞춰보자는 취지였다.

하지만 연회에서 갈등이 폭발했다. 조선의 입장에선 대마도는 일본 영토에 속하기는 하나, 대대로 조선에 조공을 바쳤던 속국에 가까운 섬이었다. 도주인 소 요시토시는 선조 임금으로부터 예조 참의 격의 관직까지 제수받은 엄연한 조선의 신하이기도 했다. 따라서 대마도 도주는 조선 왕의 국서를 가지고 온 통신사에게 깍듯하게 예를 갖춰야 할 입장이었다. 소 요시토시도 조선과 외교적 교섭을 다년간 해왔기 때문에 의례와 예법을 중시하는 조선의 성향을 모르지 않았다.

하지만 소 요시토시는 통신사들이 국본사 연회장에 도착해 먼저 자리를 잡고 나서도, 한참 동안 등장하지 않았다. 그는 귀빈을 모셔놓고 지각한 것도 모자라, 가마를 타고 연회장 대청까지 올라오는 무례를 범했다. 의례상 그는 연회장 뜰에서 가마에서 내려 통신사들에게 예를 표한 후 대청에 올라와야 했다.

김성일이 폭발하고 말았다. 김성일은 "대마도는 바로 우리나라의 번신(藩臣)이다. 사신인 우리가 왕명을 받들고 왔는데, 어찌 감히 이토록 업신여겨 오만하게 굴 수가 있느냐. 나는 이 잔치를 받을 수 없다!"며 자리를 박차고 나가버렸다. 서장관 허성이 황급히 그의 뒤를 따라갔다. 정사 황윤길은 묵묵히 연회 자리를 지키고 있었지만, 이미 잔치 분위기는 식어버렸다. 연회장 뜰에서 대기 중이던 황진은 부하 군관 네 명에게 부사와 서장관을 급히 따라가 경호하도록 했다.

요시토시는 자신은 아무것도 모른다는 듯 역관 진세운에게 김성일이 왜 갑자기 퇴장했는지 물었다. 진세운은 사태가 더 악화될 것을 걱정하여 "부사께서는 병 때문에 먼저 숙소로 돌아갔다"라고 얼버무렸다.

황윤길은 연회 자리를 파하고 나오면서 황진에게 "허허, 이거 참! 학봉이 자꾸 작은 일에 집착해 큰일을 그르칠까 걱정되네. 우리는 예법을 다투려 온 게 아니라 일본의 정세를 정탐하러 온 것인데……"라고 말했다.

김성일은 숙소로 돌아와 두문불출했다. 그는 다음 날 진세운이 소 요시토시에게 자신이 병 때문에 퇴장했다고 설명했다는 사실을 전해 듣고는 대로했다. 그는 퇴장 이유를 제대로 통역하지 않았다는 이유로 시종들을 시켜 진세운에게 곤장을 쳤다.

김성일의 칩거로 통신사의 여정이 멈췄다. 황윤길이 몇 차례 김성일을 설득해봤지만 쉽게 풀릴 기미가 보이지 않았다. 통신사 일행은 숙소인 이즈하라의 세이잔지(西山寺)에서 이러지도 저러지도 못한 채, 몇 날을 보내야 했다.

소 요시토시도 사태가 심상치 않음을 느꼈다. 자칫 조선 국왕의 통신사를 도요토미 관백 앞에 데려가는 자신의 임무에 차질이 빚어질 수 있었다. 통신사 일행이 여기에서 여정을 중단하고 조선으로 돌아가면, 자신은 도요토미에게 목이 달아날 수도 있었다.

그는 연회 당일 자신의 가마를 멨던 가마꾼을 붙잡아 목을 치게 했다. 자신은 통신사에게 예를 갖추기 위해 연회장 밖에서 가마를 멈추라고 했는데, 그 가마꾼이 멈추지 않고 대청 앞까지 올라갔다는 이유에서였다. 요시토시는 가마꾼의 잘린 목을 가지고, 세이잔지까지 직접 찾아와 사과했다.

김성일은 "사람이 죽은 것은 참혹하지만 이로써 나라의 치욕을 조금 씻게 되었다"며 노기를 풀었다. 통신사 여정도 재개됐다.

통신사 내부에선 국가 위신과 존엄을 세우려는 취지는 이해하나 김성일의 행동이 너무 지나치다는 말도 나왔다. 특히 서장관 허성은 같은 동인이지만 김성일을 이해할 수 없다며 비판했다. 그는 황진과 홍계남 등을 자신의 처소로 불러 술을 마시며 "사신의 체모와 예법만 따지다가 애먼 사람만 죽었다"고 말했다.

통신사 일행이 대마도에 온 지도 어느덧 한 달이 다 되어가고 있었다.

○ 당초 윤길 등이 지난해 4월 바다를 건너 대마도에 도착하였는데, 일본은 당연히 영접사를 파견해서 사신 일행을 인도하여야 하는데도 그렇게 하지 않았다. 이에 김성일은 그들의 거만함을 받아들일 수 없다고 의논하고 1개월을 지체한 뒤에야 출발하였다.

—『조선왕조실록』 선조(수정실록) 24년(1591) 3월 1일

○ 사신들이 먼저 가 있는데 의지가 가마를 탄 채 문을 들어와 뜰아래에까지 와서 내리자 성일이 그의 무례함에 노하여 즉시 일어나 방으로 들어가니, 허성 이하도 따라서 일어났으나 윤길은 그대로 앉아서 잔치에 임하였다. 성일이 병을 핑계로 나오지 않자 다음 날 의지가 그 까닭을 듣고서 미리 알리지 않았다고 하여 시종을 든 왜인의 머리를 베어가지고 와서 사죄하였다.

—『조선왕조실록』 선조(수정실록) 24년(1591) 3월 1일

6. 오사카성

김성일의 몽니가 꼭 부정적인 것만은 아니었다. 대마도 도주 소 요시토시의 가마꾼이 참수된 후, 대마도인들의 태도가 눈에 띄게 달라졌다. 뻣뻣했던 대마도 역관들의 말씨나 태도가 한결 공손해졌다. 대마도의 호위무사와 짐꾼, 시종 들도 통신사 일행 앞에서 행동거지에 각별히 신경을 썼다.

황윤길이 이끄는 통신사 일행은 대마도 체류 한 달여 만에 이키섬을 거쳐, 규슈의 하카타로 이동했다. 그곳에서 다시 뱃길로 혼슈의 관문인 시모노세키에 입항했다. 통신사 선단이 시모노세키 항구에 도착하자, 현지 주민들이 바닷물 속에 나무기둥을 박고, 그 위에 판자를 덮어, 배에서부터 뭍까지 임시 잔교를 만들었다. 그 덕분에 통신사 일행은 물에 젖지 않고 안전하게 뭍에 오를 수 있었다.

정사 황윤길과 부사 김성일, 서장관 허성은 화려한 가마를 타고, 숙소인 사찰 아미다지(阿彌陀寺)로 이동했다. 호위무관 황진이 말을 타고 앞장섰고, 이어서 군관들이 기창을 세우고 행진했다. 나머지 일행들도 각기 말을 타고, 그 뒤를 따랐다. 대마도 측 수행원, 즉 현지 호위무사와 가마꾼, 짐꾼, 역관 들도 함께 움직였다. 그 때문에 통신사 행렬의 규모는 400여 명이 훌쩍 넘었다. 대규모 행렬의 이동은 그야말로 장관이었다. 그 보기 드문 장관을 구경하려고 통신사 행렬이 이동하는 곳마다 수많은 주민이 거리로 쏟아져 나왔다.

통신사 숙소인 아미다지에는 일본의 고위 관료와 학자, 명망가들이 쉼 없이 찾아왔다. 그들은 통신사 일행과 필담으로 대화를 주고받았다. 통신사 일행에는 조선 명필로 이름난 이해룡과 문장가 차천로 등이 포함되어 있었다. 일본인들은 두 사람에게 글씨와 시문을 받아 가려고 매일같이 줄을 섰다.

통신사 일행은 시모노세키에서 세토나이카이를 따라 계속 동으로, 동으로 이동했다. 1590년 7월 초, 황윤길이 이끄는 통신사는 드디어 오사카만에 이르렀다. 그들은 놀라지 않을 수 없었다. 조선에서 일찍이 보지 못했던 광경이 눈앞에 펼쳐져 있었기 때문이었다. 일본 각지에서 생산된 미곡과 옷감, 생선 등 각종 특산물을 실은 세키부네(배)들이 쉼 없이 오사카만을 들락날락하고 있었다.

"우와!"

계빈(界濱, 오사카 인근 상업 도시) 포구에 도착하자, 통신사 일행의 입에선 감탄사가 절로 터져 나왔다. 그곳에는 3~5층짜리 층루들이 즐비했다. 포구에는 수백 척의 배들이 정박해 있었고, 선원들과 짐꾼들이 부지런히 화물을 나르고 있었다. 포구에 쌓인 특산물들은 다시 야마토가와 운하를 타고, 오사카성으로 옮겨졌다. 계빈에서 오사카성까지 가는 길 양편에는 각종 상점과 여염집, 술집, 밥집이 죽 늘어서 있었다. 통신사 일행은 오사카의 발달된 문물에 다들 입을 다물지 못했다.

"어허! 저렇게 높은 층루가 즐비하다니…… 게다가 화려하기는 또 어떤가! 마치 명나라 통주(通州)를 보는 것 같구려!"

정사 황윤길이 계빈의 거리 풍경에 놀란 듯 말했다. 서장관 허성과 제술관 차천로 등의 입에서도 감탄이 절로 터져 나왔다. 황진도 10여 년 전 조천사 일행으로 명나라에 갔을 때와 비슷한 문화적 충격을 받았다. 하지만 부사 김성일은 이들의 반응이 못마땅하기만 했다. 그는 "호들갑 떨지 마시게들! 그래봤자 천하의 이치와 예를 모르는 오랑캐들 아니겠소!"라고 말했다.

도요토미의 가신인 고니시 유키나가가 계빈에서 선위사 자격으로 통신사를 영접했다. 고니시는 대마도 도주인 소 요시토시의 장인이기도 했다. 조선과의 교역에 사활을 걸고 있는 자신의 사위 때문일까? 고니시는 도요토미의 가신단 내에서 외교적 협상으로 조선과의 문제를 해결하자는 온건파에 속했다.

황윤길이 고니시에게 도요토미 관백을 만날 일정에 대해 묻자, 그는 "관백이 동쪽으로 정벌 전쟁에 나가 있어서 바로 만날 수 없다"고 말했다. 도요토미는 실제로 자신에게 복속하지 않은 간토 지역의 호조 가문을 정벌하러 15만 대군을 이끌고 출정 중이었다.

고니시는 황윤길과 김성일에게 "동쪽에서의 싸움은 이제 막바지에 와 있습니다. 관백께서 능히 호조 정벌에 성공하시고 조만간 교토로 돌아오실 테니, 그때까지 마음 놓으시고 계빈의 풍물을 즐기십시오"라고 말했다.

황윤길은 소 요시토시가 소개해주는 일본 관리들이나 학자들과 잦은 연회를 가졌다. 조선을 떠나기 전부터 황윤길의 몸은 정상이 아니었다. 그런데도 그는 계빈에 온 후, 매일 술잔을 놓지 않았다. 황진은 황윤길의 안색이 갈수록 나빠지는 것을 염려했다. 황윤길은 그럴 때마다 "내가 정탐을 하러 다닐 수는 없지 않나? 내가 술을 마시며 놈들의 이목을 끌 터이니, 자네들은 나머지 할 일을 잘 해주시게!"라고 당부했다.

반면 김성일은 자신의 숙소에 틀어박혀, 좀처럼 밖으로 나오지 않았다. 대부분의 시간을 책을 읽으며 보냈다. 그는 연일 술에 빠져 있는 정사 황윤길이 못마땅했다. 통신사 정사가 체통을 지키지 못하니, 다른 일행들도 계빈 구경과 유흥에 빠져, 본연의 책무를 다하지 못하고 있다고 김성일은 안타까워했다. 김성일은 외출을 권하는 서장관 허성에게 "우리는 일본에 유람을 온 게 아니고, 국왕을 대신해 국서를 전달하러 온 것인 만큼, 맡은 책무를 제대로 다 마칠 때까지는 처신을 극히 신중히 해야 한다"며 역정을 내기도 했다.

황윤길과 허성 등은 계빈에서 편복(평상복) 차림으로 가마를 타고 시내 구경을 나가거나 연회에 참석하곤 했다. 하지만 김성일은 국왕의 사신으로서 항상 몸가짐을 단정히 해야 한다고 믿었다. 그는 외출하거나 연회에 참석할 때 꼭 화려한 예복을 갖춰 입었다. 일본인들 중에는 예복을 멋지게 차려입은 김성일이 통신사 중 제일 높은 사신인 줄 아는 이들도 적지 않았다.

계빈에 당도한 지 여러 날이 흘렀을 즈음, 황진은 자신을 따라다니는 대마도 역관에게 조총을 구경해보고 싶다고 도움을 청했다. 대마도에서 계빈까지 오는 동안 조총을 든 군사들을 몇 차례 보긴 했지만, 실제로 그 성능과 사용법을 체험해보고 싶었다. 함께 온 대마도 호위무사들은 창과 칼만 가지고 있을 뿐, 조총병은 따로 없었다.

며칠 후 고니시의 부관 한 명이 황진을 찾아왔다. 그는 자신의 주군 고니시가 황진을 비롯한 통신사 무관들만 따로 불러, 이틀 후 야외 연회를 베풀고 싶어 한다고 말했다. 그는 그 연회에서 조총 사격도 체험할 수 있을 것이라고 살짝 귀띔했다. 황진은 황윤길의 허락을 받아, 휘하 무관들을 데리고 연회에 참석기로 했다. 일본 측 고관인 고니시가 주최하는 연회인 만큼, 격에 맞추기 위해 통신사 삼사 중 서장관 허성이 함께 가기로 했다.

작은 배를 타고 야마토가와를 거슬러 올라가자, 강변의 널찍한 평지에 연회장이 나왔다. 고니시가 허성과 황진에게 술을 따라주자 연회의 막이 올랐다. 양측 무관들이 서로 술을 주고받는 동안, 일본 악공들은 음악을 연주하고 무희들은 춤을 췄다. 연회의 분위기가 한껏 무르익었을 즈음, 고니시가 부하들에게 손짓을 보냈다. 그러자 갑주를 입고, 붉은 가면으로 얼굴을 가린 사무라이 한 명이 연회장 마당에 등장했다.

그는 화려한 무늬가 새겨진 일본도를 들고 춤추듯 왜검법을 선보였다. 우아하면서도 절도가 있고, 재빨랐다. 이어 치도(나기나타)를 든 무사가 등장하더니 빨라졌다 느려졌다 하면서 화려한 실력을 과시했다. 황진을 비롯한 조선 무관들은 그들의 시범에서 눈을 떼지 못했다.

"황 무관! 우리도 뭔가 답례로 보여줘야 하지 않겠소?" 술이 좀 오른 허성이 황진의 귀에 대고 속삭였다.

ㅇ 평의지는 가마꾼에게 허물을 돌려 가마꾼을 죽여 머리를 베어 바치며 와서 사죄하였다. 그로부터 왜인들은 공경히 예법대로 대접하고 바라보기만 해도 곧 말에서 내렸다. 황윤길 등은 또 대마도로부터 바닷길로 40여 일을 가서 일기도(一岐島)에 도착하고 박다주(博多州)·장문주(長門州)·낭고야(郞古耶)를 거쳐 7월 25일에 비로소 일본 국도에 도착했다. 대개 왜인들이 일부러 가는 길을 빙빙 돌고 또 곳곳에서 머물게 했으므로 여러 달이 걸린 것이다.

일본 국도에 도착하여 큰 절에서 묵고 있는데, 마침 수길은 동산도(東山道)를 치러 나가 있었다. 그는 우리나라 사신이 왔다는 소리를 듣고 섭진태수(攝津太守) 평행장(平行長)에게 영접하게 하고, 민부경(民部卿) 현이(玄以)에게 접대할 일을 맡겼다.

—『재조번방지(再造藩邦志)』 제1권

7. 조총

칼과 창이 요란한 소리를 내며 부딪치고 번뜩거리는 현란한 무술 시범이 한바탕 흥을 돋우고 나자, 고니시의 부하들은 연회장 옆 강변에 커다란 과녁을 설치했다. 약 50보쯤 떨어진 거리였다. 자신들의 활 솜씨를 보여줄 모양이었다. 일본 특유의 긴 대나무 활을 든 궁수들이 등장했다. 그들이 쏜 화살들은 잇달아 과녁을 맞혔다. 연회에 참석한 일본 측 인사들이 손뼉을 치며 좋아했다. 궁수들도 연회 참석자들의 응원에 의기양양한 표정을 지었다.

그때 고니시 측 역관이 황진에게 다가왔다.

"고니시 도노께서 조선 군관들의 활 솜씨가 대단하다고 들으셨답니다. 직접 한번 보시고 싶답니다. 부탁드립니다."

황진이 자리에서 일어났다. 뒤편에 있던 홍계남이 재빨리 황진에게 흑각궁과 화살을 건넸다. 활을 든 황진은 동개일습(활집)을 착용하고, 천천히 연회장 단상을 내려갔다. 황진은 조선에서 둘째 가라면 서러워할 만큼 뛰어난 명궁이었다. 일본 장수들은 그런 사실을 모른 채 황진의 활 크기만을 보고 살짝 비웃었다. 조선의 각궁은 일본의 대나무 활에 비해 형편없이 작았다. 앞서 활 시범을 마친 일본 궁수들도 그 작은 활로 어디 한번 쏴보라는 듯한 표정으로, 황진을 유심히 관찰했다.

"과녁이 너무 크오. 더 작은 과녁을 가져다 놓으시오."

황진이 고니시의 부하들에게 이미 설치된 과녁보다 훨씬 작은 과녁을 가져오라고 부탁했다. 고니시의 부하들이 재빨리 기존 과녁의 절반 크기에 못 미치는 과녁을 설치했다. 연회 참석자들이 호기심 가득한 눈으로 황진을 주시했다. 황진이 한 발 한 발 활을 쏘자, 화살들은 어김없이 그 작은 과녁의 한가운데에 꽂혔다. 한두 발이 아니었다. 쏠 때마다 모두 적중했다. 조금 전까지 기고만장했던 일본인 참석자들의 얼굴빛이 변했다.

"이것이 바로 조선의 활 실력이올시다!"

술기운이 오른 서장관 허성이 손뼉을 치며 큰 소리로 말했다. 홍계남을 비롯한 나머지 조선 무관들도 주먹을 치켜들며 황진을 응원했다. 황진에겐 아직 두 대의 화살이 남아 있었다. 때마침 물새 한 마리가 100보 정도 떨어진 강물에 떠 있고, 다른 한 마리는 하늘로 날아오르고 있었다. 황진은 두 발의 화살을 강물과 하늘을 향해 잇따라 쐈다. 화살들은 물새 두 마리에 그대로 적중했다. 연회장에 잠시 어색한 침묵이 흘렀다.

"스바라시이(멋지군)! 미고토다(아주 훌륭해)!"

주최자인 고니시가 침묵을 깨고, 황진의 활 솜씨를 칭찬했다. 그제야 좌중에서 박수와 환호가 터져 나왔다.

고니시는 직접 황진에게 활을 보여달라고 했다. 조선의 흑각궁은 일본의 활보다 크기는 작았지만 대나무와 뽕나무, 참나무, 소 힘줄과 물소 뿔 등을 겹겹이 붙여서 탄성을 극대화했다. 일본 활보다 사정거리도 훨씬 길었고, 파괴력도 몇 배나 더 셌다.

고니시의 부하들은 황진의 흑각궁을 서로 돌려 보며, 저마다 감탄을 내뱉었다.

"그럼 그렇지. 활이라면 우리 조선이 최고지!"

허성과 조선 무관들은 그 모습을 보며 으쓱해졌다.

황진에게 활을 돌려준 고니시가 귓속말로 부관에게 뭔가를 지시했다. 연회장 밖에서 미리 대기하고 있던 조총병들이 줄지어 입장했다. 그들은 새로운 나무 과녁판을 150보 정도 떨어진 곳에 놓았다.

조총수들은 한 줄에 10명씩 30명이 세 줄로 섰다. 그들은 빠른 속도로 탄환을 장전했다. 지휘관이 "웃테(쏴)!"라고 외치자, 1열이 사격하고 재빨리 뒤로 물러났다. 나무판 과녁에서 파편이 어지럽게 튀었다. 이어 2열과 3열이 차례로 앞으로 나와서 쏘고 뒤로 물러났다. 그들은 한 번 더 연속 사격을 반복했다. 두꺼운 나무 과녁판이 어느새 조총 탄환을 맞고 너덜너덜해져 있었다. 실로 엄청난 파괴력이었다. 저 정도 위력이면 조선군의 갑옷이나 방패도 쉽게 뚫을 것 같았다.

그때 조총병 중 하나가 총구가 유난히 큰 조총을 들고 앞으로 나가더니 강물에 떠 있는 물새 떼를 향해 쐈다. 화포처럼 큰 소리가 났다. 나중에 알게 됐지만 그 조총은 대조총(大鳥銃)이라고 불리는 신무기였다. 단 한 번의 발사에 스무 마리 정도 무리지어 헤엄치던 물새들이 모두 떼죽음을 당했다. 죽은 물새들이 강물에 둥둥 떠내려갔다. 백면서생인 허성은 처음으로 보는 조총의 위력에 그만 놀라서 입을 다물지 못했다. 황진을 비롯한 통신사 무관들도 그 자리에서 잠시 얼어붙었다.

연회가 끝날 무렵, 고니시는 허성과 황진을 따로 불렀다. 그는 둘에게 "우리는 조선과 싸우고 싶지 않소. 전쟁은 피하는 게 상책이오! 관백께서 그대들을 부른 이유도 그와 같을 것이오. 부디 잘 헤아려주시오!"라고 말했다. 고니시는 서로 싸우지 말고 외교적으로 좋게 해결하자는 취지의 말을 하고 있었지만, 황진의 귀에는 좋은 말로 할 때 자신들의 요구를 수용하라는 협박 그 자체로 들렸다.

그날 연회가 파하고, 관소로 돌아오는 배 위에서 허성은 황진에게 "저들은 우리가 알던 예전의 왜구가 아니구려! 조정에서 하루빨리 이런 상황을 알아야 할 텐데…… 참으로 걱정이구려!"라고 말했다. 황진은 "대감! 지피지기면 백전백승이라고 했습니다. 우리가 미리 연구하고 준비하면 반드시 조총을 이길 계책을 찾을 수 있을 겝니다. 너무 걱정 마시옵소서!"라고 답했다. 하지만 그런 황진도 그날 밤 늦게까지 잠을 청할 수 없었다. 조종을 쏜 후 일본도와 치도를 휘두르며 돌진해 오는 왜놈들의 모습이 머릿속에서 떠나지 않아서였다.

"이보시오, 허 서장관! 공연히 호들갑 떨지 마시오!"

다음 날 아침 식사 전에 열린 조회에서 부사 김성일이 목청을 높였다. 통신사 조회는 통신사 삼사를 비롯해 통신사 일행 중 벼슬을 가진 관리들이 아침에 모여, 그날의 일정과 사안을 챙기는 자리였다. 서장관 허성이 그 자리에서 전날 고니시가 주최한 연회에서 봤던 조총의 위력을 바로 눈앞에서 보듯이 상세히 묘사하자, 김성일이 면박을 준 것이었다.

"저들에게 조총이 있다면, 우리에게는 천지현황 총통이 있지 않소! 그 크기나 위력으로 보아 조총보다 몇 갑절은 더 셀 것인데…… 무엇이 두렵다고 아침부터 이리 겁먹은 듯 난리란 말이오! 처신을 신중히 하시오!"

김성일의 호통에 허성의 얼굴이 일그러졌다. 아랫사람들 앞에서 자신의 보고를 깔아뭉개는 김성일의 태도에 심기가 몹시 언짢은 듯 보였다.

정사 황윤길은 "서장관의 보고는 잘 들었소"라고 허성을 다독인 뒤에, 배석한 호위무관 황진에게 "황 무관 자네는 어떻게 봤나?"라고 물었다. 황진은 "저들이 조총부대로 어떻게 진법을 펼치는지 아직 제 눈으로 보지 못해 정확하게 평가하기 어렵습니다만, 위력만큼은 서장관의 말씀에 한 치의 과장도 없사옵니다. 전장에서 조총을 만난다면 가히 두려워할 만하옵니다"라고 아뢰었다.

김성일은 허성의 보고 때와는 달리, 잠자코 황진을 응시하고만 있었다.

○ 왜노(倭奴)들이 사신들을 위협하여 못 할 짓이 없었으니 사신들이 모두 두려워하여마지않았는데, 공만이 홀로 침착하게 대하며 조금도 무서워하지 않았다. 왜노들이 과녁에 활을 쏘며 힘을 과시하면서 사신들로 하여금 와서 보게 하였는데, 과녁의 거리가 겨우 50보 정도 떨어져 있었다. 공이 작은 과녁을 따로 설치하고 활을 쏘니 적중하지 않는 것이 없었다. 왜노들이 놀라서 서로를 돌아보며 얼굴빛이 변하였고, 사신들은 감탄하지 않는 이가 없었다. 물새가 있어 한 마리는 바다 위에 떠 있고 한 마리는 하늘로 날아올랐는데, 공이 화살을 쏘니 쏘는 것마다 모두 적중하였다.

—『강한집(江漢集)』 제15권 무민(武愍) 황공의 묘지명

8. 교토

며칠 후, 소 요시토시가 통신사의 관소를 방문했다. 요시토시는 황윤길에게 '도요토미 관백의 군대가 간토의 호조 가문 정벌에 성공하고, 곧 국도인 교토로 돌아올 예정'이라고 설명했다. 통신사 일행은 급히 짐을 꾸려 교토로 향했다. 오사카 하구에서 관백 측이 제공한 호화 유람선인 가와고자부네를 타고, 요도가와를 거슬러 올라갔다.

그들은 1590년 7월 말, 드디어 교토에 당도했다. 황윤길과 김성일은 임제종 사찰인 다이도쿠지(大德寺)를 관소로 삼고, 도요토미 관백의 부름을 기다렸다. 하지만 그달 초 호조 정벌을 성공적으로 마친 도요토미는 이러저런 핑계를 대며 교토로 복귀하지 않고 있었다. 통신사 일행은 적막한 다이도쿠지에서 언제 성사될지 모를 도요토미와의 면담을 마냥 기다리고 있어야 했다.

그 무렵 황진은 오랫동안 여행을 함께한 대마도 호위무사들과 제법 친해졌다. 황진은 그들로부터 왜검술을 배우고 싶었다. 그는 매일 아침 대마도 무사들에게 일본도를 쓰는 법을 보여달라고 하고는, 그대로 따라 해봤다. 황진은 특별한 일정이 없는 날은 하루 종일 삼나무 목검을 들고, 왜검법을 익혔다. 황진의 왜검술 수련이 매일같이 계속되자, 홍계남 등 몇 명의 통신사 무관들도 합류했다. 대낮에도 인적이 드물어 조용하기만 했던 다이도쿠지 뒤뜰이 아침마다 조선 무관들의 기합 소리로 시끄러웠다.

사실 조선 무관들은 검법을 따로 수련할 일이 거의 없었다. 무과 시험 과목에 활쏘기와 기사(騎射, 말 타고 달리면서 활 쏘기), 기창(騎槍, 말 타고 달리면서 창 쓰기) 등은 있어도, 검술은 따로 포함되어 있지 않았기 때문이다.

조선과 일본의 검법은 상당히 달랐다. 조선의 환도는 한 손으로 잡는 데 비해, 일본도(가다나)는 두 손으로 잡아야 했다. 일본도는 칼날을 위로 향하게 칼집에 넣고 다니다가 재빨리 뽑아 공격에 써야 했다. 칼을 세우고 전진하고 후퇴하는 자세에서도 두 검법의 차이가 컸다. 환도가 한 손으로 말고삐를 잡고 다른 한 손으로 휘두르는 용도라면, 일본도는 그야말로 땅 위에서 단병접전(短兵接戰)의 상대를 베는 데 사용되는 칼이었다.

'왜의 검법을 익혀 놈들을 이겨낼 방법을 찾겠다!'

황진은 곁눈질로 대마도 무사들의 검법 훈련을 보며 그렇게 다짐했다. 그는 자신의 조선검법과 왜검법을 접목하고자 했다.

대마도 무사들은 황진이 자신들을 통해 일본 검법을 조금씩 연마하고 있다는 사실을 알면서도 별달리 제지하지 않았다. 그들의 주군인 고니시 유키나가와 소 요시토시는 통신사 일행에게 조총의 위력을 보여줬던 것처럼, 일본 검법의 무서움도 조선 무관들에게 알려주고 싶어 했다. 이유는 간단했다. 무력으로는 자신들에게 상대가 안 된다고 조선 측이 스스로 느끼게 만들기 위해서였다. 그들은 굳이 싸우지 않고도, 조선을 자신들의 영향력 아래에 두고 싶어 했다.

도요토미는 9월 초에야 교토로 돌아왔다. 호조 정벌전쟁은 7월 초 끝냈지만 도요토미는 아내를 데리고 천천히 산천을 유람하며 귀경한 것이었다. 조선 국왕 사신단이 교토에서 기다리고 있다는 사실을 알았지만 전혀 신경 쓰지 않았다.

고니시 유키나가와 소 요시토시는 자신들이 통신사와 도요토미의 면담을 위해 백방으로 뛰어다니고 있다고 말했다. 그러나 어쩐 일인지 도요토미가 교토에 돌아오고서도 한참 동안 면담 일정이 잡히지 않았다. 도요토미는 자신의 궁을 수리해야 한다느니, 처리해야 할 급무가 생겼다느니 하면서 면담을 차일피일 미루기만 했다.

사정이 여의치 않자, 소 요시토시는 황윤길과 김성일, 허성 등에게 도요토미의 측근들에게 뇌물을 써서라도 면담 일정을 잡는 게 좋겠다고 제안했다. 하루라도 빨리 국서를 전달하고 조선으로 돌아가고 싶었던 황윤길과 허성은 그 같은 제안에 귀가 솔깃했다. 하지만 원리원칙주의자인 김성일은 펄쩍 뛰었다.

"지엄한 왕명을 받든 사신으로서, 타국에 왔더라도 한결같이 예법대로 하여 왕실의 존엄함을 지켜야 하거늘, 하물며 뇌물을 쓴다는 말입니까! 혹여 관백을 만나지 못하더라도 체통을 지켜야 할 것이오!"

소 요시토시는 김성일의 반대로 관백의 측근에게 뇌물을 건네는 방안이 무산되자, 이번에는 통신사에서 연회를 열어 관백의 측근들을 초대해 조선의 음악을 들려줌으로써 마음을 얻어보자고 제안했다. 실제로 통신사 일행에는 장악원(掌樂院) 소속 악공들이 포함되어 있었다. 이들은 국서 전달 행사에서 예악(禮樂)을 연주하는 것이 주 임무였으나, 통신사가 묵는 지역마다 우리 문화와 음악의 우수성을 알리는 일도 겸했다.

하지만 이번에도 김성일이 강하게 반대했다.

"왕명을 받든 신하가 외국에 사신으로 가서 왕명을 전하지 못했다는 것은 처녀가 시집가지 않은 것과 마찬가지입니다. 시집도 가지 않은 처녀가 기생처럼 노래를 팔아 사람들을 기쁘게 한다면, 어찌 나라 사람들이 천하게 여기지 않겠습니까?"

황윤길과 허성은 방법이야 어떻든 빨리 국서를 전하고, 조선에 돌아가 일본의 침략 계획을 알리는 것이 중요하다고 김성일을 설득했다. 하지만 김성일은 외교적 예법과 관례를 들어 절대 불가하다고 맞섰다.

자신들의 제안이 번번이 무산되자, 고니시 유키나가와 소 요시토시도 기분이 몹시 상한 듯 보였다. 고니시는 특히 황윤길과 허성에게 "김성일 대감이 사사건건 시비를 거니 될 일도 안 되겠다"고 불만을 터뜨렸다.

통신사의 도요토미 면담이 계속 지연되는 가운데, 시간은 빠르게 흘러갔다. 봄에 조선을 떠나왔는데, 어느덧 늦가을을 넘어 겨울로 접어들고 있었다. 일본 관리와 유학자, 승려 들이 교류를 위해 간간이 통신사 관소를 찾아오지 않았다면 그야말로 무료했을 생활이 계속됐다. 그들은 슬슬 자신들이 선조의 국서를 도요토미에게 전달하고, 답서를 받아 갈 수 있을지조차 의심되기 시작했다.

그 무렵 황진은 틈틈이 군관들과 함께 다이도쿠지 앞 평지에서 격구를 했다. 격구는 말을 타고 막대기로 공을 쳐서, 구문(골대)에 넣는 경기로 조선의 무과 과목이기도 했다. 추운 겨울 날씨인데도 교토 주민들이 그들의 경기를 구경하러 왔다. 그들은 조선 무관들이 말을 타고 자유자재로 움직이면서, 작은 공을 때리고 치는 모습을 재밌어했다. 일본에도 기마술이 있었지만, 북방 유목 민족을 상대하면서 발달해온 조선의 기마술에 비할 바가 아니었다.

홍계남은 격구가 끝나면 말 등에서 물구나무를 서거나, 말의 배 밑으로 내려갔다가 번개처럼 솟구쳐 말 등에 서는 마상재(馬上才)를 조금씩 보여주었다. 구경꾼들 입에서 감탄이 터져 나왔다. 황진은 그 모습을 흐뭇하게 바라봤다.

그때 역관 진세운이 헐레벌떡 계단을 뛰어내려 왔다.

"황 무관 나리! 어서 올라오시라는 전갈이옵니다. 도요토미 관백과의 면담 일정이 잡힌 것 같사옵니다!"

○ 그 뒤로 수길이 몇 달 동안을 질질 끌면서 국서를 제때에 받지 않고는 뜬 말로 선동하여 구류당하는 수치를 받을 것이라고 하였다. 그때 어떤 자가 와서 말하기를, "민부경(民部卿) 법인(法印)과 산구전(山口殿) 현량(玄亮)은 관백의 심복인데 지금 마침 사신을 접대하는 일을 맡았습니다. 그러니 그들에게 환심을 사 일이 성사되기를 도모하는 것이 옳습니다" 하자, 황윤길이 그럴듯하다고 여겨 예물로 바치는 폐백이라고 핑계 대고는 후하게 뇌물을 주어 도모하려고 하였다. 이에 공이 이르기를, "손님과 주인 사이에는 과연 예물로 바치는 폐백이 있는 법입니다. 그러나 왕명을 전한 뒤에 준다면 예물이 되겠지만, 지금 준다면 뇌물인 것입니다. 우리들이 성주(聖主)의 밝은 명령을 받들고 와서는 위엄과 덕화를 선양해 왜인들로 하여금 조대(朝臺) 아래에서 이마를 조아리게 하지 못했습니다. 그런데 이에 도리어 뇌물을 주어 아첨을 한다면, 이는 임금의 명을 몹시 욕되게 하는 것입니다. 비록 죽더라도 그렇게 할 수는 없습니다" 하니, 황윤길이 그 말에 굴복하였다.

—『우복집』 제17권 김공 성일(金公誠一)의 신도비명

9. 도요토미 히데요시

1590년 11월 7일, 통신사 일행은 드디어 도요토미 히데요시를 만나게 됐다. 교토에 도착한 지 무려 넉 달 만의 일이었다. 입궁에 앞서 정사 황윤길과 부사 김성일, 서장관 허성은 도요토미 앞에서 갖춰야 할 어떤 예법에 대해 상의했다.

조선인의 눈에 일본의 정치 구조는 매우 특이했다. 왕인 천황이 존재하지만, 실제로 모든 실권을 장악한 것은 관백이었다. 이번에 통신사가 가져온 조선 국왕의 국서를 받는 주체도 천황이 아니라 관백이었다. 그런데 엄격히 따지자면 관백은 왕의 지위가 아니었다. 조선으로 치면 영의정쯤에 해당하는 벼슬아치일 뿐이었다. 그러나 일본에 와서 보니, 관백은 일본인들에게 왕보다 더 무서운 존재였다. 도요토미가 일본의 다이묘들과 관료들에게 배를 갈라 자결하라고 하면 바로 그 자리에서 할복해야만 했다. 그의 명을 따르지 않으면 끔찍한 보복을 각오해야 했다. 그런 도요토미 관백을 통신사들은 어떻게 대해야 할까?

소 요시토시는 도요토미를 선조 임금의 상대인 일왕으로 인정해 군신의 예를 갖춰 정하배(庭下拜)를 해줄 것을 요구했다. 통신사들이 궁에 도착하면 가마에서 내려, 뜰에서 관백에게 인사를 올린 후 당상에 올라가야 한다는 이야기였다. 일본의 사신들이 조선 왕을 만날 때도 정하배를 하고 있는 만큼 그게 호혜의 원칙에도 맞는다고 소 요시토시는 강조했다.

하지만 예법에 밝은 김성일은 왕이 아니라 신하인 관백에게 정하배를 할 수는 없다고 맞섰다. 국서를 전달할 자와 전달받을 자가 모두 신하들인 만큼, 거기에 맞는 예를 올리면 된다고 주장했다. 즉, 당상에 걸어 올라가 관백과 마주 보고 인사하는 영외배(楹外拜)를 하겠다는 이야기였다. 황윤길과 허성은 국서 전달을 앞두고, 예법을 놓고 시시건건 시비를 벌일 수는 없다고 설득했으나, 김성일은 자신의 주장을 굽히지 않았다.

그런데 정하배 논란은 의외로 간단하게 해결됐다. 고니시가 도요토미에게 예법에 관해 문의했는데, 도요토미는 형식적인 예법에는 별 관심이 없었다. 영외배를 해도 상관없다고 말했다. 도요토미는 조선 국왕이 자신에게 국서를 보내온 것만으로도 자신은 존엄을 인정받았으니, 시시콜콜한 유교 예법에는 크게 개의치 않겠다는 입장이었다.

도요토미의 궁에 들어간 통신사 삼사는 사전에 양해된 대로 당상에 올라가 영외배를 올렸다. 황진을 비롯한 나머지 통신사 수행단은 뜰에서 예를 올렸다. 사모(紗帽)를 쓰고, 흑포(黑抱)를 두른 도요토미는 체격은 왜소했지만 사람을 쏘아보는 눈빛만은 예사롭지 않았다.

배열한 일본 측 가신들과 신하들은 도요토미 앞에서 고양이 앞의 쥐였다. 대부분이 사무라이 출신인 그들은 도요토미의 일거수일투족에 온 신경을 집중했다. 사소한 언행에서도 도요토미의 심기를 거스르지 않으려고 전전긍긍하는 게 느껴졌다. 문신들이 국왕과 직접 토론을 벌이고, 때로는 귀에 거슬리는 직언도 서슴지 않는 조선의 어전 회의와는 분위기가 많이 달랐다.

정사 황윤길이 대표로 나가, 국서함을 도요토미에게 전달했다. 도요토미는 상자를 열어보지도 않고 대수롭지 않다는 듯 시종에게 넘겼다. 김성일의 표정이 살짝 일그러졌다.

국서함이 전달되자 연회가 열렸다. 왕궁은 크고 화려했으나, 연회를 위해 준비된 음식은 초라했다. 참석자들에게는 떡 한 접시와 탁주가 제공됐을 뿐이었다. 술잔이 몇 순배 돌았지만, 연회의 흥이 오르지 않았다. 그러다가 도요토미가 갑자기 자리에서 일어나더니, 내실로 들어갔다. 그의 신하들은 그가 돌아올 때까지 미동도 하지 않고 제자리에서 기다렸다. 잠시 후 편복 차림의 도요토미가 강보에 싸인 어린 아기를 안고 나왔다. 그는 아이를 품에 안고 어르고 달래며 당상 이곳저곳을 돌아다녔다.

도요토미는 조선 악공들에게 연주할 것을 명했다. 조선의 예악이 울리는 가운데, 도요토미는 아기를 달래느라 통신사에게는 눈길 한번 주지 않았다. 그러다 아기가 오줌을 쌌다며 시녀에게 넘기고는, 그 자리에서 자신의 옷을 훌러덩 벗어 던졌다. 도요토미가 달래던 아이는 1589년 쉰세 살의 나이에 얻은 늦둥이 아들 쓰루마쓰였다. 통신사들은 도요토미가 훈도시(속옷) 차림으로 옷을 갈아입는 모습을 그대로 지켜볼 수밖에 없었다.

도요토미는 연회 말미에 통신사 정사와 부사에게 각각 은 400냥을 주고, 서장관 이하에게도 차등을 두어 은전을 선물했다. 연회가 그대로 파하려 하자, 황윤길이 역관을 통해 답서를 빨리 받게 해달라고 청했다. 도요토미는 별다른 확약 없이 그대로 퇴장했다. 도요토미의 가신들과 관료들은 연회장을 빠져나가면서, 뜰에 늘어서 있던 조선 무관들과 악공들의 모습을 신기한 듯 구경했다.

통신사 일행은 교토의 숙소로 돌아가 대기하며, 일본 측에 답서를 재촉했다. 하지만 일본 관리들은 계빈으로 돌아가 기다리라고만 할 뿐이었다. 관백이 언제 답서를 줄지 그들도 모르는 눈치였다.

황윤길과 허성은 일본 관리들의 권유대로, 일단 계빈으로 돌아가려고 했다. 그러나 김성일은 "국서를 가지고 왔는데 만일 답서가 없다면, 이는 왕명을 내팽개친 것과 마찬가지다!"라며 계속 교토에서 버티려 했다. 그는 황윤길과 허성이 나머지 일행을 데리고 교토를 빠져나가자 그제야 마지못해 뒤따라왔다.

계빈으로 돌아온 황윤길과 김성일은 심한 언쟁을 벌였다. 김성일은 황윤길에게 "제대로 예를 갖춘 대우를 받지 못해 왕과 나라의 위신을 더럽혔는데도 잘못을 깨닫지 못하고 있다!"며 목청을 높였다. 황윤길은 "왜놈들이 이미 우리 조선을 침략할 생각으로 안하무인으로 행동하고 있는데, 여기서 이러쿵저러쿵 예법을 가지고 싸운들 무슨 소용이오. 하루라도 빨리 돌아가서 임금께 정확한 실상을 알리고 방비하는 것이 더 중요하오!"라고 반박했다.

며칠을 더 기다린 끝에 소 요시토시와 겐소가 도요토미의 답서를 받아 왔다. 하지만 통신사 일행은 답서 내용을 확인하고, 경악을 금치 못했다. 도요토미는 스스로를 '태양의 아들'로 칭하며, '명나라로 건너가 400여 주(州)를 정복하겠다'라고 적었다. 또한 선조 임금을 왕을 뜻하는 '전하(殿下)'가 아니라 높은 벼슬아치를 뜻하는 '합하(閤下)'라고 표현했다. 통신사가 전달한 예물도 조공물을 뜻하는 '방물(方物)', 통신사의 일본 방문도 속국의 신하가 상국의 조정에 들어가는 일인 '입조(入朝)'라고 기술했다.

김성일은 일본 관리들에게 "이런 거칠고 거만한 답서를 가지고는 이 자리에서 죽는 한이 있어도 돌아갈 수 없다!"고 강하게 항의했다. 겐소는 합하와 방물을 각하와 예폐로 각각 고쳐주겠지만, 입조는 그 주체가 조선이 아니라 명나라에 대한 것이어서 고칠 수 없다고 맞섰다. 막판까지 '입조'라는 용어 때문에 신경전이 계속되자, 황윤길은 "겐소가 스스로 뜻을 이렇게 해석하는데, 굳이 버티며 시간을 지체해봐야 소용없다"며 그만 귀국길에 오르자고 김성일을 설득했다. 김성일은 황윤길의 그런 우유부단한 태도가 못마땅했지만, 마냥 시간을 끌 수도 없었다. 결국 통신사 일행은 겐소의 주장대로 수정된 답서를 받아 들고, 귀국길에 올랐다.

그들이 오사카로 올 때와 달리, 세토나이카이에는 상선이나 어선이 아니라 군선이 눈에 띄게 늘어나 있었다. 그 군선들은 어디론가 병력과 무기, 군량을 쉴 새 없이 실어 나르고 있는 것 같았다. 호위무관 황진은 일본의 군선들이 저 멀리 시야에서 완전히 사라질 때까지 걱정스러운 눈빛으로 바라봤다. 지난여름 시모노세키에서 오사카로 향할 때는 그토록 덥고 습했던 세토 내해가 어느새 한겨울 찬 바람에 휩싸여 있었다.

○ 일본으로 간 사신 일행이 숙소에 머무른 지 5개월 만에 비로소 국서를 전하였다. 수길은 단지 한 번만 만나보았는데 예우를 심히 소홀히 하여 연회도 베풀지 않았다. 탁자 하나만 앞에 놓고 떡 한 그릇과 질그릇 잔으로 술을 치는데 술도 탁주며 두어 순배 돌리다가는 마쳤다.

수길이 일어나 안으로 들어가는데 좌중은 모두 꼼짝도 하지 않았다. 조금 뒤에 어린애를 안고 나와 마루를 거닐다가 난간에 기대어 우리나라 악공을 불러 주악하게 하고 방자하고 득의만만한 태도가 곁에 사람이 아무도 없는 듯하였다. 사신들이 돌아오려 해도 답서를 줄 생각도 않고 계빈에 먼저 나가 답서를 기다리라 하더니 답서가 늦게 이르렀다. 그 문장의 뜻이 이어지지 않고 문리도 없고 극히 무례하고 거만하였다.

—『징비록』

10. 두 자루의 칼

귀국길에 오른 통신사 일행의 마음은 급했다. 대마도에서 교토로 갈 때는 천천히 일본 풍물을 구경하며 움직일 수 있었다. 하지만 돌아갈 때는 그럴 여유가 없었다. 하루라도 더 빨리 귀국하려고 발걸음을 재촉했다. '조선 침략'의 야욕과 망상에 사로잡힌 일본의 내부 상황을 조금이라도 빨리 우리 조정에 알려야 했다. 어렵게 받아낸 도요토미의 답서는 분명히 조선과 명에 대한 노골적인 침략 의지를 담고 있었다. '도요토미의 군대가 명나라에 쳐들어가 400여 주를 빼앗을 테니, 속국인 조선이 앞장을 서라'라는 협박문이었다. 조선으로선 도저히 받아들이기 어려운 내용이었다.

또한 귀국길에 다시 들른 일본의 정박지들은 처음과는 분위기가 사뭇 달라져 있었다. 상선으로 득실거렸던 포구들에는 이제 군선들의 움직임이 활발했다. 병력과 무기, 군량비 등을 어디론가 부지런히 나르고 있었다.

정박지마다 지역 다이묘들이 귀국 선물을 주며 통신사 일행을 환대했다. 정사 황윤길과 서장관 허성은 귀국 일정에 차질을 줄 정도가 아니라면, 일행들이 일본 측으로부터 귀국 선물을 받는 것을 허용했다. 반면 부사 김성일은 일본 측의 선물을 거의 다 뿌리쳤다. 그는 교토에서 도요토미에게 무례를 당할 때는 항의 한번 제대로 못하더니, 선물은 꼬박꼬박 챙기려 한다며 황윤길 등을 비판했다.

통신사 일행이 1590년 12월 말 드디어 하카타에 도착했을 때, 황진은 조선 역관과 함께 시장을 찾아갔다. 황진은 도요토미에게 선물로 받은 은전으로 일본도를 구하고 싶었다. 조선에 돌아가더라도 왜검법을 계속 연구하고 연마할 요량이었다. 하지만 시장통 어디에서도 일본도를 파는 가게나 상인을 만날 수 없었다. 도요토미가 1588년 도수령(가타나가리)을 내려, 사무라이 계급 외에 농민, 승려, 상인 등 일반 백성들의 도검 소유 자체를 금지해버렸기 때문이었다.

헛걸음했다고 생각하며 숙소로 돌아가려는 순간, 한 노인이 다가왔다. 노인은 백발에 작고 깡마른 체구였지만, 눈빛이 형형하게 살아 있었다. 그는 품에 칼 두 자루를 품고 있었다.

"당신들, 칼을 구하고 있소?" 노인이 조심스럽게 황진에게 물었다. 그는 아까부터 황진 일행을 쭉 지켜본 듯했다. 역관이 노인과 몇 마디 나누더니 말을 전했다.

"나리, 이자가 칼을 팔 수 있다고 합니다. 다만 자기는 무사에게

만 칼을 판다고 합니다."

황진은 그 노인을 보며 공손하게 말했다.

"나는 조선에서 온 무사 황진이라고 하오. 돌아가는 길에 일본도를 사 가려고 하오."

역관의 통역을 들은 노인은 고개를 끄덕이더니, 아무 말 없이 황진에게 칼 두 자루를 내밀었다. 황진은 칼의 상태를 세심하게 살폈다. 칼날이 아주 예리하고 단단해 보였다. 조선의 환도와 부딪히면 쉽게 부러지던 왜구의 조잡한 칼과는 달랐다.

"좋은 칼이오."

황진이 흡족한 표정을 지었다. 노인은 자신의 칼이 새 주인을 만나, 예전처럼 전장을 누볐으면 좋겠다고 말했다. 황진은 그 자리에서 도요토미가 준 은전으로 노인에게 칼 두 자루를 구입했다.

다음 날 아침. 황진은 숙소 마당에서 새로 산 일본도로 훈련을 하고 있었다. 홍계남 등이 신기한 듯 황진의 칼을 구경했다. 그때 고니시 측 역관이 황진에게 다가왔다.

"나리, 일전에 조선으로 돌아가기 전에 일본군의 훈련 장면을 보고 싶다고 하셨죠? 저를 따라오시면 됩니다."

황진은 홍계남 등을 데리고, 그를 따라나섰다. 그들은 대마도 호위무사들이 특별히 내준 말을 타고, 하카타의 외곽으로 달렸다. 한참을 달려 작은 냇물을 건너고 숲을 가로지르자 너른 공간이 나왔다. 한여름에는 풀이 무성했을 법한 넓은 들판이었다. 고니시의 역관은 근처의 언덕 위로 황진을 이끌었다. 언덕에 오르니, 저 멀리 황량한 겨울 들판에 일본군 부대가 훈련하는 모습이 보였다. 그 수가 족히 2000명은 넘어 보였다.

그들은 네 개의 부대로 구성되어 있었다. 각 부대는 조총수들이 세 줄로 제일 앞에 서 있고, 그 뒤에 궁수들이 배치되어 있었다. 조선의 창보다 훨씬 긴 장창으로 무장한 보병(아시가루)들이 사각 밀집 대형을 형성해 그 뒤를 받쳤다. 창기병이 전체 대형의 양 측면을 지켰다. 황진은 그들의 일사불란함과 빠른 속도에 놀랐다. 지휘부가 깃발과 북소리로 명령을 내렸고, 전령 기병이 부대 사이를 빠르게 오가며 연락을 취했다. 병사들은 명령에 따라 일사불란하게 다양한 형태의 진법을 펼쳤다. 훈련 막판에는 목표 지점을 향해 조총과 활 사격을 퍼부었고, 이어서 보병들이 일제히 함성을 지르며 돌격했다. 그들은 조선의 해안가에서 노략질이나 일삼던 도둑 떼가 아니라, 전국시대 100년 전쟁을 통해 탄생한 막강한 정규군이었다.

황진의 옆에 있던 홍계남은 "저희는 진법 훈련이라는 것을 제대로 해본 적이 없으니, 저들과 정면으로 맞붙게 된다면 큰일이옵니다"라고 말했다. 계남의 말에 황진도 말없이 고개를 끄떡였다.

하카타의 관소로 돌아오는 길에 황진은 역관에게 물었다.

"오늘 우리를 훈련장으로 이끈 것이 자네 혼자의 뜻은 아니겠지? 소 요시토시 도주께서 원하신 것인가?"

"아닙니다. 도주가 아니라, 고니시 유키나가 도노께서 겐소 스님을 통해 따로 하명하셨습니다. 나리를 비롯한 조선 군관들이 도노 자신의 부대가 어떻게 훈련하는지를 꼭 보고 돌아가게 하라는 분부이셨습니다."

통신사 일행은 하카타에서 이키섬으로 출발했다. 그들은 이키섬으로 가는 바닷길에서 다시 수많은 군선들과 마주쳤다. 일본의 군선들은 마치 자신들의 위용을 똑똑히 기억하라는 듯, 통신사 일행의 판옥선 근처를 스치듯 지나갔다. 정사 황윤길과 부사 김성일, 서장관 허성이 판옥선 선두에서 그 광경을 목도했다. 세 사람은 한동안 말이 없었다.

1591년 1월 중순, 통신사 일행이 대마도 세이잔지에 도착하면서 일본에서의 긴 여정이 거의 막바지에 도달했다. 겐소가 조선의 명필이자 통신사 사자관인 이해룡에게 세이잔지의 현판 글씨를 부탁했다. 예법 문제로 겐소와 잦은 충돌을 빚었던 부사 김성일도 겐소에게 조일 양측의 우호를 기념할 만한 한시 한 수를 지어줬다. 통신사 일행과 대마도 역관, 호위무사, 시종, 짐꾼 들은 거의 10개월을 함께 동고동락하며 친해질 대로 친해졌다. 통신사를 돕던 대마도 역관들 중에는 "저는 전쟁이 나더라도 조선과 싸우고 싶지 않습니다. 나리와는 더더욱 싸우고 싶지 않습니다!"라고 은밀하게 말하는 자도 있었다.

부산포로 출발하기 사흘 전 부사 김성일이 황진을 자신의 처소로 불렀다. 황진이 들어가보니 작은 술상이 차려져 있었다. 누군가 먼저 왔다 간 흔적이 남아 있었다. 김성일이 황진에게 술을 따라주며 말했다.

"황 무관! 내 자네의 행동거지를 보고 항상 진중하고 속이 깊다는 생각을 하고 있었네. 서장관에게 들어보니 자네가 무신의 입장에서 나름대로 일본의 정세를 정탐했다던데, 내게도 말 좀 해주시게나."

황진은 그동안 김성일과 깊은 얘기를 나눌 기회가 없었다. 김성일은 황진이 자신의 앙숙인 황윤길의 조카였기에, 쉽게 마음을 열어주지 않았다. 황진도 정사 황윤길의 호위를 주로 담당했기 때문에, 부사 김성일을 따로 대면할 일이 거의 없었다. 황진은 자신이 일본에서 보고, 듣고, 확인한 것들을 처음으로 김성일에게 소상히 아뢰었다. 현재 일본의 상황이라면 전쟁이 언제 터져도 이상하지 않으니 이를 조정에 빨리 알리고, 방비책을 세워야 한다고 강조했다. 그러나 김성일은 황진의 설명을 수긍하지 않았다.

"혹여 자네 말대로 전쟁이 날 수도 있겠지. 하지만 전쟁보다 더 무서운 게 나라의 기강이 먼저 무너지는 것일세! 근본 기강이 무너진 나라는 멸하고, 기강이 바로 선 나라는 병화를 입더라도 어떻게든 일어서는 것이 이치일 터……."

"무슨 말씀이온지, 저는 잘 모르겠사옵니다."

황진이 자신의 말을 끊자, 김성일이 미간을 찡그리며 말했다.

"일본의 전쟁 능력이나 위협을 과장해서 좋을 게 없다는 이야기네. 민심이 흉흉해지고 기강이 무너지면 그게 더 위험한 것이네. 대비책은 대비책대로 찾되, 마치 금방이라도 일본이 쳐들어올 것처럼 조정과 민심을 동요시키지 않았으면 하네! 내 정사와 서장관에게도 따로 일러뒀네만……."

황진은 그간 마음에만 담아왔던 이야기를 이참에 해야겠다고 마음먹었다.

"부사께서 생각하시는 바를 모르지 않사오나, 저는 무관으로서 직접 본 것을 보지 않았다고 하거나, 들은 것을 듣지 않았다고 할 수는 없사옵니다. 상대를 정확히 알면, 반드시 이길 계책이 나옵니다. 나라와 백성을 지켜야 기강도 서고, 종묘사직도 지킬 수 있는 것 아니겠사옵니까?"

"말귀를 못 알아듣는구먼! 밤이 늦었네, 그만 물러가게."

부사 김성일과 황진은 그렇게 서로의 의견차를 좁히지 못하고 자리를 파했다. 황진은 숙소로 돌아오는 길에 문득 밤하늘을 올려다봤다. 별빛 하나 보이지 않는 깜깜한 밤이었다.

○ 통신사(通信使)를 따라 일본에 들어갔을 때 적의 상황이 반드시 전쟁을 일으키리라는 것을 살피고는 주머닛돈을 털어 보검(寶劍) 한 쌍을 사가지고 돌아와 말하기를, "머지않아 적이 올 텐데 이 칼을 써야 하겠다" 하였다.

—『조선왕조실록』 선조(수정실록) 26년(1593) 6월 1일 순성장 황진의 졸기

○ 한 집에 의관 갖춘 두 나라 신하(一堂簪蓋兩邦臣)

지역은 달라도 식과 의리는 균등하도다(區域雖殊義則均)

정성을 다해 접대하므로 긴장이 풀리고 환대에 족하니(尊俎雍容歡意足)

누가 주인이고 누가 객인지 묻지 마시오(傍人莫問主兼賓).

—대마도 세이잔지의 김성일 시비

11. 엇갈린 보고

1591년 1월 28일 대마도.

통신사 일행 200여 명을 태운 판옥선 세 척이 부산포를 향해 출발했다. 이른 아침에 닻을 올린 배는 오후 늦게야 부산포 앞바다에 당도했다. 장장 10개월 만에 조선 땅에 되돌아온 것이었다. 그들은 국서 전달과 일본 정탐이라는 막중한 책무를 마치고, 고향 땅을 다시 밟게 된 것에 모두 안도했다.

"놔라! 이놈들아! 이게 무슨 짓이야."

통신사 판옥선에서 내리던 서장관 허성이 포졸들에게 둘러싸였다. 동래부 감영의 포졸들은 선조 임금의 어명이라며, 허성을 포박해 끌고 갔다. 허성은 동래부 감옥에 하옥됐다가 며칠 후 의금부 나졸들에 의해 한양으로 압송됐다. 허성이 정여립 모반 사건(기축옥사)과 관련됐다는 밀고가 있었기 때문이었다. 나중에 허성은 누명을 벗었지만 조선 땅은 아직도 기축옥사의 후유증을 깊게 앓고 있었다.

통신사 일행은 서장관 허성이 체포되는 것을 목도하고 다들 황망해했다. 하지만 그들은 허성의 신변 걱정만 하고 있을 수는 없었다. 정사 황윤길은 부산포에 내리자마자, '반드시 병화가 있을 것'이라는 내용의 장계를 작성해 파발로 한양에 올려 보냈다. 하루라도 빨리 일본의 긴박한 정세를 선조 임금과 조정에 알리고자 했다.

1591년 3월 1일, 통신사 일행은 각자 고향에 들러 용무를 마친 후 이날 한양에 복귀했다. 선조는 정사 황윤길과 부사 김성일을 조정 대신들이 모두 모인 어전 회의에 불렀다. 선조는 황윤길에게 일본의 침략 가능성에 대해 물었다. 황윤길은 자신이 일본에서 보고 들은 내용을 조곤조곤 설명했다. 그는 특히 "도요토미는 사납고 탐욕이 강한 자로 강한 군세를 내세워 외국을 노리는 자"라며 "머지않아 반드시 병화가 있을 것이니 대비해야 한다"고 강조했다.

황윤길의 보고를 들은 선조의 얼굴에 근심의 빛이 스쳤다. 조정 대신들도 살짝 술렁였다.

"부사의 생각은 어떤가?"

선조가 황윤길 옆에 있던 김성일을 향해 물었다. 대신들의 시선이 일제히 김성일에게 쏠렸다. 김성일은 "소신은 그런 정황을 발견하지 못하였는데, 황윤길이 장황하게 아뢰어 인심이 동요하게 되니, 도리에 매우 어긋난다"고 말했다. 그러면서 황윤길과는 정반대되는 정세 보고를 추가로 아뢰었다. 선조의 얼굴이 밝아졌다. 어전 회의에 참석한 중신들 중에도 김성일의 말을 듣고, 고개를 끄덕이는 자들이 많았다. 황윤길은 "끙!" 하고 작은 신음을 내뱉었다. 그는 김성일이 자신과 사이가 좋지 않을지언정 그렇게까지 상반된 보고를 할 줄은 꿈에도 몰랐다.

선조는 이어 두 사람에게 "도요토미 히데요시는 어떤 인물이던가?"라고 물었다.

황윤길이 먼저 답했다.

"눈이 빛나는 것이, 담력과 지략이 있는 사람인 듯 보였습니다."

하지만 김성일은 이번에도 정반대로 말했다.

"눈이 쥐처럼 생긴 것이 전혀 두려워할 위인이 못 됩니다."

통신사 정사와 부사의 의견이 이처럼 엇갈리자, 선조는 중신들에게 의견을 물었다.

당시 조정의 세력 판도는 통신사가 일본으로 출발하던 때와 달리, 다시 동인이 득세하고 있었다. 정여립 사건 때 동인 숙청을 주도했던 서인의 영수 정철이 선조에게 광해군의 세자 책봉을 건의했다가 노여움을 사 귀양을 간 상태였다. 동인들이 정국의 주도권을 다시 잡았고, 서인들은 보복을 두려워하고 있었다.

영의정 류성룡을 비롯한 동인들은 당색이 같은 김성일의 편을 들었다. 그들은 서인 황윤길의 보고에 대해 '세력을 잃은 서인들이 왜침 가능성을 부풀려 주상 전하의 심기와 백성의 인심을 동요시켜 정국 주도권을 되찾으려 한다!'라고 강하게 의심하고 있었다. 서인들은 황윤길의 편을 들었지만, 동인들의 기세를 꺾지 못했다. 선조는 잠시 고민하는 듯하다가 결국 부사 김성일의 손을 들어줬다. 황윤길의 얼굴이 잔뜩 굳어졌다. 반면 김성일과 동인 신하들의 얼굴에 엷은 미소가 번졌다.

황진은 어전 회의의 결과를 듣고 충격을 금할 수 없었다. 그는 급히 예조 관아로 달려가 황윤길을 만났다. 황윤길은 선조 임금에게 일본 정세를 제대로 알리지 못한 스스로를 책망했다. 또한 김성일의 행태에 분노했다.

"우리는 적진의 형세를 살피기 위해 일본에 간 것이야! 적진에서 사소한 예법을 놓고 싸울 게 아니라, 저들의 전쟁 준비 상황과 형편을 제대로 파악해 주상께 알려야 하는 것이야. 그런데 어찌 김성일은 저리도 어리석다는 말인가!"

황윤길은 긴 통신사 여정을 소화하며 심신이 많이 쇠약해져 있었다. 황진은 시종의 부축을 받으며 퇴청하는 황윤길의 뒷모습을 착잡하게 바라봤다. 마음속에서 김성일에 대한 분노가 치밀어 올랐다.

'내가 일본에서 본 그 많은 군선과 무기, 그리고 잘 훈련된 정규군은 무엇이었단 말인가? 조만간 조선에 병화가 있을 것이라던 고니시 유키나가와 소 요시토시의 협박과 경고는 또 무엇이었단 말인가? 통신사 일행이라면 말단의 짐꾼들까지도 전쟁의 기운을 느끼지 않았던가?'

며칠 후, 정여립 사건 연루 누명을 벗고 의금부에서 풀려난 서장관 허성도 선조에게 '왜적이 쳐들어오지 않는다고 보장하기 어렵다'라며 황윤길과 궤를 같이하는 귀국 보고를 올렸다. 허성은 본래 당색이 동인이었다. 그런데도 일본 정세 분석에서는 서인 황윤길의 편을 들었다. 허성은 자신이 보고 느낀 대로 솔직하게 이야기한 것뿐이었지만, 동인들은 허성이 서인 편을 들었다 하여, 한동안 그를 따돌렸다.

허성의 추가 보고에도 불구하고, 한번 결정된 선조와 조정의 방침은 바뀌지 않았다. 선조와 조정은 일본이 침략해 온다고 해도 그 수준이 예전처럼 해안가에서 왜구가 노략질하는 수준에서 크게 벗어나질 않을 거라고 안이하게 판단했다.

"무엄하다. 대사성 어른의 가마다. 감히 어디라고……."

1591년 3월 말, 퇴청하는 김성일의 가마를 수표교에서 누군가 막아섰다. 김성일은 통신사를 무사히 잘 마치고 돌아온 공로로 승진하여 성균관 대사성이 되어 있었다. 그의 가마를 가로막은 자는 바로 황진이었다. 김성일의 시종과 가마꾼들이 황진을 옆으로 밀어내려 했지만, 황진은 꿈쩍도 하지 않았다.

"부사, 아니 대사성 대감! 소인은 대감과 함께 일본에 다녀온 전 호위무관 황진이옵니다. 대감께 드릴 말씀이 있어 이렇게 무례를 무릅쓰고 찾아왔습니다!"

"여기서 할 얘기가 아닐 것 같군. 따라오게."

김성일은 황진을 자신의 집 사랑채로 데려갔다. 마주 앉자마자 황진은 안타까운 마음을 담아 말했다.

"요전에 어전 회의의 결과를 듣고, 제 가슴이 찢어지는 것만 같았습니다. 남쪽에서 큰 병화의 먹구름이 몰려오고 있는 게 저리도 분명한데, 어찌 그리 말씀하셨습니까?"

김성일은 잠시 침묵을 지키다가 입을 열었다.

"내 뜻은 이미 대마도에서 자네에게 다 말했을 텐데. 또다시 그

이야기를 할 거면 그냥 돌아가게나."

"대감, 한 가지만 약조해주십시오!"

"약조라? 무슨 약조를 하라는 말인가?"

"도요토미 군대가 쳐들어오면 대감을 비롯한 통신사 일행은 전쟁의 징후를 정확히 알리지 못한 중죄를 피할 수 없습니다. 대감도 저도 온몸을 바쳐 왜적과 싸움으로써 그 죄를 조금이라도 씻어야 할 겝니다. 절대 피하거나 도망가지 말아야 합니다. 그러지 않으면……."

"뭐라고? 네 이놈! 어느 안전이라고 함부로 입을 놀리느냐? 나는 주상 전하와 백성을 위해서라면 언제든 목숨을 내놓을 것이다. 정작 왜놈 앞에선 한마디도 못 해놓고, 귀국해 전란의 위협을 과장하고 부풀리려는 자들이야 절대 그럴 수 없겠지만 말이다!"

황진은 숨통이 죄는 듯한 답답함을 느꼈다. 조선 사신으로서 김성일의 기개와 결의는 참으로 존경할 만했다. 하지만 그는 가는 곳마다 늘 관소에 틀어박혀 지내는 바람에 일본의 현지 사정을 제대로 살피지 못했다. 일본을 문화적으로 열등한 야만족 오랑캐라고만 여겨, 예법을 놓고 사사건건 싸우려고만 했다. 임금과 조정은 그런 김성일의 이야기만 믿고 있어선 안 되었다. 황진은 김성일을 탄핵하는 상소를 올리려고까지 했었다.

황진은 통신사 사행을 다녀온 공로로 제용감 주부로 승진했다. 제용감은 왕실에 옷감을 조달하는 관청으로, 타고난 무인인 황진이 오래 머물 곳이 아니었다. 황진은 얼마 후 전란에 대비해 남쪽으로 내려가 근무하게 해달라는 청을 병조에 올렸다.

1591년 여름. 마침내 황진의 바람이 실현됐다. 그는 전라도 동복현(현재 화순 지역) 현감으로 임명됐다.

○ 황윤길은 그간의 실정과 형세를 치계(馳啓)하면서 '필시 병화(兵禍)가 있을 것이다' 하였다. 복명한 뒤에 상이 인견하고 하문하니, 황윤길은 전일의 치계 내용과 같은 의견을 아뢰었고, 김성일은 아뢰기를 '그러한 정상은 발견하지 못하였는데 황윤길이 장황하게 아뢰어 인심을 동요시키니 사의에 매우 어긋납니다' 하였다.

—『조선왕조실록』 선조(수정실록) 24년(1591) 3월 1일

○ "황윤길이 데리고 간 군관 황진이 분하고 원통하여 팔을 걷어붙이고는 말하기를, '황윤길과 허성은 어리석고 못난 사람인데도 오히려 왜적의 정체를 알았는데, 김성일같이 재주 있고 눈치 빠른 사람이 어찌 몰랐겠는가. 서계 가운데에 상국(上國)을 범하는 부도한 말이 많았는데도 말 한마디 하지 못한 채 받아 왔으므로, 김성일이 죄를 받을까 두려워하여 차라리 알지 못한 죄에 빠지려고 한 데에 불과한 것이니, 그 마음이 망측하다' 하면서, 상소를 올려 목을 베라고 청하려고 하다가 사람들이 말려서 그만두었다" 운운하였다.

—『학봉집』 부록 제1권

12. 철옹산성

1591년 9월.

따그닥! 따그닥! 전라도 동복현의 강가에 말발굽 소리가 요란하게 울려 퍼졌다.

"이랴!"

옹성산의 붉은 바위 절벽과 동복천 푸른 물결을 배경으로 현감 황진이 말을 달리며 활을 쏘고 있었다. 황진이 쏜 화살들은 강가에 세워진 통나무에 매번 정확하게 꽂혔다. 활 솜씨도 활 솜씨지만 8척 장신에 잘 다듬어진 멋진 수염이 보는 사람들로 하여금 감탄을 금치 못하게 했다.

"와! 대단하시네. 마치 삼국지의 관운장이 살아 온 것 같네!"

"새 현감께선 무예가 탁월하시니 왜군이 쳐들어와도 우리 동복은 무서울 게 없겠네그려."

근처 들판에서 일하고 있던 농사꾼들이 황진의 훈련 장면을 보고, 저마다 한마디씩 칭찬했다.

황진은 그들이 만났던 이전 현감들과는 달랐다. 걸핏하면 관기를 끼고 술독에 빠지거나, 백성의 고혈을 짜내는 데만 골몰하는 탐관오리가 아니었다. 그렇다고 아전에게 업무를 맡겨놓고 자신은 관아에 틀어박혀 주야장천 경서만 읽어대는 샌님은 더더욱 아니었다.

황진은 관아의 업무를 마치면 매일같이 동복천 강변에 나와, 무예를 갈고닦았다. 일본에서 사 온 일본도로 왜검술을 익히거나, 활쏘기와 기사, 기창 등의 실력을 연마했다. 그리하여 멀리서 황진의 훈련을 보려고 일부러 동복천을 찾아오는 자들까지 생겼다.

처음에는 황진 혼자만의 개인 훈련으로 시작됐지만, 시간이 흐르면서 편비 공시억(孔時億) 등 젊은 군관들이 동참했고, 나중에는 동복현의 군졸 100여 명이 모두 모여 실시하는 집단 훈련으로 확대됐다.

황진의 훈련법은 특이했다. 조선군이 흔히 하던 산성에 틀어박혀 활만 쏘는 그런 훈련이 아니었다. 매복했다가 신호가 올라가면 빠르게 적을 기습하고, 적이 반격 태세를 취하면 재빨리 숲으로 도망치는 훈련을 반복했다. 만일 적들이 숲까지 추격해 올 경우, 매복했던 궁기병들이 2차로 기습하는 방식이었다.

집단 활 사격술도 따로 연습했다. 군졸들을 크게 3~5개 무리로 나눈 후, 신호에 따라 차례로 화살을 쏘게 했다. 그때까지는 지휘관의 지시에 따라 궁수들이 일제히 집단 발사하고, 그 이후에는 각자 알아서 산발적으로 쏘는 방식이 대부분이었다. 그렇다보니 사격의 흐름이 끊길 때를 노려, 적의 보병이나 기병이 무섭게 돌진해 오면 궁수 대열이 쉽게 무너졌다. 하지만 황진의 방법대로 쏘니, 끊이지 않고 사격을 계속할 수 있어 효과적이었다. 이것들은 황진이 나름대로 고안한 일본군 대처법이었다. 잘 훈련된 일본의 정규군과 평지에서 진법을 놓고 정면으로 부딪혔다가는 승산이 없었다. 그들이 진을 치기 전에 매복, 기습, 도주를 하는 유격전이 필요했다. 활도 좀 더 빠르게 연이어 쏠 수 있게 가다듬었다.

동복현에는 전체 모습이 항아리처럼 생겼다 하여 옹성산(甕城山, 해발 573미터)이라 불리는 산이 있었다. 이 산에는 고려 말에 왜구들의 침입에 대비해 쌓은 산성이 있었다. 쇠로 만든 옹기처럼 생겼다고 하여, 철옹산성(鐵甕山城)이라고 불리는 곳이었다.

황진은 현감으로 부임하자마자 철옹산성을 찾았다. 일부 무너진 곳만 잘 개축하면, 왜적 침입 시 농성하면서 방어나 역습 전술을 펼치기 적절한 구조의 산성이었다. 황진은 정세의 긴박함을 잘 알기에 농번기임에도 주민들을 대거 동원해 철옹산성 정비에 박차를 가했다. 동복현 유림들 중에는 그런 황진의 처사를 못마땅하게 생각하는 자들도 적지 않았다. 그들은 황진이 군졸과 백성들을 동원해 인근 옹성산성을 개축하고, 각종 무기를 정비하고, 훈련을 자주 실시해 백성들의 고통이 심해졌다고 비판했다.

"이것 보시오, 황 현감!"

마침내 동복 지역의 유림들이 관아까지 찾아와 강하게 항의했다. 유림들은 '일어나지도 않을 전쟁'을 대비하느라 지역의 백성들이 막심한 고통을 당하고 있다며 목청을 높였다. 그들은 황진이 군역과 부역 등을 줄이지 않으면, 조정에 상소를 올릴 계획이라고 말했다. 황진은 자신이 일본에서 보고 온 사실들을 설명해주며, 그들의 양해를 구하려 했다. 하지만 유림 대표들은 홍문관 부제학인 학봉 김성일 대감도 삼남에서 진행되고 있는 축성 작업을 중지하게 해달라는 상소를 앞장서 올렸다며 좀처럼 물러서지 않았다.

"현감이 모셨던 통신사 부사 김성일 대감도 전쟁이 나지 않는다고 하는데, 어째서 현감께서는 백성들의 고통은 안중에도 없단 말이오!"

"왜적 침입에 대비해 성곽을 증축하고 정비하라는 것은 주상 전하의 지엄한 분부입니다. 어찌 신하 된 도리로 따르지 않겠습니까? 그만 물러들 가십시오!"

유생들을 돌려보낸 후, 황진은 밤늦게까지 잠을 청할 수 없었다.

'정세 보고를 잘못한 것도 모자라, 당연히 해야 할 축성까지 반대하다니……!'

그는 김성일이 삼남 지역의 축성을 반대하는 상소에 앞장서고 있다는 사실에 다시 한번 실망과 분노를 느꼈다. 통신사 사행을 마친 지 열 달이 다 되어가지만, 곪은 상처는 여전히 아물지 않고 있었다.

다음 날 아침, 뜬눈으로 밤을 지새운 황진은 아전을 불렀다. 그는 철옹산성 축성 작업에 더욱 속도를 내라고 엄명을 내렸다. 축성과 관련된 부역 동원 명령을 듣지 않는 자가 있다면, 자신이 직접 곤장을 치겠노라 으름장을 놓았다.

그렇게 시간은 흘러 1592년 3월의 어느 날, 황진은 자신의 애마를 타고 들판을 달리다가, 옹성산 적벽 물가의 협선루 앞에 멈췄다. 잠시 후 비장 공억기를 비롯한 기마군관 20여 명이 속속 도착했다. 그들은 황진을 뒤쫓아 한참을 달려온 듯 사람도 말도 거친 숨을 몰아쉬고 있었다.

적벽이란 옹성산의 서쪽 기슭에 있는 2백 척(60~80미터) 높이의 암벽을 말했다. 바위색이 붉고 그 아래로 강이 흐르기 때문에 적벽(赤壁)이라고 불렀다. 황진은 주로 적벽 앞 강가에서 기마 훈련을 했다.

"현감 어른의 말은 진짜 빠르옵니다! 예전에 소금 수레를 끌던 그 병든 말이라고는 믿기지 않을 정도입니다. 이제 적토마라 불러도 되겠습니다!"

공억기가 황진의 애마를 연신 칭찬했다. 황진의 얼굴에 엷은 미소가 번졌다. 그는 말없이 말갈기를 쓰다듬었다.

"달라진 것이 어디 이 말뿐이랴. 너희들도 달라지지 않았느냐? 이랴! 이랴!"

황진이 박차를 가하자 그의 애마가 다시 쏜살같이 달리기 시작했다. 기마군관들이 그 뒤를 열심히 쫓아갔다.

황진의 애마에게는 특별한 사연이 있었다. 부임 초기 황진은 고을을 시찰하다가 소금 수레를 끄는 비쩍 마른 말을 발견했다. 얼마 살지 못할 것 같이 야위었으나, 그 골격을 보고 황진은 제대로 먹이고 훈련시키면 훌륭한 말이 될 것임을 간파했다. 그는 그 자리에서 소금 장수에게 그 말을 구입했다. 주민들은 황진이 세상 물정에 어두워 곧 죽을 말을 샀다고 떠들었다. 하지만 황진의 눈은 정확했다. 제대로 먹이고, 훈련을 시키니 곧 죽을 것 같았던 말이 어느새 늠름한 명마가 되어 있었다. 그제야 사람들은 황진의 안목에 놀랐다.

○ 황윤길의 군관 황진(黃進)—자는 명보, 익성공 황희의 5대손, 윤길의 일족—이 본래 주색을 좋아했으나 일본에서 돌아온 뒤 술을 끊고 색을 멀리하고 재물을 기울여 말을 사서 밤낮으로 말달리기와 활쏘기를 익히며 말하기를, "큰 난리가 장차 일어날 터이니 대장부가 나라에 몸을 바침에 헛되이 죽을 수 없다" 하였다.

—『연려실기술(燃藜室記述)』 제15권

○ 동복의 옹성산에는 바위 셋이 있는데, 독처럼 생겼기 때문에 옹성산이라 합니다. 성의 남쪽과 북쪽에 두 개의 문이 있는데, 이곳만은 적을 받을 곳입니다. 바윗길이 구불구불 간신히 발길을 통할 만한데, 길은 벼랑 밑으로 나 있고 성은 벼랑 위에 있으므로, 오고 가는 것을 성위에서 내려다봅니다. (중략) 정말 천연적인 요새입니다. 성안엔 일곱 군데의 우물이 있는데 수량(水量)이 그렇게 풍부하지는 못하지만 서쪽 봉우리 아래에서 몰래 적벽으로 통하는 길이 있으니 줄을 늘어뜨리면 시냇물을 길어 올릴 수가 있으며, 절벽이 공중에 매달렸으니 적이 도저히 발견하지 못할 것입니다. 옛터는 퇴폐한 곳이 많았는데 황진이 현감으로 있었을 때에 동북쪽의 한 모퉁이를 가로질러서 내성을 쌓았습니다.

—『만기요람(萬機要覽)』 군정편 4

13. 전란

1592년 4월 말 동복현 관아.

"현감 나리! 큰일 났사옵니다! 왜군이 쳐들어왔다고 하옵니다!"

이방이 허겁지겁 뛰어와 집무실에 있던 황진에게 보고했다. 잠시 후 군졸들이 한 무리의 외지인들을 관아 마당으로 인솔해 왔다. 그들은 경상도 지역에서 피란 온 백성들이었다.

"현감 나리! 이들은 부산포와 밀양, 상주 인근에서 살던 백성들이라고 하옵니다. 열흘 전 왜놈들이 쳐들어와 전라도로 피란을 나왔다고 하옵니다."

황진은 그들 피란민으로부터 이미 왜란이 발발했으며, 부산과 상주에서 조선군이 처참하게 패배했다는 사실을 전해 들을 수 있었다.

고니시 유키나가가 이끄는 일본군 제1진 1만 8000여 명이 4월

13일 부산포에 상륙했다. 조총을 앞세운 일본군은 선조와 조선 조정의 예상을 훨씬 뛰어넘을 만큼 강력했다. 일본군은 14일 부산진성을 함락한 데 이어 15일에는 동래성까지 접수했다. 후속 부대들도 2진부터 9진까지 속속 조선 땅을 밟았다. 그들의 병력 규모는 20만여 명에 달했다.

그들은 선조가 있는 조선의 도읍 한양을 향해 파죽지세로 북상하기 시작했다. 조선 관군은 일본군과 싸워보기도 전에 맥없이 무너져 내렸다. 일본군 병사들이 요란한 조총 소리와 함께 일본도와 장창을 휘두르며 돌진해 오면, 조선군 지휘관과 군졸들은 혼비백산하며 달아나기 바빴다.

선조는 일본군의 북상을 막기 위해 북방 여진족 소탕의 영웅인 신립 장군을 긴급 투입했다. 신립은 용맹한 장수였으나 지혜가 부족했다. 그는 천혜의 요새인 조령고개를 포기하고, 4월 28일 충주의 탄금대 벌판에서 배수진을 치고, 일본군에 맞섰다.

신립은 조선군의 최정예 기병대를 활용하고자 했다. 하지만 전날 비가 내려 탄금대 일대의 땅이 개흙처럼 질퍽질퍽했다. 군마들이 잘 달릴 수 없는 상태였다. 또한 일본군은 조선의 기병 돌격 전술에 대비해 간이 목책을 세우고, 그 뒤편에 조총부대를 세 줄로 배치해놓고 있었다. 그런데도 신립은 무모하게도 기병 돌격 전술을 끝까지 고집했다.

그 대가는 혹독했다. 조선의 기병대는 최고 지휘관인 신립의 명령에 따라 용감하게 돌격했지만, 일본군의 조총 세례에 궤멸되고 말았다. 신립의 부대가 무너지자, 이제 일본군을 막을 방법이 없었다. 한양을 내주는 것은 시간문제였다.

황진은 전쟁 발발 소식을 접하고부터 갑옷을 벗지 않고 지냈다. 그는 동복현 군사 200여 명과 함께 관아 마당에서 숙영했다. 무기와 군량미까지 단단히 챙겨놓고, 언제든 출전할 수 있는 상태로 기다렸다.

마침내 5월 중순 전라도 관찰사 이광으로부터 명령이 내려왔다. 왜적을 무찌르기 위해 삼도 근왕군을 조직해 한양으로 진격할 것이니, 전라도 각 고을 수령들은 휘하 병졸을 이끌고 전주로 합류하라는 명령이었다. 황진은 즉시 자신의 부대를 이끌고 전주 감영으로 출발했다. 앞서 이광은 5월 초에도 전주 일대의 관군 8000여 명으로 한양 진군을 시도했었다. 하지만 도중에 선조의 파천 소식을 듣고는 충청도 공주 부근에서 회군하고 말았다. 평양으로 피란한 선조는 뒤늦게 이광의 회군 사실을 전해 듣고, 그를 크게 꾸짖는 한편, 다시 한번 근왕군을 조직해 북상하라고 엄명을 내렸다. 이에 이광은 전라도에서 끌어모은 약 4만 명의 병력과 충청도 감사 윤국형의 병력 8000~9000명, 경상도 감사 김수의 병력 100여 명을 합쳐 약 5만 명의 삼도 근왕군을 구성했다.

이광이 이끄는 5만여 명의 삼도 근왕군은 5월 19일 한양을 향해 북상을 시작했다. 병력 규모만 보면, 일본군 고니시 선봉대와 충분히 싸워볼 만했다. 한양을 점령한 일본군 1진 고니시 부대의 병력은 1만 8000명, 2군 가토 기요마사 부대는 2만 2800명 수준이었다. 그러나 근왕군은 병력만 많았을 뿐 허점투성이였다. 지휘관들은 대부분 문관 출신으로 전투 지휘 경험이 부족했다. 또한 여러 지역의 부대가 모이다보니 지휘 및 소통 체계도 매끄럽지 않았다. 급하게 끌어모은 병사들은 행군할 때 앞뒤 줄 간격도 제대로 맞추지 못하는 오합지졸들이었다.

근왕군의 행군 행렬은 제일 선두부터 제일 후미까지 10리(4킬로미터)가 넘었다. 그들의 얼굴에선 전투를 앞둔 긴장감을 찾아볼 수 없었다. 마치 봄날 꽃구경이라도 나온 듯 무질서했다. 지휘관들은 양 떼를 몰고 가듯이 병사들을 몰고 올라가다가, 배가 고프면 멈춰서 밥을 지어 먹게 했다. 황진은 일본 정규군의 무력과 실전 능력을 잘 알고 있었기에 근왕군의 상태를 걱정하지 않을 수 없었다.

삼도 근왕군은 6월 3일 수원 부근까지 진출하여 독성산성에 주둔했다. 수원에 머물고 있던 소수의 일본군은 근왕군의 병력 규모에 놀라, 일단 용인으로 물러났다. 기세가 오른 근왕군은 내친김에 용인까지 놈들을 쫓아갔다.

근왕군은 6월 4일 용인의 북두문산에서 일본군의 작은 보루(堡壘)를 발견했다. 최고 지휘관인 이광은 전라도 방어사 곽영에게 즉시 공격하라고 명령했다. 황진을 비롯한 무관 출신 지휘관들은 공격에 앞서 먼저 적진을 충분히 정찰해야 한다고 조언했다. 이광은 마지못해 전라도 근왕군의 선봉장인 백광언에게 북두문산의 일본군 보루와 그 주변을 정찰하게 했다. 백광언은 정찰을 다녀온 후 "길이 좁고 나무가 빽빽해서 쉽게 진격할 수 없다"고 보고했다. 광주목사 권율도 "적이 유리한 지형에 견고한 진지를 확보하고 있고, 적을 올려다보면서 공격하는 것은 쉽지 않으니, 공격하는 것보다 한강을 건너 임진강을 방어하면서 기다리는 것이 좋겠다"고 조언했다.

하지만 이광은 불같이 화를 내며 공격을 명했다. 이광은 자신이 1차 근왕군을 중도 회군하여 선조로부터 호된 질책을 당한 것을 빨리 만회하고 싶어 했다. 이광의 엄명을 받든 백광언의 선봉대가 보루로 전진했다. 때마침 나무와 물을 구하러 나온 왜병 10여 명을 발견하고는 그 자리에서 참살했다. 이어 야음을 틈타 보루를 기습 공격해 10여 명을 더 죽이고, 보루의 목책에 불까지 질렀다. 근왕군의 기습에 놀란 일본군은 인근의 문소산 보루로 퇴각했다. 일본군은 모두 합쳐 600여 명에 불과했다.

북두문산에서의 승리로 득의양양해진 이광은 다음 날(6월 5일) 백광언과 이지시에게 각각 1000명의 병력을 주며, 문소산 보루까지 점령하라고 지시했다. 백광언과 이지시의 선봉 부대는 이른 아침부터 공격에 나섰지만 일본군은 보루에 숨어 조총만 쏠 뿐 밖으로 나오지 않았다. 근왕군은 한나절 동안 공격을 이어가다 제 풀에 지쳤다. 그들은 정오 무렵 잠시 공격을 멈추고 휴식을 취했다.

바로 그때 한양에 머물고 있던 왜장 와키자카 야스하루가 용인의 일본군을 구하기 위해 1000여 명의 병력을 이끌고 등장했다. 와키자카의 부하들이 백광언 부대를 기습하자, 보루 안의 일본군도 밖으로 나와 협공했다. 넋 놓고 있다가 허를 찔린 근왕군은 우왕좌왕했다. 결국 근왕군 선봉대는 뿔뿔이 흩어지고, 지휘관인 백광언과 이지시는 조총에 맞아 현장에서 전사했다.

깜짝 놀란 이광은 일단 자신의 병력을 충청도 관찰사 윤국형의 부대가 머물고 있는 용인 서북쪽 광교산으로 퇴각시켰다. 비록 패하기는 했지만, 근왕군은 여전히 그 수가 5만 명에 육박했다. 왜적의 수는 그리 많지 않았다. 이광은 전열만 재정비하면 충분히 무찌를 수 있다고 자신했다. 날이 저물자 근왕군은 광교산 밑에서 숙영에 들어갔다. 그들은 숙영에 앞서 척후병을 보내 적의 동태부터 살펴야 했지만 이를 소홀히 했다.

다음 날(6월 6일) 아침. 아침밥을 지어 먹고 있던 근왕군 앞에 일본군이 출몰했다. 황금빛 가면을 쓰고, 백색교룡기(白色蛟龍旗, 흰 용이 그려진 깃발)를 꽂은 사무라이 기병들이 장검을 휘두르며 돌진해 왔다. 그들을 따라 일본군 보병 1000여 명이 조총과 활을 쏘며 달려들었다. 전투 경험이 부족한 근왕군은 겁을 집어먹고, 무기와 장비, 식량 등을 그대로 놓아둔 채 도망쳤다. 지휘관들이 어떻게든 도주를 막고 전열을 정비해보려고 했지만, 병사들은 이미 전의를 상실한 뒤였다.

충청 병사 신익과 도원수 김명원이 안 되겠다 싶었는지 덩달아 현장을 빠져나갔다. 최고 지휘관인 이광과 충청도 감사 윤국형, 경상도 감사 김수도 더이상 버티지 못하고 후퇴했다. 광교산 일대는 순식간에 근왕군의 시체와 그들이 버리고 간 무기와 장비, 식량으로 뒤덮였다. 조선의 삼도 근왕군 5만 명이 2000명도 안 되는 일본군에 치욕적인 패배를 당했다. 윤국형은 훗날 용인 전투의 패배에 대해 "우리들은 백면서생으로 병가의 일을 알지 못하여 규모와 계획이 몹시 졸렬해서 마침내 이런 실패를 당했으니, 지금도 생각하면 원통하다"라고 기록했다.

하지만 용인 전투 참패의 와중에도 황진이 지휘하는 동복현 부대는 단 한 명의 병사도 잃지 않고 호남으로 무사히 후퇴했다. 이는 한 달 후 웅치와 이치에서 일본군에게 용인 전투 패배의 치욕을 통쾌하게 되갚는 데 발판이 됐다.

○ '밥 짓는 연기가 올라갈 때 적병이 산골짜기를 따라 공격했다. 흰 말을 타고 쇠가면을 쓴 장수가 칼날을 번뜩이며 앞장서니, 충청 병사 신익이 먼저 도망했다. 10만 군사가 차례로 무너져 흩어졌다. 그 형세가 마치 산이 무너지고 하수가 터지는 듯하였다. 모두 단기로 남쪽을 향하여 도망하니, 적병 역시 추격하지 않았다. 병기와 갑옷, 마초와 양식을 버린 것이 산더미와 같았는데 적이 모두 태워버리고 떠났다.'

—『조선왕조실록』 선조(수정실록) 25년(1592) 6월 1일

○ 다음 해 여름에 왜노 청정(淸正)이 부산(釜山)을 침략하여 곧바로 한강까지 쳐들어왔다. 공은 호남 관찰사 이광을 따라 군사를 거느리고 수원에 이르러 사교에 병사를 숨겨두었다. 좌영장 윤안성 공이 공의 군대가 화살 촉 한 개도 잃지 않은 것을 보고 감탄하며 "황 아무개야말로 참된 장군이다"라고 하였다.

—『강한집』 제15권 무민 황공의 묘지명

14. 웅치 전투 1

삼도 근왕군의 야심 찬 한양 진공 작전은 치욕적인 대패로 막을 내렸다. 조선군은 5만 명 대 2000명이라는 압도적인 병력 우위에도 불구하고 일본군에게 처참하게 깨졌다. 더구나 그들은 엄청난 양의 무기와 장비, 군량미를 전투 현장에 내팽개치고 달아났다. 조선군의 권위는 땅에 떨어지고 말았다. 몰살을 당하거나 회복 불가능한 피해를 입지는 않았다는 게 그마나 다행이었다. 상당수 패잔병들이 목숨을 부지하고, 자신의 복무지 또는 고향으로 돌아갔다.

동복현감 황진은 용인 전투 현장에서 자신의 부대원 200여 명을 데리고 무사히 빠져나왔다. 단 한 명의 사상자나 이탈자도 없었다. 화살촉 하나 흘리지 않았다. 평소 잘 훈련된 덕분이었다.

황진은 벼슬 품계가 종6품에 불과해 근왕군 지휘부 내에서 발언권이 미약했다. 야전 전투 경험이 일천한 문관 출신 지휘부는 숭문

천무(崇文賤武) 관념에 사로잡혀 무관들의 의견을 경시했다. 머리를 쓰는 작전은 자신들이 짜고, 무관들은 그에 따라 몸으로 싸우기만 하면 된다고 생각했다. 그러다보니 용인 전투에서처럼 문관 출신의 지휘관들은 전투 상황에 맞지 않는 무모한 돌격 명령을 내리거나, 척후와 은폐, 기동 등 야전의 기초 수칙조차 제대로 지키지 않았다.

하지만 문관 출신 지휘관들이 모두 그랬던 것은 아니었다. 병법에 밝을 뿐 아니라, 무관들의 조언을 경청하는 장수들도 존재했다. 광주목사 권율이 특히 그랬다. 권율은 나이 마흔이 넘어 문관 관료 생활을 시작해 임진왜란 당시 이미 56세였다. 자신의 상관인 전라도 관찰사 이광보다 네 살이나 위였다. 전쟁터에 나서기에는 상당히 늙은 몸이었다. 하지만 권율은 젊은 시절 성리학 공부에만 치우치지 않고, 병법 책도 읽고, 지인들과 전국을 여행하며 팔도 지리도 공부했다. 그래서일까? 권율은 무관들과도 비교적 잘 통했다. 황진도 그런 권율의 지휘를 잘 따랐고, 권율 또한 황진의 비범함을 알아봤다.

용인 전투 후 동복현으로 물러나 있던 황진은 1592년 6월 말 권율의 다급한 부름을 받고 전주로 올라왔다. 일본군 제6진 고바야카와 다카카게 부대가 금산(당시는 전라도, 현재는 충청남도)을 점령한 직후였다. 금산은 이치(배티재, 전주와 진산의 경계가 되는 고개)와 웅치(곰티재, 전주와 진안의 경계에 있는 고개) 고갯길만 넘으면 전주와 지척인 거리였다. 일본군의 호남 입성이 코앞에 다가온 셈이었다.

용인 전투에서 겨우 도망쳐 전주성에 틀어박혀 있던 전라도 관찰사 이광은 발등에 불이 떨어졌다. 용인 패배의 책임도 큰데, 호남까지 왜적에게 내주면 자신은 목숨을 부지하기 어려웠다. 어떻게든 일본군의 호남 진공을 저지해야 했다. 이광은 광주목사 권율을 임시 도절제사로 임명해 일본군을 막도록 명했다.

호남 방어의 중책을 맡은 권율은 용인 전투에서부터 눈여겨봤던 황진을 소환했다.

"황진 현감! 왜놈들을 물리치려면 어떻게 하는 게 좋겠소?"

권율은 황진을 보자마자 일본군에 맞설 비책부터 물었다. 그는 황진이 통신사 일원으로 일본에 다녀왔으며, 일본과의 전쟁에 대비해 무예와 전술을 갈고닦았다는 것을 알고 있었다.

"일본군이 자신들의 진법을 펼칠 수 있게 놔둬서는 안 됩니다. 우리의 지리적 이점을 최대한 살려야 합니다. 평지가 아니라, 웅치나 이치 같은 험한 고갯길에서부터 적을 막아야 합니다."

황진의 조언에 따라, 조선군은 웅치와 이치고개에 목책과 녹채(대나무를 날카롭게 잘라 만든 방어용 울타리), 함정을 설치하고, 날카로운 마름쇠를 뿌리고 투석용 돌을 쌓아놓는 등 만반의 준비를 했다.

황진은 또 산 밑에서 정상까지 3단계로 방어선을 구축했다. 활과 돌을 활용한 원거리 공격으로 싸우다가, 돌파당할 것 같으면 재빨리 다음 방어선으로 후퇴한 후, 다시 원거리 공격으로 적을 괴롭히는 전술을 구상했다. 도절제사 권율은 7월 초 휘하 병력 2500여 명을 두 부대로 나누어 웅치와 이치에 각각 배치했다. 황진은 처음에는 김제군수 정담과 나주판관 이복남, 의병장 황박 등과 함께 웅치 방어를 맡았다.

하지만 도중에 변수가 생겼다. 금산에 있던 고바야카와 부대의 별군이 장수 쪽으로 이동하고 있다는 첩보가 들어왔다. 그들이 장수 지역으로 가게 되면, 남원을 거쳐 전주로 바로 쳐들어올 가능성도 배제할 수 없었다. 이광과 권율은 황진과 동복현 부대를 남원으로 급파했다. 현지 병력과 힘을 합쳐 남원을 지키라는 지시였다.

황진이 남원으로 내려간 후, 웅치의 조선군은 의병장 황박이 산밑 제1방어선(200명)을, 나주판관 이복남이 산중턱의 제2방어선(500명)을, 김제군수 정담이 산 정상의 제3방어선(300명)을 각각 지키게 됐다. 그들은 무슨 일이 있어도 호남 땅을 왜적으로부터 지켜내야 한다는 비장한 각오로 전투를 준비했다.

드디어 7월 7일. 저 멀리 웅치 아래 벌판에 일본군의 깃발들이 모습을 드러냈다. 무시무시한 갑옷과 검은 가면을 쓴 사무라이들과 아시가루(보병)들이 웅치로 천천히 다가왔다. 그 수는 1만 명을 훌쩍 넘었다. 일본군 척후병들이 황박이 지키고 있는 제1방어선 근처까지 정찰을 마친 후 되돌아갔다. 조선군은 목책과 방패 사이로 그들 척후의 모습을 내다보면서, 다가올 결전에 대비했다.

백마를 탄 적장이 공격 신호를 내리자 조총부대가 전면에 튀어나왔다. 그들은 황진이 말했던 대로 세 개 대열을 형성했다. 이어 곧바로 제1방어선의 조선군을 향해 사격을 개시했다. 황박의 군사들은 조총 탄환이 비 오듯 쏟아졌지만 목책과 방패 뒤에 몸을 숨기고 기다렸다. 조선군이 목책과 참호에 웅크리고 앉아 응전하지 않자 일본군의 방패부대가 천천히 전진하기 시작했다. 긴 방패 대열 뒤편에는 창과 칼을 든 보병 돌격대가 숨어 있었다.

탕! 탕! 탕!

일본군 방패 대열이 조선군 목책에서 50보 정도 떨어진 곳까지 다가오자 조총부대의 엄호 사격이 더욱 세졌다.

"토츠게키 세요(돌격하라)!"

적진에서 돌격 명령이 떨어진 듯 방패 사이로 적의 선봉대가 쏟아져 나왔다. 그들은 맹렬한 기세로 조선군 목책을 향해 뛰어왔다. 의병장 황박이 곧바로 "쏴라!"라고 외쳤다. 조선군은 목책과 방패에 몸을 반쯤 가린 채 화살을 쏘았고, 일본군 선봉에 섰던 자들이 픽픽 쓰러지기 시작했다. 일본군 조총수 2열이 조총을 쏘려고 하자, 조선군이 재빨리 목책과 방패 뒤에 숨었다. 조총 탄환이 금방이라도 목책을 뚫을 것처럼 날아왔다. 조총수들이 다음 열과 교대하는 그 틈에 조선군은 다시 활로 반격했다.

일본군 지휘부는 당황했다. 자신들은 고개 밑에서 위를 향해 조총을 쏘는 반면, 조선군은 높은 곳에서 아래로 활을 쏘는 상황이었다. 조총의 사거리와 살상 위력은 반감되는 반면 조선의 활, 즉 각궁의 위력은 배가됐다. 더구나 어떻게 알았는지 조선군은 자신들의 조총 3단 사격법을 간파하고, 그 틈새를 노려 반격해왔다.

일본군 선봉대가 한나절이나 치열한 전투를 벌인 끝에 제1방어선의 목책 근처까지 도달했다. 하지만 거기에는 날카로운 마름쇠가 뿌려져 있었다. 일본군 앞 열의 병사들이 마름쇠를 밟고 비명을 지르며 쓰러졌다. 일본군은 그날 여러 번 돌파를 시도했지만 제1

방어선도 뚫지 못했다. 마침내 해가 저물려 하자, 일본군들은 퇴각했다.

"와! 우리가 이겼다!"

조선군이 일제히 북과 징을 치며 환호했다. 그 소리가 웅치고개에 울려 퍼졌다. 용인 전투에서 겁을 집어먹고 도망치기 바빴던 조선군 병사들이 이제야 일본군과 싸우는 법에 눈을 뜨기 시작했다.

그때까지 육상에서 일본군이 압도적으로 연전연승하고 있었기에 적장 안코쿠지 에케이는 "어찌 된 일인가? 지금까지 들었던 조선군과는 다르지 않은가! 이렇게 되면 우리 계획에 차질이 불가피하다"며 걱정했다. 안코쿠지는 고바야카와의 부장으로 일본 불교 임제종의 승려이기도 했다.

다음 날 이른 아침. 일본군의 2차 공격이 재개됐다.

○ 왜적이 전라도와 충청도의 군현을 침범하였다. 처음에 호남의 군사가 패하여 본도로 돌아오니 여러 고을의 인심이 흉흉하여 보전할 수 없었는데, 오직 광주목사 권율만이 고을의 군사를 단속하고 이웃 고을에 격문을 전하여 수어할 계획을 하였으므로, 이광이 즉시 첩보하여 권율을 도절제사로 삼아 호남과 영남의 경계에 나아가 수비하게 하였다. 이에 방어사 곽영, 동복현감 황진, 전주 의병장 황박, 나주판관 이복남, 김제군수 정담을 웅현(熊峴)과 이현(梨峴) 등 요해처에 나누어 배치하여 적의 침입을 방비하게 하였다.

—『조선왕조실록』 선조(수정실록) 25년(1592) 6월 1일

○ 이때 적이 금산에서 웅치를 넘어 전주 지경으로 침입하려고 했는데, 나주판관 이복남이 황박·정담 등과 요해지에 웅거하여 적을 맞아 공격하였으므로 감사 이광이 군사를 보내어 싸움을 돕게 하였다. 왜적의 선봉 수천 명이 총을 쏘고 칼을 휘두르며 정면으로 돌진해 왔는데, 복남 등이 죽음을 무릅쓰고 싸워 활로 쏘아 죽인 것이 헤아릴 수 없었으며 적이 패하여 물러갔다.

—『조선왕조실록』 선조(수정실록) 25년(1592) 7월 1일

15. 웅치 전투 2

1592년 7월 8일 이른 아침, 안코쿠지 부대가 전날에 이어 웅치를 향해 파상공격을 시작했다. 일본군 보병들은 직사각형의 긴 나무 방패 뒤에 몸을 숨기고, 의병장 황박이 지키는 제1방어선을 향해 다가왔다. 일본군은 전날과 달리 조총병들을 세 개 부대로 나누어, 각기 3열 연속 사격을 가하도록 했다.

황박 부대는 활을 쏘는 데 상당히 애를 먹었다. 조총의 사격과 사격 사이에 반격할 찰나를 잡기가 어려웠다. 적의 조총부대가 짧은 간격으로 쉼 없이 연속 사격을 가하자, 조선군은 목책 뒤에 잔뜩 웅크리고 있어야 했다. 그사이에 일본군의 방패 대열이 웅치 고갯길로 빠르게 올라왔다. 일본군은 정오 무렵 제1방어선 앞까지 도달했다. 보병 돌격대가 방패 대열 사이에서 튀어나와 함성을 지르며 무섭게 돌격해 왔다. 놈들은 방어선 목책에 사다리를 걸치더니, 칼과 창을 빼 들고 조선군 진영으로 뛰어들었다.

"2선으로 후퇴하라! 후퇴하라!"

의병장 황박이 다급하게 후퇴 명령을 내리자, 조선군 병사들이 일제히 산중턱의 제2방어선을 향해 물러나기 시작했다. 황박 부대는 도망치기만 한 것은 아니었다. 그들은 숲속 나무를 방패로 삼아 편전(片箭, 짧은 화살)을 쏘며 후퇴했다. 편전은 작고 빨라서 잘 보이지 않았다. 일본군은 편전의 위력에 잠시 주춤거렸다.

하지만 일본군은 이내 대열을 정비해 계속 조총을 쐈다. 산중턱의 제2방어선을 지키는 이복남 부대도 활을 쏘며, 황박 부대의 후퇴를 적극 엄호했지만 안타깝게도 많은 희생자가 속출했다. 특히 황박의 부관인 오정달이 적들의 조총 탄환을 맞고 전사했다.

황박 부대의 후퇴가 거의 끝나자, 이번에는 나주판관 이복남의 부대와 안코쿠지 부대가 제2방어선을 놓고 치열한 접전을 벌였다. 웅치는 산중턱으로 가면서 비탈의 경사가 심해졌다. 일본군은 조선군의 화살 공격을 피하며, 비탈을 기어오르느라 상당히 애를 먹었다.

제2방어선 근처는 나무가 제법 우거진 숲이었다. 일본군은 숲의 나무와 방패 등으로 몸을 가린 채, 조총 사격을 가했다. 반면 조선군의 화살은 나무숲에 막히는 경우가 많았다. 시간이 흐르면서 용맹하게 싸우던 이복남의 군사들도 적의 탄환을 맞고 하나둘씩 쓰러져갔다.

급기야 일본군의 선봉 돌격대가 목책을 넘어오기 시작했다. 목책을 넘은 일본군 병사들은 칼과 창을 휘두르며 조선군을 거세게 밀어붙였다. 조선군 병사들은 창으로 그들에게 맞섰지만, 적수가 되지 못했다. 여기저기서 이복남의 부하들이 피 흘리며 쓰러졌다.

이복남이 다급하게 "물러나라! 꼭대기로 후퇴하라!"라고 외쳤다. 이복남의 부하 대부분은 산 정상의 제3방어선으로 뛰어 올라갔지만, 일부는 웅치의 숲속으로 이리저리 흩어졌다. 숲 곳곳에서 처절한 백병전이 벌어졌다.

시간이 더 흘러 제2방어선을 완전히 돌파한 일본군은 잠시 숨을 골랐다. 그들은 웅치의 2개 방어선을 돌파하면서, 적지 않은 전력 손실을 입었다. 이제 조선군은 조총 소리만 들어도 달아나던 예전의 오합지졸이 아니었다.

김제군수 정담이 지키는 최후 방어선에 집결한 조선군 병력은 약 500명이었다. 일본군 진영에서 말을 탄 병사 한 명이 백기를 든 채, 조선군 목책으로 다가왔다. 적장 안코쿠지가 보낸 전령이었는데, 어디서 배웠는지 조선어를 유창하게 할 줄 알았다. 안코쿠지는 쓸데없이 피 흘리지 말자며, 정담에게 지금이라도 투항하면 살려주겠다고 제안했다. 정담은 일언지하에 거절했다.

최후의 싸움이 재개됐다. 황박과 이복남 부대를 돌파하면서 피맛을 본 일본군 병사들이 미친 듯이 산 정상을 향해 돌격해 왔다. 정담과 500여 명의 조선군 병사들은 조금도 두려워하지 않고, 용맹하게 맞섰다. 화살을 쏘고, 돌을 던지고, 죽창으로 찌르며 온 힘을 다해 싸웠다. 양측은 팽팽하게 일진일퇴를 거듭했다. 오후 두 시 무렵 시작된 전투는 거의 해 질 무렵까지도 결판이 나지 않았다. 정담의 부대는 이를 악물고 버텼다.

서편 하늘에 노을이 지자, 애가 탄 쪽은 일본군 측이었다. 와키자카 야스하루의 부대는 경기도 용인에서 병력 2000여 명으로 조선군 5만여 명을 박살 냈는데, 안코쿠지 에케이의 부대는 압도적인 병력과 무기를 가지고도, 조선군 1000명에게 쩔쩔매고 있었다.

"곧 날이 어두워지니 일단 오늘은 여기서 멈추고 내일 다시 공격하는 것이 좋을 듯하옵니다."

참모들의 후퇴 권유에 적장 안코쿠지가 마침내 철수 명령을 내리기로 마음먹었다. 그때 조선군의 방어 목책 뒤편에서 후방을 향해 "화살이 떨어졌어!"라는 외침이 들렸다. 일본군 병사 중 일부가 '화살'이라는 조선 단어를 알아들었다. 그러고 보니 조선군들이 어느 순간부터 돌멩이만 던지고 있었다. 그들은 비로소 조선군의 화살이 바닥났다는 것을 간파했다. 이 같은 정보는 적장 안코쿠지에게 즉시 전달됐다.

"조선군의 화살이 떨어진 이 틈을 놓치면 안 된다. 잔여 부대까지 동원해 다시 총공격하라!"

안코쿠지의 총공격 명령이 하달되자, 물러나던 일본군 부대들이 다시 웅치 꼭대기를 향해 돌진하기 시작했다. 지칠 대로 지친 조선군이 투석만으로 일본군을 막을 순 없었다. 결국 일본군 선봉대가 목책을 돌파하며, 조선군과 일본군의 백병전이 벌어졌다. 조선군 병사들은 창과 낫을 들고 용감하게 싸웠다. 하지만 조선군 서너 명이 달려들어도 칼을 든 일본군 군관 한 명을 막기 어려웠다. 조선군 대오가 급격하게 무너지며, 일부가 웅치고개 너머로 달아나기 시작했다.

이복남과 황박 등은 전세가 급격하게 불리해지자 후일을 기약하며 작전상 후퇴했다. 하지만 웅치 전투의 최고 지휘관인 정담은 종사관 이봉, 강운, 박형길 등과 함께 마지막 순간까지 처절하게 싸우다 전사했다.

전투가 끝났을 때 웅치 정상 부근은 정담을 비롯한 조선군의 시체로 뒤덮여 있었다. 승려 출신인 적장 안코쿠지는 비록 적이지만, 조선군의 용맹함과 충성스러움에 감탄했다. 그는 부하들에게 조선군의 시체를 수습해 큰 무덤을 만들어주라고 지시했다. 그리고 그 무덤 앞에 '조선국의 충성스러운 넋을 조상한다(弔朝鮮國忠肝義膽)'라고 쓴 푯말을 세웠다.

웅치를 돌파한 안코쿠지 부대는 다음 날인 7월 9일 소양천을 따라 전주성으로 향했다. 그날 저녁 무렵 전주 부근에 이르자, 안코쿠지는 척후병을 보내 전주성의 방비 상태를 살피도록 했다. 당시 전주성은 관찰사 이광이 자리를 비운 대신, 의병장 이정란이 지키고 있었다. 이정란은 왜적들의 공격에 대비해 성의 이곳저곳을 잘 보수해놓았다. 성곽 곳곳에 허수아비를 세워 멀리서 보면 수비하는 군사들의 수가 많은 것처럼 위장했다.

일본군 척후들은 이정란의 계략대로 전주성이 잘 방비되어 있으며, 수성 병력도 생각보다 많았다고 안코쿠지에게 보고했다. 안코쿠지는 웅치 전투에서 이미 상당한 전력 손실을 입은 상태여서 자기 부대만으로 전주성을 단독 공격하기는 무리라고 판단했다. 그는 금산에 주둔 중인 고바야카와 부대의 본진이 올 때까지 기다리기로 했다. 안코쿠지 부대는 전주성에서 동쪽으로 10리가량 떨어진 안덕원 들판에서 하룻밤 숙영을 준비했다.

"속히 웅치로 올라오라는 전갈이옵니다."

앞서 7월 5일 저녁 남원을 지키고 있던 황진은 급히 웅치로 올라오라는 권율의 부름을 받았다. 황진의 부대는 바로 다음 날 일찍 웅치를 향해 행군을 시작했다. 기마병뿐만 아니라, 짚신 신은 보병들을 데리고 가야 했기에 상당한 시간이 걸렸다. 산과 고개를 몇 개나 넘어야 하는 힘든 행군이었다.

황진은 웅치로 행군하던 도중에 적에게 웅치가 함락됐다는 소식을 접하고, 전주성으로 방향을 틀었다. 그의 부대가 전주성에 다다랐을 무렵, 때마침 웅치 전투에서 살아남은 나주판관 이복남, 의병장 황박 등과 조우했다. 황진은 두 장수로부터 웅치를 돌파한 일본군이 바로 근처의 안덕원에 주둔하고 있다는 이야기를 듣게 됐다.

이복남과 황박 등은 황진에게 안덕원에서 전주로 오는 길목에 다시 한번 방어선을 치고 결전을 벌이자고 제안했다. 하지만 황진은 너른 평지에서 진을 치고 일본군을 기다리는 것은 위험하다며 반대했다. 황진은 직접 병력을 이끌고 일본군 숙영지와 그 주변을 정찰한 후, 이복남과 황박에게 날이 밝기 전에 기습 공격을 하자고 말했다.

"우리가 먼저 기습을 한다고요?"

이복남과 황박은 황진의 제안에 놀랐다.

○ 이튿날 새벽에 적이 병력을 총동원하여 산골짜기에 가득하였고 총포 소리가 우레처럼 쏟아졌다. 복남 등이 적의 일진(一陣)을 맞아 싸웠으나 결국 당해내지 못하고 퇴각하였으며, 황박의 군사도 패하여 복남의 진으로 들어갔다. 정담은 처음부터 힘을 다해 싸웠는데 붉은 기 아래 백마를 타고 있는 적장을 쏘아 죽이니 적이 와해되어 물러갔다. 조금 뒤에 나주 군사가 퇴각하자, 정담이 고군(孤軍)으로 포위당했는데 부하 장수가 정담에게 후퇴시키기를 권하니 정담이 말하기를 '차라리 적병 한 놈을 더 죽이고 죽을지언정 차마 내 몸을 위해 도망하여 적으로 하여금 기세를 부리게 할 수는 없다' 하고 꼿꼿이 서서 동요하지 않고 활을 쏘아 빠짐없이 적을 맞히었다. 이윽고 적병이 사방으로 포위하자 군사들이 모두 흩어져버리고 정담 혼자서 힘이 다하여 전사하였다.

—『조선왕조실록』 선조(수정실록) 25년(1592) 7월 1일

16. 안덕원 승리

1592년 7월 10일 새벽, 전주성에서 동쪽으로 10리 정도 떨어진 안덕원 들판에서 일본군 안코쿠지 부대 6000여 명이 숙영을 하고 있었다. 풀벌레 소리만 요란할 뿐 일본군 진영은 조용했다. 웅치에서의 치열한 전투 탓에 지쳤는지 다들 깊게 곯아떨어진 상태였다. 치도를 든 보초병들이 숙영지 앞을 삼엄하게 지키고 있었지만, 그들도 밀려오는 피곤을 이기지 못하고 연신 하품을 해댔다.

조선군 병사 700여 명이 웃자란 수풀을 헤치며 천천히 일본군 숙영지로 접근했다. 그들의 발소리는 여름 풀벌레와 개구리 울음소리에 묻혀 잘 들리지 않았다. 그들은 일본군 막사로부터 50여 보 떨어진 곳에서 멈췄다. 조선군은 다섯 개 소부대로 나뉘었다. 선두의 지휘관이 수신호를 보내자 세 개 부대가 먼저 활을 쏘고, 이어 두 개 부대가 쐈다. 조선군은 그런 방식으로 끊임없이 화살을 날렸다. 방심하고 있던 일본군 보초들은 여러 대의 화살을 맞고 고꾸라졌다.

"데키다(적이다)! 키슈우다(기습이다)!"

가까스로 화살 세례를 피한 보초 한 명이 다급하게 외쳤다.

화들짝 잠을 깬 일본군 병사들이 막사 밖으로 허겁지겁 뛰쳐나와 주변을 두리번거렸지만 조선군의 모습은 보이지 않았다. 그들은 어둠 속에서 날아오는 화살을 맞고, 맥없이 쓰러질 뿐이었다. 일본군은 겨우 주변 상황을 파악하고 방패로 조선군의 화살 공격을 막으며, 조총으로 반격을 하려고 했다.

바로 그때였다. 숙영지 뒤편에서 요란한 말발굽 소리가 났다. 동복현감 황진과 그의 기병 50여 명이 그대로 간이 목책을 뚫고 들어왔다. 말에 올라탄 황진은 자신이 통신사 일행으로 갔을 때 사온 일본도를 휘두르며, 적진을 누볐다. 갑옷도 제대로 못 입고 막사에서 뛰쳐나온 사무라이들이 황진의 칼에 목이 날아갔다. 황진의 부하 기병들도 창과 칼로 일본군 병사들을 베고 찌르며, 적진을 마구 헤집고 다녔다.

조선의 활 공격에 맞서려고 사격 대열을 짜던 일본군 조총수들은 뒤편에서 나타난 황진의 기마병들을 보고 우왕좌왕하며 흩어졌다. 그들이 겨우 정신을 차리고 창과 칼로 맞서려 하자, 황진의 기병 부대는 횃불로 일본군 막사와 군량미 수레 등에 불을 질러놓고는 재빨리 어둠 속으로 사라졌다. 일본군 진영 곳곳에서 불길이 솟아올랐다.

조선군 본대는 아군 기마대가 적진을 잠시 유린하는 틈을 타, 부대 위치를 왼쪽 측면으로 이동했다. 그들은 일본군 숙영지의 측면에서 다시 화살 세례를 퍼부었다. 조선 기마대의 폭풍 기습으로 반쯤 얼이 빠졌던 일본군은 이번에는 쏟아지는 화살을 피하느라 이리저리 도망 다니기 바빴다. 일본군 지휘부는 조선군의 규모가 얼마나 되며, 어디에서 공격해 오는지 파악도 못 했다. 병사들 사이에서 공포와 혼란만 커져갔다.

다급해진 적장 안코쿠지는 일단 후퇴를 선택했다. 안코쿠지를 비롯한 일본군 지휘부가 먼저 말을 타고, 빠르게 도주하기 시작했다. 그 뒤를 보병들이 허겁지겁 따라갔다. 웅치 전투에서 살아남은 나주판관 이복남과 의병장 황박 등의 잔존 부대와 황진의 부대가 힘을 합쳐 일본군을 쫓아가며 계속 후미를 괴롭혔다. 적들은 제대로 대응도 못 하고 허겁지겁 등을 보이며 달아나기 바빴다. 웅치고개를 넘을 때의 안코쿠지 부대의 기세 좋던 모습은 완전히 사라졌다. 이젠 조금이라도 빨리 조선군의 추격에서 벗어나려고 안간힘을 쓸 뿐이었다.

일본군은 웅치로 달아나고 있었다. 황진의 기마부대가 어느새 빠르게 우회해 웅치로 가는 길목에 매복해 있다가 도주하는 일본군 보병 행렬의 허리를 기습했다. 황진이 말을 타고 달리며, 각궁을 쐈다. 말을 탄 일본군 장수가 황진의 화살을 맞고 땅에 떨어졌다. 그가 쏘는 족족, 일본군들이 맞고 쓰러졌다. 그의 부하 기병들도 황진에게 배운 대로 계속 활을 쏘고, 재빨리 뒤로 빠졌다가 다시 돌아와 쏘며, 일본군을 괴롭혔다.

웅치고개가 가까워지자 일본군도 속도를 늦추며 선두부터 전열을 재정비하기 시작했다. 그들은 그제야 자신들을 뒤쫓아 오는 조선군에게 조총으로 반격을 가하며, 질서 정연하게 대형을 지어 후퇴하기 시작했다. 시간이 흐르면서 추격하는 조선군의 피해도 조금씩 커지기 시작했다.

"멈춰라!"

황진이 공격 중지 명령을 내렸다. 새벽 기습으로 일본군을 패주시키긴 했지만, 일본군은 여전히 자신들보다 몇 배나 병력이 많았다. 자칫 무리하게 추격하다가 허점이라도 노출하면, 언제든 전세가 일거에 역전될 수도 있었다.

"와! 와! 이겼다! 우리가 이겼다!"

황진과 이복남, 황박 등의 장수를 중심으로 500명 남짓한 조선군 병사들이 먼동이 터오는 안덕원 들판에서 승리의 환호를 질렀다. 그들은 더이상 용인 전투의 패잔병이 아니었다. 그들은 황진의 지휘하에 일본군에 대한 두려움을 극복하고 정예 병사로 거듭나고 있었다.

웅치고개 정상으로 돌아온 적장 안코쿠지는 조선군의 추격이 멈춘 것을 확인하고는 자신의 부대 상태를 점검했다. 웅치 전투에 이어 또다시 상당한 사상자가 발생했다. 급하게 달아나느라 낙오병도 적지 않았다. 군량미와 무기, 보급품 등을 제대로 챙겨 나오지 못했다.

안코쿠지는 처음 호남으로 진격하라는 명을 받았을 때만 해도 자신감이 넘쳐났다. 금산과 진안, 장수 등의 여러 고을에 자신을 전라도 감사라고 칭하는 격문까지 뿌렸을 정도였다. 하지만 이제 그런 호기로움은 사라진 지 오래였다. 금산에 주둔 중인 본진(고바야카와 부대)에서 추가 병력과 군량미를 지원받지 못하면, 안코쿠지 부대 단독으로는 더이상 호남으로 진격할 수 없는 상태였다. 아니 호남 진공은커녕 당장 자신들의 생존조차 장담하기 어려운 지경이었다. 안코쿠지는 결국 웅치에서 진안으로 부대를 철수시켰다가 7월 17일 무렵 금산의 고바야카와 본대에 합류했다.

전라도 관찰사 이광과 도절제사 권율은 안덕원 전투의 승리 소식을 듣고 크게 기뻐했다. 일본군이 전주성의 코앞까지 왔다는 소식에 가슴을 졸이던 전주 지역 백성들도 기뻐서 덩실덩실 어깨춤을 출 정도였다.

하지만 마냥 기뻐하고만 있을 수는 없었다. 안덕원 승리의 기쁨이 채 가시기 전에 그들의 귀에 아군의 패전 소식이 들려왔다. 의병장 고경명과 전라도 방어사 곽영의 연합 부대가 안덕원 전투가 벌어진 7월 10일 금산에서 일본군에 대패했다는 내용이었다.

광주에서 의병을 일으킨 동래부사 출신의 유학자 고경명은 의병 7000명을 이끌고 한양으로 북상하다가 일본군의 호남 침입 소식을 들었다. 고경명 부대는 북상을 멈추고, 호남 침입을 주도하고 있는 일본군 6진(고바야카와 다카카게 부대)의 본거지인 금산으로 쳐들어갔다. 적의 신경이 온통 웅치와 이치고개 돌파에 쏠려 있을 때, 기습 공격을 한다는 작전이었다.

하지만 고경명의 의병부대는 의욕은 넘쳤으나, 전투 경험이 별로 없었다. 반면 금산의 고바야카와 부대는 일본의 정예 병력이었다. 그들의 장수인 고바야카와도 일본 본토에서 이름난 사무라이 장수였다. 고경명 부대가 정면으로 싸워서 고바야카와 부대를 무너뜨리기는 애초부터 쉽지 않았다.

7월 9일 시작된 금산성 전투는 다음 날까지 이어졌다. 처음에는 금산성에 웅크린 채 수성만 하던 일본군은 고경명의 의병부대와 곽영의 관군부대가 서로 원활하게 소통하고 협력하지 못한다는 점을 간파했다. 그들은 성문을 열고 나와, 먼저 곽영의 관군 진영을 집중 공격해 무너뜨렸다.

관군 진영이 무너지자 고경명의 의병부대들이 심하게 동요하기 시작했다. 전투 경험이 부족한 의병들은 일본군의 조총 공격 직후 이어진 단병접전 전술에 겁을 집어먹었다. 의병들이 흩어져 도주하는 와중에 고경명과 그의 아들 고종후, 부관 유팽로, 안영 등이 차례로 죽음을 맞이했다.

고경명 부대의 패배 소식을 전해 들은 이광과 권율, 황진 등 호남 지역 조선군은 긴장의 끈을 놓을 수 없었다. 금산의 일본군이 언제라도 다시 호남으로 물밀듯이 쳐들어올 수 있었기 때문이었다.

○ 그때는 적병이 이미 안덕원(安德院)에 도달해 있었으므로 제장이 모두 피하여 퇴각하였는데, 공이 곧장 안덕원으로 달려가서 적병을 요격하고 대파하여 거의 모두 섬멸하였다. 이 전투에서 적장이 화살에 맞아 죽었는데, 그 졸개들이 시체를 싣고 갈 틈도 없어서 길옆에 묻어두고 달아났으니, 이것이 7월 초의 일이었다.

—『포저집』 제35권 충청도 병마절도사 황공 행장

○ 얼마 있다가 왜노들이 전주를 침범하자 공이 말을 달려 안덕원에서 왜노들을 크게 격파하고 우두머리를 활로 쏘아 맞혀 죽였으니, 이로부터 왜노들이 감히 전주의 경계를 범하지 못하였다.

—『강한집』 제15권 무민 황공의 묘지명

17. 이치 대첩 1

1592년 7월 12일. 전라도 전주의 조선군 군영은 바삐 움직였다. 금산에 주둔 중인 일본군 제6진인 고바야카와 부대가 호남으로 쳐들어올 가능성에 대비해야 했기 때문이다. 고바야카와 부대의 병력은 거의 1만 5000명에 달했다. 앞서 웅치로 쳐들어왔다가 패퇴하고 돌아간 안코쿠지의 별군 병력까지 합류하면 그 수는 더 많아질 터였다.

전라도 관찰사 이광은 도절제사 권율에게 웅치에 이어 다시 한 번 일본군의 호남 진공을 막으라고 명했다. 앞서 웅치로 쳐들어왔다가 쓴맛을 본 일본군은 이번에는 금산에서 전주로 들어오는 길목인 이치를 공략할 확률이 높았다. 조선군은 본영인 전주성을 지킬 병력을 빼면, 당장 동원할 수 있는 병력이 많아야 최대 2000명을 넘지 않았다. 권율은 안덕원 승리의 주역인 동복현감 황진, 비장 위대기, 비장 공시억, 기병장 권승경 등과 함께 이치에 진을 쳤다.

권율은 자신이 총지휘를 맡되, 실제 전투 현장의 지휘는 황진에게 맡겼다. 당시 전주성에 모인 무관들 중에는 황진보다 품계도 높고, 함경도 변방에서 무공을 많이 세운 이들도 있었다. 하지만 권율은 이치의 수성장으로 황진을 택했다. 권율은 용인과 안덕원 전투에서 드러난 황진의 부대 통솔력과 무예 실력, 전술 구사 능력 등을 높이 샀다. 무엇보다 당시 조선군 전체를 통틀어 황진만큼 일본군에 대해 잘 알고 있는 장수는 찾기 어려웠다.

대둔산 자락에 위치한 이치는 '배나무가 있는 고개[梨峙]'라는 뜻이었다. 순우리말로는 배티재라고 불렀다. 금산에서 전주로 가려면 반드시 거쳐야 하는, 좁고 가파른 고개였다.

황진은 이치에 도착하자마자 2000여 명의 군사를 이끌고, 직접 토루를 쌓고, 그 주변에 목책과 녹채를 세우고, 함정을 팠다. 화살 공격 시 사격 각도와 시야를 확보하도록 주위 나무들을 사람의 체격에 맞춰 잘라내는 작업도 했다. 조총의 공격을 피할 수 있도록 곳곳에 나뭇가지를 엮은 엄폐물을 설치하고 적의 보병들이 진격해 올 길목마다 날카로운 마름쇠를 뿌려놓았다. 또한 적의 기마병이 진입할 만한 통로마다 거마(拒馬, 적군 기병의 진격을 막는 방해물)도 깔아놓았다.

이치는 산중턱에서 정상까지 올라가는 길이 웅치보다 훨씬 좁았다. 황진은 이런 지리적 이점을 활용해 목책과 토루를 겹겹으로 구축했다. 설령 일본군이 하나의 목책을 돌파하더라도 또다른 목책이 나오고, 그 목책을 뚫어도 토루에 가로막히는 구조였다. 산 정상에 높은 망루를 세워 권율 장군의 지휘부가 전장을 내려다보면서 지휘하도록 했다.

이치의 요새화 작업이 어느 정도 진행되자, 황진은 2000여 명의 병력을 수십 개의 소부대로 재편해 앞서 만든 방어 시설들에 배치했다. 깃발과 징, 날라리 등을 이용해 고개 정상부터 맨 아래 목책까지 명령이 신속하게 전달되도록 훈련시켰다. 웅치에서 막판에 화살이 떨어져 함락됐던 경험을 거울삼아, 전주 일대의 각 고을로부터 충분한 양의 화살대와 화살촉을 제공받아 비축해놓았다.

황진은 금산의 고바야카와 부대의 동향을 감시하기 위해 자신의 부하들 중 날래고 눈치 빠른 자들을 이치에서 금산에 이르는 길에 척후병으로 배치했다. 그들은 황진의 훌륭한 눈과 발이 되어주었다.

고바야카와 부대는 조선에 상륙한 이후 조선군에게 한 번도 패하지 않았다. 금산을 점령하는 과정에서도 연전연승했다. 고경명의 의병부대와 곽영의 관군이 연합해서 공격했을 때도 별다른 피해를 입지 않고 쉽게 물리쳐냈다. 덕분에 고바야카와 부대의 사기는 드높았다. 진격 명령이 떨어지면 당장이라도 이치를 넘어 호남의 곡창지대로 밀고 들어갈 수 있을 것 같았다. 승려 출신의 무장인 안코쿠지 에케이의 별군이 안덕원에서 조선군에게 일격을 당하기는 했지만, 그건 너무 방심한 탓일 뿐이라 여겼다.

"조선군이 개전 초기와는 많이 달라졌습니다. 웅치에서 만난 조선군은 더이상 용인 전투에서 달아났던 오합지졸들이 아니었습니다. 저항이 거세고, 우리의 조총 전술에도 잘 대응했습니다. 얕잡아

보아서는 결코 아니 되옵니다."

7월 17일 금산에 돌아온 안코쿠지는 주군인 고바야카와 다카카게에게 절대 방심하지 말 것을 진언했다. 그러나 다른 지휘관들은 조선군에 패배한 안코쿠지의 변명일 뿐이라며, 고바야카와에게 서둘러 진격하자고 청했다. 적장 고바야카와는 조선군이 현재 많은 병력을 동원할 수 없는 상황이라고 판단했다. 조선군이 웅치와 안덕원에서 동원한 병력 규모라면 금산에 있는 자신의 병력만으로도 충분히 제압할 수 있다고 생각했다.

"여기서 주저하는 것은 조선군에게 힘을 충전할 시간만 벌어주는 짓이다. 당장 이치를 넘어 전라도로 진격하라!"

7월 19일 고바야카와의 호남 공격 명령이 떨어지자, 금산의 일본군 1만 5000여 명은 이치를 향해 행군을 시작했다. 일본군이 금산성을 나와 이치로 향하는 모습을 확인한 황진의 척후병들이 지름길로 전력을 다해 달렸다.

"적이 출발했습니다!"

황진은 척후병의 보고를 즉시 이치 정상에 있는 권율 장군에게 알렸다. 권율은 다시 전주성에 전령을 보내 이 같은 사실을 보고했다. 그는 웅치에 있는 나머지 병력에도 전령을 보내 이치로 합류하라고 지시했다.

다음 날인 7월 20일 아침. 드디어 결전의 시간이 다가왔다.

이치고개를 지키던 조선군 병사들의 눈에 저 멀리 일본군의 깃발 물결이 보였다. 고바야카와 부대의 긴 행렬이었다. 그들은 차례차례 이치고개 밑에 도착해 진을 치기 시작했다. 일본군 1만 5000

여 명이 북을 치고, 구호를 외치며, 일사불란하게 대열을 펼치는 모습이 장관이었다. 아군이 왜적들의 위세에 자칫 주눅이 들 수 있는 상황이었다. 권율은 이치 정상의 망루에서 지휘관들에게 "오늘, 이 싸움은 진격만 있을 뿐 후퇴는 없다! 이제 우리에게는 죽음만 있을 뿐 삶은 없다!"라고 선언했다.

제1선의 전투 지휘관 황진은 우렁찬 목소리로 "나와 동복현 군사들이 제일 앞에서 싸울 터이니, 겁먹지 말고 내 명령에 따라 훈련한 대로 움직이면 된다. 우리는 안덕원에서처럼 반드시 저들을 무찌를 것이다!"라고 말했다. 황진의 말이 끝나자 병사들이 일제히 환호성을 올렸다.

황진이 뒤편으로 수신호를 보내자, 병사들이 꽹과리와 징, 북을 요란하게 치며 분위기를 끌어올렸다. 산 정상의 지휘부 앞에는 청룡과 백호, 현무 등이 그려진 오색의 조선군 깃발이 힘차게 펄럭였다.

조선군이 이치고개 전체를 작은 요새로 만든 것을 본 고바야카와 부대는 긴장하기 시작했다.

"요이 아이테다.(좋은 상대다)! 오테나미하이켄(솜씨 한번 보자)!"

적장 고바야카와는 전국시대 일본의 숱한 전장을 누볐던 무장답게 그런 조선군의 모습에 묘한 흥미를 느꼈다. 그는 자신의 부대가 질 것이라고는 조금도 생각하지 않았다. 그저 멋진 싸움 한판을 벌이고 싶어 했을 뿐이었다.

고바야카와는 황진에게도 결코 가벼운 상대가 아니었다. 1년 후인 1593년 2월 벽제관 전투에서 명나라 이여송 주력 부대를 격파해 명군에 밀리던 전세를 일거에 역전시킨 명장이 바로 고바야카와였다.

"요시(좋다)! 고게키시로(공격하라)!"

고바야카와 지휘부에서 공격 명령이 떨어졌다. 제일 먼저 일본군 조총부대가 빠르게 앞으로 튀어나왔다. 그들은 조선군의 화살 공격이 닿지 않는 측면에 사격 대열을 펼쳤다. 황진이 익히 알고 있는 3단 연속 사격 대열이었다. 이어 긴 방패 대열이 이치고개 초입으로 천천히 전진했다. 방패 뒤에는 일본도와 치도로 무장한 보병들이 숨어 있었다.

탕! 탕! 탕!

잠시 후 조총 소리가 이치고개에 천둥소리처럼 울려 퍼졌다. 조총 사격은 한참 동안 끊이지 않고 계속됐다. 조선군 병사들은 목책과 참호, 방패, 나무기둥에 각자 몸을 숨긴 채, 선봉장 황진의 반격 명령을 기다렸다.

○ 공이 휘하의 공시억, 위대기, 황박 등과 함께 나라를 위해 몸을 바쳐 같이 죽자고 맹서하고는 밤마다 잠을 자지 않고 경계하며 지켰다. 이에 앞서 감사 이광이 여러 장수들에게 적의 동태를 탐지하고 오라고 할 때마다 모두 중도에서 소문만 듣고 되돌아오곤 하였는데, 공은 반드시 금산성 아래까지 곧바로 다가가서 적의 형세를 확실히 탐지하였으므로 이광이 항상 칭탄하곤 했다.

—『포저집』 제35권 충청도 병마절도사 황공 행장

18. 이치 대첩 2

1592년 7월 20일 오전.

일본군 제6진 고바야카와 다카카게 부대의 이치 공격이 막을 올렸다. 새 날개처럼 대열을 펼친 조총병들이 이치의 조선군 진영을 향해 쉼 없이 조총을 퍼부었다. 일본군 보병들이 그 틈을 노려, 쇠가죽 방패와 대나무를 엮어 만든 엄폐물 등으로 몸을 가린 채 고개위로 올라갔다. 가파르고 좁은 이치 초입이 금세 일본군 병사들로 가득 찼다. 조총 소리가 대둔산을 타고 멀리 10리 밖까지 메아리쳤다. 산짐승과 새들이 그 소리에 놀라, 더 깊은 산속으로 달아났다.

일본군의 조총 탄환이 조선군의 목책과 토루, 녹채, 방패 등을 때리면서 파편이 사방으로 튀었다. 조선군은 숨죽인 채 반격의 시간을 기다렸다. 조총 소리가 조금씩 잦아들기 시작하자, 동복현감 황진이 나무기둥 옆으로 살짝 내다봤다. 일본군의 방패 대열이 약

100보 앞까지 전진해 와 있었다. 말을 탄 사무라이들이 방패 대열의 앞뒤를 분주히 오가며, 흐트러진 대열을 재정비했다.

잠시 후 북소리와 함께 공격 깃발이 올랐다. 방패 대열이 갈라지더니 그 사이로 창과 칼을 든 일본군 병사들이 한꺼번에 쏟아져 나왔다. 그들은 큰 함성과 함께 맹렬한 기세로 이치고개의 조선군 진지를 향해 돌격해 왔다. 그들의 칼과 창이 여름 햇살을 받아 눈부시게 번쩍였다.

황진이 잽싸게 흑각궁을 한 발 쐈다. 황진은 조선군 최고의 궁사 중 한 명이었다. 흑각궁은 수입산 검은색 물소 뿔로 만든 조선의 최고 무기였다. 황진이 쏜 편전이 허공을 가르며 날아가, 조금 전 공격 명령을 하달했던 말 탄 사무라이 장수를 맞혔다. 목 부위에 편전이 꽂힌 사무라이는 "악!" 하는 외마디 비명과 함께 땅바닥에 떨어졌다.

황진이 공격 신호로 사용한 편전은 애기살이라고도 불리는 작은 화살이었다. 길이가 보통 화살의 절반으로 각궁과 함께 통아라고 하는 도구를 이용해야 쏠 수 있었다. 작고 빠르기 때문에 적의 눈에 보이지 않을뿐더러, 사거리와 살상력이 일반 화살보다 훨씬 뛰어났다.

"쏴라!"

황진이 편전을 쏜 것을 신호로 조선군의 반격이 시작됐다. 그때까지 적의 조총 공격을 피해 목책과 토루 뒤에 숨어 있었던 조선군 병사들이 일제히 일어나 활을 쐈다. 그냥 무질서한 난사가 아니었다. 체계적인 연속 사격이었다. 제일 선봉의 황진 부대가 먼저 쏘면, 이어 비장 공억기 부대가 왼쪽 측면에서 쏘고, 비장 위대기 부대가 오른쪽 측면에서 쐈다. 투석꾼 2개 부대가 화살이 발사되는 사이사이에 차례로 물풀매로 돌멩이를 던졌다.

조선군을 우습게 보고 겁 없이 돌격해 오던 일본군들이 화살과 돌을 맞고, 픽픽 쓰러졌다. 일본군 선봉대 일부가 조선군의 화살과 투석을 용케 피하며, 목책의 30여 보 앞까지 접근했다. 곧 목책을 뛰어넘을 기세였다. 하지만 그들은 얼마 못 가 땅 밑으로 푹 꺼져 버렸다. 조선군이 미리 파놓은 함정에 빠진 것이었다. 함정에는 날카로운 죽창들이 꽂혀 있었다.

일본군 선봉대가 조선군의 화살 공격과 함정 때문에 선두에서 고전하고 있는데, 후미의 일본군은 그것도 모르고 계속 뛰어 올라왔다. 그 때문에 선봉대 가운데는 자기편에게 떠밀려 함정에 떨어지는 병사들까지 속출했다. 용케 함정을 피하더라도 조선군의 화살과 돌멩이가 소낙비처럼 쏟아졌다. 그야말로 진퇴양난이었다.

일본군은 자신들도 조총과 활로 반격해보려고 했지만, 가파른 고개 위에서 자신들을 내려다보고 있는 조선군의 화살 공격을 이겨내기는 어려웠다. 일본군 궁수들이 날린 화살은 사거리가 짧았다. 대부분 목책과 토루에 가로막혔다. 조총병들도 자기편 공격 대열이 앞쪽에서 서로 뒤엉켜 우왕좌왕하는 바람에 차분하게 조준 사격을 하기가 어려웠다.

황진의 활약은 눈부셨다. 황진은 제1방어선의 목책에서 활을 조준 사격 했다. 그가 쏠 때마다 갑옷으로 무장한 일본군 야전 군관들이 하나둘 쓰러졌다. 현장 지휘관을 잃은 일본군 병사들은 어찌

할 바를 몰랐다. 황진 때문에 주인을 잃은 일본군 전마(戰馬)가 조선군 진영으로 뛰어 들어와, 아군의 사기를 높여주기도 했다.

"치쿠쇼(빌어먹을)!"

일본군 지휘부 막사 앞에 설치된 단상에서 포르투갈 상인에게 구입한 망원경으로 이치의 전투 상황을 지켜보던 적장 고바야카와의 얼굴이 일그러졌다. 안코쿠지의 말대로 조선군의 실력이 만만치 않았다.

일본군 본진에서 퇴각 북소리가 들려오며 깃발이 올라갔다. 기마 전령들이 이치고개로 달려가 선봉대 군관들에게 후퇴 명령을 하달했다. 일본군이 조선군 진영을 향해 방패를 세운 채, 뒷걸음질치며 물러나기 시작했다.

"만세! 이겼다!"

일본군이 이치고개 초입을 완전히 빠져나가자, 조선군 진영에선 승리의 환호성이 터졌다. 이어 꽹과리와 징, 북소리가 요란하게 울려 퍼졌다.

이치 정상에 설치된 망루에서 전투 상황을 지켜본 도절제사 권율은 부하들의 용맹함에 감동했다. 문관 출신인 권율은 그날 처음으로 전투다운 전투를 경험했다. 병법 책과 이야기로만 접한 전장의 생생한 모습을 목도한 것이었다. 특히 황진이 적은 수의 병력으로도 지형지물과 부대 간 유기적 협력을 이용해 자신들보다 훨씬 더 많은 적을 물리치는 모습이 무척이나 인상적이었다.

한 번의 공격 실패로 포기할 고바야카와 부대가 아니었다. 일본군은 점심을 먹고 나서, 빠르게 부대를 재편성했다. 병력 손실이

심한 부대에 보충 병력을 투입하고, 화약과 탄알도 보충했다. 일본군 지휘부는 처음에는 이치 같은 작은 고개를 공략하는 데, 많은 시간이 걸릴 거라고 생각하지 않았다. 공성용 무기를 동원할 필요성도 느끼지 못했었다. 하지만 오전에 벌어진 일합(一合)을 통해 상황이 달라졌다.

고바야카와는 잡병들을 시켜, 근처 숲의 나무들을 베어 공성용 이동식 망루를 급조하도록 했다. 그것은 수레바퀴가 달린 네 개의 기둥 위에 망루가 설치된 공성용 무기였다. 망루에 조총수들을 배치해 조선군 진영을 내려다보며 사격할 요량이었다. 조총수들이 이동식 망루에서 엄호 사격을 해주는 틈을 활용해 자신들의 선봉대가 목책을 돌파하면 승리는 따 놓은 당상이라고 여겼다. 그들은 조선군과 창검으로 단병접전을 하면 무조건 자신들이 이길 수 있다고 확신했다.

같은 시각 이치고개의 조선군 진영도 숨 가쁘게 움직였다. 황진은 비장 위대기와 공시억을 데리고 목책과 토루, 기타 엄폐물의 상태를 점검했다. 화살의 보유량도 눈여겨 살폈다. 오전 전투로 전체 화살의 3분의 1가량을 사용했다. 아직 괜찮았지만 전투가 길어진다면 추가 보급을 받아야 했다.

"왜놈들은 더욱 거세게 밀고 나올 것입니다. 그들은 지난 100년간 굉장히 견고한 성을 구축해놓고 공성전과 수성전을 밥 먹듯이 해온 자들입니다. 공성 무기와 전략이 잘 발달되어 있습니다. 지금부터가 본격적인 싸움입니다."

권율 장군이 연 작전 회의에서 황진은 두번째 전투가 더욱 치열할 거라고 경고했다. 그곳에 모인 조선군 지휘관들은 황진의 말 한마디 한마디에 귀를 기울였다. 그 가운데서도 비장 위대기의 눈이 특히 반짝였다. 그는 임진왜란 개전 초기인 1592년 5월 초 전라좌수사 이순신 장군의 조전장으로 옥포, 합포, 적진포 해전에 참여해 승리를 맛봤던 인물이었다. 이번에 권율의 부름을 받고 올라와, 황진과 함께 이치를 지키고 있었다.

둥둥, 두둥둥!

일본군 진영에서 다시 북소리가 울렸다. 전열 정비와 공성 무기 제작을 끝낸 일본군 부대가 천천히 앞으로 나왔다. 그들은 조선군의 화살과 투석을 막으려고 자신들의 군량미 수레에 나뭇가지를 엮어 만든 엄폐물을 세워놓고 천천히 밀고 올라왔다. 10미터쯤 되는 공성용 이동식 망루도 한 대 끌고 왔다.

"병사들이여! 겁먹지 마라! 두려워하지 마라! 왜놈들의 무기는 우리가 충분히 깨부술 수 있다. 나의 지휘에 따라 싸우기만 하면 된다. 모두 나를 따르라!"

조선군이 일제히 함성을 지르며, 황진의 호령에 호응했다. 징과 꽹과리, 북이 울리고, 산 정상에 오색 깃발이 힘차게 펄럭였다. 이치 전투의 두번째 막이 올랐다.

○ 그때 모든 군사가 오히려 진을 한군데에 합치고 물러나지 아니하였더니, 적이 드디어 금산에 주둔하였다. 권율이 군사를 진산에 진주시키고 동복현감 황진 등과 더불어 험난한 곳에 의거하여 기다리고 있는데 적병 수천여 명이 진산을 불 질러 약탈하고 이티[梨峙]로 덤벼들므로 권율 등이, 부장 위대기·공시억 등과 더불어 군사를 독려하여 재에 의거하여 막아 싸우니 적이 낭떠러지로 기어 올라왔다.

—『연려실기술』 16권

19. 이치 대첩 3

1592년 7월 20일 오후, 고바야카와 부대의 칼끝이 다시 이치고개를 향했다.

일본군은 방패와 죽편(대나무를 엮은 방패), 간이 목책 등에 몸을 숨긴 채 조심조심 전진해 올라갔다. 서로 '이치방야리(제일 먼저 적진에 뛰어드는 병사)'가 되겠다고 미친 듯이 돌격하던 오전의 무모함은 사라졌다.

조총부대는 방패 대열이 전진하자 엄호 사격을 시작했다. 지휘관의 지시에 따라 이치 방어선의 특정 지점마다 조준 사격을 가했다. 일본군 궁수들도 활발히 공격에 가담했다. 잡병들은 조선군이 뿌린 마름쇠를 치우고, 함정 위에 통나무를 걸쳐놓아 통로를 냈다.

조선군도 대응 방식을 바꿨다.

화살이 일본군 제1열의 방패를 넘어, 대열 뒤편의 보병들 머리

위에 쏟아지도록 곡사 사격을 했다. 머리 위에서 떨어지는 화살에 피해가 속출하자, 대열 후미에서도 방패를 머리에 이기 시작했다.

투석부대도 적극 활용됐다. 전주성 인근 각 고을에서 온 투석병들이 물풀매에 어른 주먹만 한 돌을 넣어 던졌다. 잘 훈련된 투석병은 50보 이상 떨어진 거리에서도 일본군의 나무 방패를 깨트릴 수 있었다.

양측의 공방은 치열했다.

일본군은 조선군의 원거리 타격으로 인한 희생을 감수하면서, 경사로를 따라 이치의 최전선 목책에서 20여 보 떨어진 곳까지 다가왔다. 일본군 후미의 조총수들이 일단 사격을 멈췄다. 혹여 자기 편을 맞힐까봐 조심하는 것 같았다.

황진이 손을 들어 부하들에게 천천히 뒤로 물러서라는 신호를 보냈다. 황진 부대는 방패를 들고, 제2선의 목책과 토루로 질서 정연하게 물러났다. 그사이 이치고개 곳곳에 자리 잡은 나머지 조선군 병사들은 조금 전까지 황진 부대가 섰던 제일 앞의 목책 쪽을 향해 활과 물풀매를 잔뜩 겨누고 기다리고 있었다.

"도츠게키세요(돌격하라)!"

일본군 진영에서 큰 북소리와 함께 돌격 명령이 떨어졌다. 그와 동시에 방패 대열이 옆으로 빠지면서 여러 개의 갈고리가 조선군 목책 안으로 날아들었다. 갈고리가 목책에 걸리자 일본군이 힘껏 잡아당겼다. 목책이 균형을 잃고 흔들거리다가 앞으로 쓰러졌다. 목책이 일부 걷히자, 그 틈으로 칼과 창을 든 보병들이 맹렬한 기세로 쏟아져 들어왔다. 하지만 조선군은 이미 2선으로 후퇴한 상태였다. 단병접전을 기대했던 일본군 병사들은 조선군이 보이지 않자, 잠시 주춤거렸다.

"쏴라!"

황진이 큰 소리로 외쳤다.

이치고개 비탈길 곳곳에 매복해 있던 조선군 병사들이 최전선의 목책을 뚫고 온 일본군 선봉대를 향해 화살과 돌멩이를 퍼부었다. 기세등등하게 목책을 돌파한 일본군 병사들이 화살을 맞고 고슴도치처럼 변했다.

일본군은 그래도 꾸역꾸역 목책 너머로 계속 밀려들었다. 뒤편에선 목책 너머의 상황을 아직 모르는 듯했다. 이제는 서로 피 튀기는 백병전을 피할 수 없었다.

"돌격!"

황진의 명령이 떨어지자, 300여 명의 동복현 군사들이 2선의 토루와 목책을 박차고 달려 나갔다. 창과 긴 죽창, 환도로 무장한 황진의 병사들은 그대로 일본군에게 돌진했다. 목책을 넘자마자 쏟아지는 조선군의 활과 투석 공격에 쩔쩔매고 있던 일본군 선봉대는 미처 전투 대열을 형성하지 못한 상태였다.

경사진 비탈길에서 조선군은 위에서 아래를 내려다보며, 일본군은 아래에서 올려다보며 싸워야 했다. 아무리 창칼의 근접전에 강한 일본군이라도, 조선군이 서너 명씩 합을 맞춰 동시에 창을 찌르며 협공해 오자 당황했다. 단병접전의 초반 기세는 그렇게 조선군이 잡았다. 이치고개 중턱의 목책과 토루에 있던 나머지 조선군이 제1방어선 목책 너머의 일본군 후미를 계속 타격해주었다.

그러나 일본군도 만만한 상대가 아니었다. 그들은 창칼을 든 백병전에 익숙했다. 처음에는 조선군의 조직적 반격에 당황해 흔들렸지만 시간이 흐르자 조선군이 점차 불리해지기 시작했다. 특히 일반 보병들 틈새에서 사무라이 군관들이 노다치(장검)를 들고 선두로 튀어나오더니, 노련한 솜씨로 조선군 병사들을 하나둘 베어 나갔다. 조선군의 공격 대열이 흐트러지며 백병전의 전세가 뒤집히려고 했다.

황진의 눈에 사무라이들 중에서도 특히 칼을 잘 쓰는 자가 보였다. 화려한 투구 장식이나 붉은 가면을 쓴 것으로 보아 지위 높은 무사 같았다. 조선군 병사들은 그자에게 겁을 집어먹고, 등을 돌려 도망치려고 했다.

황진이 달려가 그 '붉은 가면'을 가로막았다. 그는 환도가 아니라 일본도를 든 조선인 장수 황진을 신기한 듯 훑어봤다. 그는 무서운 기세로 황진에게 칼을 휘둘렀다. 괴성을 지르며, 빠른 속도로 황진을 압박해왔다. 황진은 전혀 당황하지 않고, 그의 공격을 모두 막아냈다.

"오레노모노다(내 거야)!"

근처 다른 사무라이들이 둘의 싸움에 끼어들려고 하자, 붉은 가면은 큰 소리로 제지했다. 자신이 직접 황진의 목을 베겠다는 뜻 같았다. 황진과 붉은 가면의 칼이 맞부딪히며 불꽃이 튀었다. 산중턱의 조선 병사들이나 목책 주변의 일본군 병사들이 두 사람의 싸움을 주목하기 시작했다.

둘은 나무들 사이를 이리저리 이동하며, 공격을 주고받았다. 황진이 뒷걸음치다가 적의 시체에 걸려 중심을 잃고 흔들렸다. 붉은 가면이 그때를 놓치지 않고 황진을 긴 칼로 내리치려다 나뭇가지에 칼이 걸렸다. 황진이 재빨리 옆으로 빠지며, 붉은 가면의 허리를 벴다. 그는 힘없이 땅바닥에 무릎을 꿇었다가 그대로 고꾸라졌다.

"와! 우리 황진 장군이 이겼다! 만세! 만세!"

여기저기서 조선군 병사들이 환호성을 질렀다.

다른 사무라이 군관들이 상관의 시체를 지키려고 미친 듯이 달려들었다. 황진이 두 명을 연이어 베었다. 뒤로 밀려났던 조선군 병사들이 그 광경을 보고, 다시 힘을 얻어 밀고 내려왔다. 황진이 훈련시킨 동복현의 병사들이 위축된 일본군 병사들에게 성난 맹수처럼 달려들었다. 일본군은 우왕좌왕하다가 다시 목책 밖으로 밀려나더니, 얼마 지나지 않아 후방으로 퇴각하기 시작했다.

조선군 진영에서 승리를 자축하는 징과 꽹과리 소리가 요란하게 울렸다. 일본군의 두번째 공격까지 막아내면서 조선군의 사기는 한층 충천했다. 하지만 치열했던 두 번의 전투에서 조선군도 수십 명이 희생되었다.

"치쿠쇼(빌어먹을)!"

멀리서 전투 상황을 지켜본 적장 고바야카와는 화가 치밀었다. 크고 작은 전투로 단련된 자신의 정예 부대가 조선의 이름 없는 고개 하나를 넘지 못하고 있다는 사실에 분노했다. 더욱이 자신의 선봉대 지휘관들이 이름 없는 조선의 무관에게 일대일 칼싸움에 패해 목숨을 잃었다는 사실에 치욕을 느꼈다.

"일본도를 들고 싸우는 저 조선군 지휘관은 동복현감 황진이라는 자라고 합니다. 2년 전 조선 통신사 일행의 호위무관으로 관백을 알현했었다고도 합니다. 군사를 지휘하고 싸우는 모습이 결코 만만치 않은 자 같습니다."

고바야카와의 참모 중 한 사람이 전주까지의 향도(길잡이)를 맡은 순왜(일본군에 협력한 조선인) 승려에게 들은 내용을 토대로 설명했다.

"안덕원에서 안코쿠지 부대를 공격했던 것도 바로 저자의 소행이라고 합니다. 그냥 놔둬서는 안 될 것 같습니다. 조선군은 지금 저자에게 절대적으로 의존하는 것 같으니, 저격수를 배치해 없애면 조선군도 쉽게 무너질 겁니다." 또다른 참모가 고바야카와에게 황진을 제거하자고 조언했다.

○ 적이 낭떠러지를 타고 기어오르자 황진이 나무를 의지하여 총탄을 막으며 활을 쏘았는데 쏘는 대로 맞지 않는 것이 없었다. 종일토록 교전하여 적병을 대파하였는데, 시체가 쌓이고 피가 흘러 초목까지 피비린내가 났다.

—『조선왕조실록』 선조(수정실록) 25년(1592) 7월 1일

○ 화살을 앞뒤로 계속해서 끊임없이 날렸으므로 화살을 나르는 사람이 삼사 인이나 되었건만 오히려 제때에 운반하지 못할 정도였으니, 당시에 화살에 맞아 죽은 왜적이 몇백 명인지 몰랐다. 엄지손가락이 다쳐서 부러지기까지 하였는데도 통증을 전혀 느끼지 못한 채 잠시도 쉬지 않고 활을 쏘았는데, 화살 한 발로 몇 명의 왜적을 꿰뚫을 수가 있어서 화살에 맞기만 하면 왜적들 모두가 즉사하였다.

—『포저집』 제35권 충청도 병마절도사 황공 행장

20. 이치 대첩 4

1592년 7월 20일 오후 5시경, 금산에서 전라도 전주성으로 가는 길목인 이치고개.

둥! 둥! 둥!

일본군 대부대가 다시 큰북을 울리며, 이치고개를 올라왔다. 그들은 공성용 망루 한 대를 앞으로 끌고 나왔다.

조선군은 일본군이 걷어냈던 목책을 다시 반듯이 세워놓고, 세 번째 전투를 기다리고 있었다. 어림잡아 7000명 정도의 일본군이 이치 초입에서부터 공격진을 펼쳤다.

쿵! 쿵!

사무라이들과 보병들이 박자에 맞춰 발을 굴렀다. 그러자 잔뜩 화가 난 투견이 으르렁거리는 소리처럼 들렸다. 일본군 대열 중앙에서 말을 탄 고위 사무라이들이 나타났다. 정중앙의 대장 사무라이는 백마를 타고 있었고, 황금 장식 투구를 쓰고 있었다. 그가 번쩍이는 황금빛 부채를 펼쳤다가 접었다.

“와! 와!”

일본군이 일제히 함성을 지르며, 이치 정상을 향해 돌격하기 시작했다. 앞서 두 번의 전투 때보다 훨씬 더 독이 오른 모습이었다. 이치의 지형 특성이나, 조선군이 설치해놓은 함정과 마름쇠 위치를 이미 다 파악한 덕분에 거침없이 달려들었다. 이번에는 중앙의 고갯길만이 아니라, 이치고개를 감싸고 있는 측면의 비탈을 향해서도 돌격했다. 좌우 측면 비탈에서 화살로 엄호를 해주던 위대기와 공시억 부대를 타격하기 위한 시도였다. 그 때문에 위대기와 공시억 병력은 황진이 있는 목책 쪽, 즉 이치 고갯길을 향해 지원 사격을 할 수 없었다. 자신들을 향해 산비탈을 기어 올라오는 일본군들을 상대하는 것만으로도 바쁘게 됐다. 최전선의 황진 부대를 엄호해주던 조선군의 측면 화살 공격이 약화되자, 일본군은 더욱 기세등등하게 돌진해 왔다.

황진은 병사들을 독려하며, 자신도 연신 흑각궁을 쐈다. 황진이 쏜 화살은 매번 목표물에 명중했다. 황진은 특히 일본군 중에서도 계급이 높은 자들을 집중적으로 조준해서 쏘았다. 일본군 지휘관들은 황진의 활이 무서워 함부로 나서지 못했다.

양측이 치열하게 공방을 벌이는 가운데, 일본군의 바퀴 달린 공성용 망루가 전진 배치됐다. 조총병들은 그동안 산 밑에서 조선군 진영을 올려다보며 사격하느라 어려움을 겪었다. 하지만 이 망루가 등장하자 상황이 달라졌다. 조총수들은 높은 망루에 숨어 조선군 목책과 마주 보며 조준 사격을 했다. 그들은 나무 상자처럼 생긴 망루 안에서 작은 구멍을 통해 조총을 쐈다. 황진과 조선군이 활로 반격했지만 효과가 없었다. 여기저기에서 조선 병사들이 조총에 맞아 쓰러지기 시작했다.

공성용 망루가 효과를 발휘하며 조선군의 저항이 약화되자, 일본군이 앞다퉈 목책을 넘어왔다. 이치 중턱의 조선군들이 활과 투석으로 1선의 아군을 엄호했지만, 일본군은 둑이 터진 것처럼 쏟아져 들어왔다.

"후퇴하라! 절대 등을 보이지 말라! 활로 응사하며 천천히 물러나라!"

황진이 퇴각 명령을 내리자, 조선군이 목책에서부터 뒤로 물러나며 화살을 날렸다. 목책을 넘어오던 일본군들이 고꾸라졌다.

병사들을 이끌고 고개를 올라가는 황진의 모습이 포착되자 망루 속 저격수들이 황진에게 집중 사격을 가했다.

"으아악! 악!"

황진과 함께 물러나던 병사들이 잇따라 쓰러졌다. 황진도 허벅지에 격렬한 통증을 느꼈다. 왼쪽 다리에서 피가 흘러내렸다. 그가 절룩거리자, 근처에 있던 부관들이 달려와 나무 방패로 황진을 가리고, 부축해 뒤로 물러났다.

"나는 괜찮다. 모두 제자리를 지켜라!"

중턱까지 후퇴한 황진은 나무기둥을 방패 삼아, 활로 응사했다. 황진의 부상으로 잠시 동요했던 조선군은 황진이 다시 앞장서 싸우는 모습에 가슴을 쓸어내리며 안도했다.

일본군은 제1선의 목책을 돌파했지만 여전히 공격 작업에 애를 먹었다. 이치는 올라갈수록 경사가 가팔라졌기 때문이다. 일본군은 낑낑대며 공성용 망루를 더 끌고 올라가고 싶어 했지만 불가능했다.

목책 측면을 뚫고 들어온 사무라이 네다섯 명이 방패병들의 호위를 받으며 황진 쪽으로 접근했다. 그들은 먹잇감을 발견한 사냥개처럼 집요하게 황진에게 달려들었다. 황진은 다리를 절뚝이면서도 놈들의 칼 공격을 막아냈다.

탕! 탕! 탕!

황진이 사무라이들과 칼싸움을 하고 있는 동안에도 그의 동선을 따라 조총 탄환이 계속 날아왔다. 황진은 조총병들이 자신을 집중적으로 노리고 있음을 직감했다. 일단 몸을 굴려 근처의 나무 뒤에 몸을 숨겼다.

"현감 나리! 일단 후퇴하셔야 합니다!"

비장 공시억이 큰 방패를 들고 달려와 황진에게 작전상 후퇴를 권했다.

"안 된다! 여기가 무너지면, 더이상 방어선이 없다. 이치고개가 무너진다!"

황진은 단호하게 거절하며, 제자리를 지킬 것을 명령했다. 이치고개 정상에는 권율과 소수의 보급병들밖에 없었다.

황진은 화살을 쏘려고 나무기둥 밖으로 상체를 뺐다. 그때였다. '탕!' 소리와 함께 황진은 이마에 강한 충격을 느꼈다. 8척 장신의 황진이 그대로 정신을 잃고 앞으로 쓰러졌다.

"얏따죠(해치웠다)!"

공성용 망루에서 환호성이 터졌다. 조총수 한 명이 뒤편을 향해 붉은 수신호기를 흔들었다. 황진을 해치웠다는 신호였다. 이치고개 초입에서 미리 대기하고 있던 나머지 일본군 부대들이 일제히 이치 정상으로 돌격했다.

산 정상 지휘부에서 전투 상황을 지켜보던 권율은 칼을 빼 들고 내려왔다. 황진이 쓰러지자, 조선군 병사들이 심하게 동요했다. 일본군의 공격에 일방적으로 밀리기 시작했다. 일부 병사는 무기를 버리고 도망쳤다. 안타깝게도 조선군의 패배가 눈앞에 다가온 것 같았다.

권율은 고개 위로 올라오는 도망병을 잡아, 그 자리에서 목을 쳤다.

"더이상 물러나는 자는 내 칼을 받을 각오를 하라! 다시 앞으로 나가라!"

권율의 불호령에 조선군의 동요는 조금 진정됐다. 땅바닥에 쓰러진 황진의 목을 베려고 사무라이 하나가 접근했다. 위대기가 달려가 창으로 놈의 옆구리를 찔렀다. 동복현 군사들이 달려 나와 황진과 위대기를 방패로 둘러싸서 보호했다. 황진의 이마에선 피가 흐르고 있었다. 왼쪽 다리는 이미 짚신까지 피로 흥건하게 젖어 있었다.

"아, 이런!"

죽은 줄 알았던 황진이 눈을 번쩍 떴다. 다행히 조총 탄환이 이마를 스친 것이었다. 황진은 자신의 옷을 찢어 그 천으로 이마를 싸맸다. 그러고는 부하들의 부축을 받으며 자리에서 일어섰다.

"황진 장군이 살아 계신다!"

동복현 군사들이 뒤편의 이치고개를 향해 일제히 외쳤다. 황진이 건재하다는 것이 알려지자 무너지기 일보 직전이었던 조선군 진영이 안정을 되찾았다. 황진은 직접 자신의 칼을 들고 일어서 뒤편 비탈에 늘어선 조선 군사들을 향해 "물러서지 마라! 나를 따르라!"라고 큰 소리로 외쳤다.

"앞으로 돌격!"

황진의 돌격 명령이 떨어지자, 위대기, 공시억 등이 이끄는 조선군 병사들이 일본군을 향해 성난 황소처럼 돌진했다. 일본군은 황진과 조선군의 무서운 기세에 당황하는 기색이 역력했다.

○ 무민공이 여러 장수를 권면하여 거느려 이현(梨峴)에서 왜적을 막았습니다. 모두 세 번이나 탄환을 맞았지만 기세를 더욱 떨치고 용기를 더욱 북돋워, 쏘는 화살마다 반드시 적을 명중시켰습니다. 그의 동지인 편장(編將) 공시억(孔時億)·위대기(魏大器) 등이 분발하여 크게 쳐부수니 왜적들은 마침내 물러갔습니다.

—『존재집(存齋集)』 제3권

○ 황진이 나무에 의지하여 총탄을 막으며 활을 쏘았는데 백발백중이었고, 적의 진격이 멈추고 황진을 목표로 집중 사격을 가하여 황진이 부상을 당하자 적이 연속으로 뛰어 들어와 우리 군사들이 모두 흩어져 달아나려 하므로 권율이 후퇴하는 자를 참하니 죽음을 무릅쓰고 싸웠고 황진도 부상당한 몸으로 다시 싸우니 군사들이 일당백으로 싸워 적이 크게 패하여 병기를 버리고 달아났다.

—『연려실기술』 제16권

21. 승리의 함성

1592년 7월 20일 밤.

멀리 대둔산 위로 밝은 달이 떠올랐다. 막 세번째 전투가 끝난 이치 골짜기에는 왜적들의 시체가 곳곳에 쌓여 있고, 초목은 온통 피로 물들어 있었다.

"끄응!"

적장 고바야카와는 짧은 신음을 내뱉었다.

그는 부하들에게 금산으로 회군하라고 명했다. 이른 아침부터 해 질 무렵까지 치열하게 전개됐던 이치 전투는 그렇게 막을 내렸다.

고바야카와는 정예 병력 1만 5000여 명으로 2000명 남짓 되는 조선군을 제압하지 못했다. 일본에서처럼 크고 견고한 성채였다면 몰라도, 조선 촌구석의 작은 고개 하나를 어쩌지 못하고 물러나야 했다. 자존심 강한 고바야카와에겐 잊지 못할 굴욕이었다.

그렇다고 싸움을 계속하기도 어려웠다. 조선군을 쉽게 보고 달려들었다가 병력의 3분의 1을 잃고 말았다. 이치에서 계속 싸우면 희생은 더 늘어날 게 불 보듯 뻔했다. 전국시대 일본 다이묘에게 휘하의 병력 수는 재력과 권력의 상징이었다. 조선의 곡창지대 호남은 여전히 탐났지만, 웅치와 이치에서 아무런 소득 없이 너무 많은 병력을 잃었다. 지금은 일단 금산으로 돌아가, 군세를 회복하는 게 필요했다.

"순왜들의 보고에 따르면 금산 일대와 충청도 지역에서 또다른 '이키(一揆, 일본의 농민 반란, 여기서는 조선의 의병 투쟁을 의미함)'의 움직임이 있다고 합니다. 금산성으로 돌아가 병력과 보급을 보충하며 상황을 살피는 게 좋겠습니다."

고바야카와의 참모들 또한 고경명의 의병부대를 물리친 이후에도 여전히 심상치 않은 금산 주변의 의병 봉기 움직임을 거론하며, 철수를 제안했다. 고바야카와는 고심 끝에 금산으로 물러날 것을 명했다.

이치 정상에선 조선군의 횃불들이 활활 타오르고 있었다. 도절제사 권율과 동복현감 황진, 비장 위대기, 공시억 등을 비롯한 지휘관들과 병사들이 저 멀리 퇴각하는 일본군의 횃불 행렬을 지켜봤다.

조선군이 웅치와 이치에서 연이어 승리함에 따라, 일본군의 임진년 호남 침공 작전은 무산됐다. 일본 수군의 보급품 수송이 전라좌수영 이순신 부대에 한산도 앞바다에서 완전히 막혀버린 데 이어, 호남 곡창지대에서 군량미를 조달하려던 일본 육군의 계획마저 이치와 웅치에서 차단되고 말았다. 이치 전투는 일본에는 뼈아픈 패배였고, 조선에는 전쟁 승리의 희망을 되살린 중요한 싸움이었다. 임진왜란의 큰 흐름을 바꿔놓은 큰 승리, 즉 이치 대첩이라 불러도 손색이 없을 완벽한 승리였다.

일본군이 이치에서 물러나고 권율과 황진은 부대를 이끌고 전주성으로 돌아갔다. 혹시나 피란 가려고 짐 보따리를 쌌던 전주성 백성들은 승전 소식을 듣고 길거리로 나와 덩실덩실 어깨춤을 추며, 조선군의 승리를 축하했다. 특히 황진의 눈부신 활약은 입소문을 타고 전라도 내륙 각지로 퍼졌다. 황진이 들것에 실려 동복현으로 돌아가는 길에 많은 백성들이 몰려나와 "황진 장군 아니면 전주가 어찌 무사했겠습니까!", "장군이 계셔서 우리가 살 수 있었습니다. 감사합니다!"라며 칭송했다. 백성들은 바다에는 이순신, 땅에는 황진이 있어 호남이 든든하다고 입을 모았다.

황진은 그런 칭송을 즐길 마음의 여유가 없었다. 이치 전투에서 입은 부상으로 만신창이가 되었다. 다가올 더 큰 싸움을 위해선 먼저 몸을 추슬러야 했다. 그는 자신의 부대를 데리고 동복현으로 내려갔다. 조총에 맞은 왼쪽 다리에서 탄환을 빼내고, 깨진 이마도 치료하며 한동안 요양에 들어갔다.

전주성에 돌아온 권율은 의주로 피란 간 선조에게 이치와 웅치의 승전 소식을 담은 첩서(장계)를 보내고자 했다. 하지만 첩서를 의주 행재소(임시 조정)까지 전달할 전령을 구할 수 없었다. 전라도를 제외한 대부분의 지역이 일본군의 수중에 들어간 상태여서, 첩서를 지니고 평안도 의주까지 먼 길을 이동한다는 것은 극히 위험한 일이었다.

"대감님, 비록 제가 재주와 용맹은 없으나 최선을 다해 임금님께 첩서를 갖다 바치겠습니다."

그 누구도 선뜻 전령을 맡겠다고 나서지 않고 있던 그때, 권율 밑에서 시종처럼 일하고 있던 열일곱 살의 어린 군졸 정충신이 자원했다. 정충신은 노비 신분이었지만 외모가 수려하고, 머리도 총명하고, 무엇보다 눈치가 빨라서 권율의 총애를 받았다. 권율은 그를 자신의 시종병으로 뿐만 아니라, 적진을 정찰하거나 중요한 명령을 전달하는 연락병으로도 활용하고 있었다.

정충신은 권율이 써 준 첩서를 가위로 오려, 짚신 속에 숨겨가지고 의주로 향했다. 그는 등에 짊어진 봇짐에 짚신을 매달고 가다가, 일본군을 만나면 재빨리 짚신을 신어서 위장했다. 도중에 일본군에 잡혔다가 탈출하기도 했으며, 막판에는 거지꼴로 밥을 빌어먹으면서까지 선조가 있는 의주에 올라갔다.

의주에 도착한 정충신은 병조판서 이항복을 찾아갔다. 이항복은 다름 아닌 권율의 사위였다. 장인 권율의 첩서를 확인한 이항복은 이를 선조에게 전달했고, 의주 행재소에서는 비로소 웅치와 이치 승리 소식을 알게 됐다. 선조는 크게 기뻐하며, 그 자리에서 희소식을 전한 정충신을 면천해주었고, 이항복은 그를 자신의 집으로 데려가, 학문과 무예를 배울 수 있게 해주었다.

정충신은 훗날 무과에 합격해 무관의 길을 걸었다. 그는 광해군과 인조 대를 거치면서 군사 첩보와 외교에서 뛰어난 역할을 했으며,

1624년에는 이괄의 난을 직접 진압하는 큰 공을 세우기도 했다.

정충신의 헌신적인 노력으로 이치와 웅치 승리 소식이 의주에 알려지자, 조정에선 논공행상이 벌어졌다. 호남 수성의 막중한 책임을 지고 있던 전라도 감사 이광은 용인 전투에서 어이없이 패배한 데다 웅치가 잠시 돌파당했을 때 전주성에서 나와 도망치려 했다는 이유 등으로 백의종군 처분을 받았다.

반면 권율은 이치·웅치 승리를 주도한 전공을 인정받아, 광주목사(정3품)에서 전라도 관찰사(종2품)로 영전했다. 황진도 동복현감(종6품)에서 훈련원 판관(종5품)으로 한 계단 승진했다. 하지만 그의 실제 활약과 명성에 비하면 초라하기 짝이 없는 보상이었다. 주변에서 그 점을 안타까워하는 목소리가 나왔다. 다행히 얼마 후 송강 정철이 체찰사를 맡아, 호남 지역을 시찰하다가 주민들로부터 황진의 믿기 어려울 만큼 눈부신 활약상을 전해 듣고는, 그 자리에서 조정에 황진의 품계를 더 높여달라는 장계를 써서 보냈다. 그 덕분에 황진은 익산군수(종4품) 겸 전라도 조방장으로 벼슬이 또 한 번 올라갔다.

호남 진공에 실패한 고바야카와 부대는 금산으로 돌아가, 진안과 무주 등 인근 지역에서 약탈과 방화, 납치, 강간 등을 일삼았다. 이치에서 당한 패배에 대해 무고한 조선 백성들에게 화풀이를 한 것이다.

도요토미 히데요시는 개전 초기 조선에서의 무분별한 약탈과 살육을 금했다. 어차피 곧 자신의 땅과 재산, 백성이 될 텐데, 괜스레 원망을 살 필요가 없다는 영악한 계산에서였다. 하지만 조선에 참

전한 다이묘들은 해로를 통한 군수 보급이 막히고, 병력 손실도 갈수록 커지자, 노략질과 노예사냥 등으로 경제적 손실을 보충하기 시작했다. 고바야카와도 결코 예외는 아니었다.

전라도 관찰사가 된 권율은 1592년 10월 5000여 명의 병력을 이끌고, 수도 한양을 향해 북상하기 시작했다. 의주 행재소가 삼남 지역의 관군과 의병에게 명나라 군대가 조만간 참전할 것이니 이들과 힘을 합쳐 한양 탈환을 위해 북상하라고 명령한 데 따른 것이었다. 전라도를 제외한 대부분의 지역이 일본군 수중에 들어가 있었기 때문에 사실상 북상할 수 있는 군대라고는 호남 관군과 의병밖에 없었다.

권율은 황진을 선봉장으로 데려가고 싶었지만, 황진은 그때까지도 몸이 완전히 회복되지 않은 상태였다. 동복현에 머물고 있던 황진은 직접 참전하는 대신 호남 주력군이 북상해서 용인 전투에서와 같은 어이없는 실수를 반복하지 않을 계책과 전술 등에 대해 권율에게 서신을 보냈다. 또한 자신도 몸이 회복하는 대로 북상하겠다고 약속했다.

권율은 전라도 병마절도사 선거이를 대동하고 북상했다. 선거이는 1592년 7월 8일 이순신 장군과 함께 한산 대첩 승리를 이끌어 낸 장수였다. 그는 전라좌수영으로부터 다량의 화포와 화약을 제공받아가지고 왔다. 이치·웅치 전투에서 일본군을 상대로 풍부한 실전 경험을 쌓은 호남의 조선군과 이순신의 전라좌수영에서 전달받은 화약 무기는 몇 달 후 행주산성에서 놀라운 결과를 낳게 된다.

○ 황진이 들것에 실려 동복(同福)으로 돌아가는 길에 전주를 지나는데, 전주의 남녀들이 마실 것을 준비해서 위로하기를 "공이 아니었다면 우리는 이미 살아남지 못했을 것입니다"라고 했습니다.

—『존재집』 제3권

○ 적중(賊中)에서 조선의 3대 승첩을 말하는데 이티(梨峙)의 승리를 첫째로 쳤다. 논평하는 이가 말하기를, "이 승리가 없었으면 왜적은 반드시 호남 전체를 유린하였을 것이다" 하였다.

—『연려실기술』 제16권

22. 황윤길과 김성일, 그리고 허성

1592년 4월 말, 한양에서 그리 멀지 않은 경기도 고양의 황윤길 자택.

선전관이 말에서 내려 마당으로 들어섰다.

"황윤길은 어명을 받으시오!"

선전관이 선조 임금의 하명을 전하려 하자, 황윤길이 조카 황즙의 부축을 받으며 마당에 내려왔다. 황윤길이 무릎을 꿇자, 선전관은 황윤길을 병조판서에 제수한다는 선조의 교지를 읽어 내렸다.

"성은이 망극하옵니다."

황윤길은 눈물을 흘리며, 동쪽 궁궐 방향을 향해 큰절을 올렸다.

그는 전년 일본 통신사로 다녀온 후, 잘못된 보고로 민심을 동요시켰다는 이유로 모든 관직에서 물러난 상태였다. 그러잖아도 긴 통신사 여정을 소화하느라 기력이 쇠했던 황윤길은 심적 충격까지

더해져 병석에 누웠다. 자신의 정세 보고가 옳았다는 것이 뒤늦게라도 입증됐으나, 왕실과 나라의 안위가 이미 백척간두에 선 상태여서 결코 기뻐할 수 없었다.

황윤길은 임진왜란 발발 직후 병조판서로 임명됐지만 끝내 병석에서 일어나지 못해 실제로는 부임하지 못했다. 그는 선조가 파천하고, 일본군이 한양을 점령하는 소용돌이 속에서 향년 57세로 세상을 뜨고 말았다. 황윤길은 직계 후손이 없었다. 생전 자식처럼 아꼈던 조카 황즙이 황윤길의 시신을 수습해 경기도 고양의 선산에 묻었다. 황즙은 환란의 와중에 일가족을 데리고 충청도 비인현으로 피란을 갔고, 황윤길은 그렇게 사람들의 기억 속에서 점차 잊혔다.

반면 통신사로 다녀온 후 승승장구하던 김성일의 삶도 임진왜란이 시작되며 심한 부침을 겪었다. 그는 임진왜란 직전인 1592년 4월 초 갑자기 경상우도 병마사로 임명됐다. 전형적인 문관인 그가 무관 자리인 병마사에 제수되자, 다들 의아해했다. 우의정 류성룡 등 동인 계열 조정 중신들이 선조에게 임명 철회를 요청했지만 선조는 그대로 강행했다.

선조는 자신이 전년에 내린 경상도 지방의 축성과 병기 점검 교지에 대해, 김성일이 지역 유림들과 함께 '너무 과하다'며 반대 상소를 올린 것에 화가 나 있었다. 선조는 혹시나 있을지 모를 일본 침략에 대비한 최소한의 조치라고 생각했는데, 김성일이 그것마저 반대하자 노한 것이었다.

김성일은 4월 11일 한양에서 소수의 호위무관들만 데리고, 부임지인 창원의 경상우도 병영으로 출발했다. 그는 15일 충주 단월역에 이르러서야, 일본군의 부산포 침략 소식을 들었다. 그땐 이미 부산과 동래가 왜적의 수중에 떨어진 뒤였다. 김성일은 임진왜란 발발 소식에 큰 충격을 받았다. '왜침 증후가 없다'는 자신의 보고가 결국 잘못됐음이 드러난 이상, 자신의 죄를 조금이라도 씻는 길은 목숨을 바쳐 왜적과 싸우는 것뿐이었다. 그는 창원을 향해 발걸음을 재촉했다.

그는 4월 20일 해망원(마산)에 이르러, 전임 병사인 조대곤에게 군사 지휘권을 넘겨받았다. 조대곤은 일본군이 창원으로 온다는 소식을 듣고는, 제대로 싸워보지도 않고 해망원까지 도망쳐 와 있던 상황이었다. 김성일은 조대곤의 행태를 크게 꾸짖고, 남은 군사들을 정비해 언제든 전투할 수 있는 준비를 갖추게 했다.

김성일의 부대는 얼마 지나지 않아, 일본군 척후부대와 마주치게 되었다. 백마를 타고 검은 가면을 쓴 일본군 장수와 보병 수십 명이 김성일 일행을 발견하고는 무섭게 돌진해 왔다. 주변의 군졸들이 일본군의 기세에 놀라 도망치려 하자, 김성일은 말에서 내려, 태연하게 호상(胡床)에 걸터앉았다. 무섭게 달려오던 백마 탄 적장은 김성일이 조금도 동요하지 않자, 혹시 주변에 매복이 있는 게 아닐까 걱정한 듯 잠시 주춤했다.

김성일이 그때 자신의 군관들에게 "돌격해서 왜적을 무찌르라!"고 명했다. 누구 하나 선뜻 나서지 못하고 우물쭈물하는 사이, 김성일이 한양에서부터 데려온 호위무관 한 명이 말을 타고 앞으로 나가며 활을 쐈다. 그의 화살은 정확하게 백마를 탄 적장을 맞혔다. 졸지에 지휘관을 잃은 일본군 병사들은 놀라서 뒤로 도망치기 시작했다. 그제야 자신감을 얻은 김성일의 부하 군사들이 일본군을 끝까지 추격해 참살했다.

김성일 부대가 무찌른 왜적은 일본군의 제3진 구로다 나가마사 부대의 척후들이었다. 구로다 부대는 경상우도를 거쳐, 추풍령을 넘어 한양으로 북상하려던 중이었다. 비록 작은 승리였지만 김성일 부대는 일본군 척후대를 섬멸함으로써 그들의 북상을 조금이라도 늦추는 데 기여했다.

그 싸움의 승리로 경상우도 군사들에게 김성일은 깊은 인상을 남겼다. 자신들이 모실 새로운 병마사가 평생 글공부만 해온 문신이라고 들어 걱정을 많이 했는데, 실제로 보니 무관 출신 장수 못지않은 용기와 기백을 가지고 있음을 확인했기 때문이었다.

그런데, 묘한 인연이었다. 김성일의 명령을 받고 앞으로 뛰어나가 일본군 적장을 단번에 쓰러트린 군관은 바로 황진의 의형제인 이종인이었던 것이다. 김성일은 그날 저녁 이종인을 따로 불러 무공을 치하했다.

김성일은 "내가 한양을 떠날 때, 주변에서 비장으로 자네를 추천하더군. 내 그 말을 듣기를 참으로 잘했다는 생각이 드네. 자네 무예 실력이 조선에서 으뜸이고, 한때 퇴계 선생 밑에서 글공부도 했다고 들었네. 나 또한 퇴계의 후학이네. 오늘 이렇게 나를 도와 공을 세우니 더없이 기쁘네그려!"라고 말했다.

이에 이종인은 "과찬이십니다, 우병사 대감! 저는 머리가 아둔하여 글공부는 금방 관뒀고, 무예는 제 의형인 황진에 비할 바가 아닙니다. 오늘 공을 세운 것은 모두 대감께서 조금도 동요하시지 않고 군졸들이 흩어지지 않게 해주신 덕분입니다"라고 아뢨다.

"자네, 지금 황진이라고 하였는가?"

김성일의 목소리가 살짝 떨렸다.

다음 날 이른 아침. 경상우도 병영이 크게 술렁였다. 한양에서 의금부 도사와 나졸들이 내려왔기 때문이었다. 그들은 선조의 명령으로 김성일을 한양으로 압송하기 위해 내려온 것이었다. 선조는 임진왜란이 발발하자, 통신사 사행을 다녀와 왜침의 증후가 없다고 보고를 올린 김성일을 파직하고, 당장 한양으로 압송하라는 어명을 내렸다. 그를 대신해 유숭인을 경상우도 병마사로 임명한다는 교지도 내렸다. 김성일은 순순히 의관을 정제하고, 어명을 받았다. 의금부 도사와 나졸들은 김성일을 포승줄로 묶고, 함거에 태워 한양으로 출발했다. 김성일의 가노들은 울음을 터뜨렸다. 김성일이 한양으로 끌려가 국문을 받게 되면, 목숨을 부지하기 어려울 것으로 보였다.

그러나 기적 같은 반전이 일어났다. 의금부의 김성일 압송 행렬이 충청도 직산에 이르렀을 때, 그를 방면하라는 조정의 지시가 내려왔다. 게다가 김성일은 백의종군을 해도 모자랄 판에 경상우도 초유사라는 새로운 관직까지 제수받았다. 초유사는 나라에 난리가 났을 때, 국왕을 대신해 의병을 모집하고 민심을 수습하는 일을 맡아 하던 임시 벼슬로 일종의 국왕 특사였다. 김성일의 부대가 해망원 전투에서 승리한 소식이 조정에 알려진 데다, 우의정 류성룡과 이조판서 최황 등 동인 계열 조정 중신들이 선조에게 '학봉(김성일)이 허물을 씻고 공을 세울 수 있도록 한 번 더 기회를 줄 것'을 거듭 간청한 결과였다.

사실 선조와 조정 대신들은 일본의 침략에 대한 방비 소홀을 김성일 한 사람의 탓만으로 돌릴 수 없었다. 황윤길과 허성, 황진 등의 정확한 분석과 보고를 물리치고, 김성일의 소수 의견을 무리하게 채택한 것은 바로 다름 아닌 자신들이었기 때문이었다.

우여곡절 끝에 초유사로 돌아온 김성일은 그야말로 온몸을 바쳐 일했다. 그는 함양, 산음, 단성, 삼가, 거창, 합천 등 경상우도 각지를 돌며, 직접 의병을 규합했다. 부호들로부터 쌀을 징발해 의병과 관군의 군량미로 충당하고, 배고픈 백성들을 구휼하는 데도 썼다. 일신의 안위를 돌보지 않고, 오로지 왜적을 물리치고 도탄에 빠진 백성을 구하는 데에만 전념했다. 자연스레 백성들 사이에서 김성일을 칭송하는 목소리가 높아졌다.

김성일이 병력과 물자를 빠르게 확보해준 덕분에, 경상도 관군과 의병은 개전 초기의 오합지졸 수준에서 빠르게 벗어날 수 있었다. 김성일은 관군과 의병 간 대립과 갈등이 발생했을 때, 이를 중재하고 조정하는 데도 뛰어난 능력을 발휘했다. 실제로 의병장 곽재우와 경상도 감사 김수가 심각하게 반목했는데, 조정에서 김수의 말만 일방적으로 믿고, 곽재우를 엄벌에 처하려고 할 때, 김성일이 곽재우의 무고함을 앞장서 밝혀주었다. 그가 없었으면 홍의장군 곽재우의 신화는 없었을 뻔했다.

김성일은 김수가 자신과 같은 동인이었고, 종2품의 높은 관리였지만, 당파와 지위를 초월해 사실관계를 정확히 가려 곽재우를 풀어주었다. 초유사 김성일은 더이상 당파적 사고와 예학의 좁은 틀에만 갇혀 있던 예전의 통신사 부사 김성일이 아니었다.

한편, 허성은 임진왜란이 일어나자, 평안도로 피난 가는 선조를 따라갔다. 그는 평양에 이르러, 강원도에 가서 군사를 모집하여 왜적과 싸우겠다고 자청했다. 선조는 그를 강원도 순무어사로 임명했다. 그는 의병을 모아 왜적과 싸운 공로로 1604년 동생 허균과 함께 선무원종공신에 녹훈됐다.

○ 처음에 성일이 상주에 이르러 적변을 듣고는 본영으로 달려가 전 병사 조대곤을 머물게 하여 함께 군사를 다스렸었다. 이때 적이 김해에서 벌써 우도에 들어왔는데 성일이 갑자기 적의 척후와 마주치게 되었다. 좌우에서 물러나 피하려 하였으나 성일이 말에서 내려 호상(胡床)에 걸터앉아 동요되지 않고 군관 이종인으로 하여금 말을 타고 달려가 한 명의 적을 쏘아 죽이게 하니 적이 감히 가까이 오지 못하였는데, 여러 사람의 마음이 이로 인해 조금 안정되었다. 잡아 오라는 명을 듣고 말을 달려 직산에 이르렀다가 또 초유하라는 명을 듣고는 도로 본도로 달려가 의병을 불러 모아 점점 형세를 이루어 한 도가 그를 믿게 되었다.

—『조선왕조실록』 선조(수정실록) 25년(1592) 4월 14일

23. 거물 사냥(오오모노가리)

1592년 11월 27일, 경기도 수원 인근의 한적한 들판.

겨울 찬 바람에 메마른 풀들이 가볍게 흔들리고 있었다. 전쟁 통에 한낮에도 인적이 끊긴 그곳에 백마를 탄 사무라이가 나타났다. 멋진 장식이 달린 투구와 화려한 갑옷으로 보아, 지체 높은 일본의 무장임을 알 수 있었다. 그의 뒤를 호위 기마무사들과 시종들이 뒤따랐다. 약 30여 명의 소규모 무리였다.

백마 탄 무사는 오른손에 두툼한 장갑을 끼고 있었다. 눈가리개가 채워진 매 한 마리가 그 장갑 위에 앉아 있었다. 약 100보 정도 앞서 있던 시종 한 명이 손을 들어 신호를 보내자, 무사는 매의 눈가리개를 벗겼다. 매가 그의 장갑 낀 팔에서 훌쩍 허공으로 날아오르더니, 뭔가를 뒤쫓기 시작했다. 들판에 있던 산토끼였다. 산토끼는 위험을 직감했는지 필사적으로 근처 언덕의 나무숲을 향해 치

달렸다. 하지만 나무숲으로 도망쳐 들어가기 직전, 매가 토끼를 덮쳤다. 매는 날카로운 발톱으로 토끼를 찍어 누르고는 퍼드덕 날갯짓을 했다. 토끼는 매의 발톱에서 벗어나려고 잠시 몸부림치다가 이내 미동도 하지 않았다.

"얏따(됐다)!"

백마 탄 무사가 오른손 주먹을 들며 말했다. 옆에 있던 호위무사들과 시종들이 호들갑스럽게 감탄사를 연발하며, 주군의 매사냥 성공을 축하했다.

타국에서 전쟁을 벌이는 와중에도 매사냥 취미를 놓지 못했던 이 무사는 일본군 제8진으로 참전한 나카가와 히데마사였다. 그는 도요토미 히데요시의 가신으로, 당시 스물다섯 살의 촉망받는 다이묘였다.

"으악!"

매에게 잡힌 토끼를 회수하려고, 저만치 달려가던 시종이 화살을 맞고 쓰러졌다. 그와 동시에 나카가와의 매사냥 일행에게 사방에서 화살이 비 오듯 쏟아졌다. 나카가와의 호위무사들이 화살을 맞고 잇따라 말에서 떨어졌다. 조선군의 기습이었다. 그 근방에는 조선군이 없다는 척후부대의 보고를 맹신한 게 화근이었다.

나카가와는 급히 말머리를 돌려, 현장에서 탈출하려고 시도했다. 충성스러운 호위무사들이 그에게 날아드는 화살을 대신 몸으로 막아주다가 하나둘 계속 쓰러졌다. 그의 백마도 얼마 못 가 화살을 맞고, 펄쩍펄쩍 뛰었다. 그 바람에 나카가와는 말에서 떨어졌다. 쓰러진 나카가와가 재빨리 일어나 칼을 뽑았다. 이미 조선군 매복병들에게 빙 둘러싸인 상태였다. 나카가와는 칼을 휘두르며, 포위망을 뚫고 나가려 했다. 창을 든 조선군 병사들은 그의 칼 솜씨에 함부로 덤벼들지 못했다. 문제는 활을 든 병사들이었다. 그들은 나카가와를 둘러싸고 활을 겨냥했다.

"퍽!"

화살 한 발이 나카가와의 목에 그대로 꽂혔다. 그는 목에서 피를 뿜으며 무릎을 꿇었다. 화살들이 연달아 더 날아들었다. 나카가와는 그 자리에서 숨이 끊겼다.

나카가와는 임진왜란 중 일본 측 사상자 가운데 가장 고위급 인사였다. 다이묘가 전쟁 중에 전투에서가 아니라, 매사냥 유희를 즐기다가 기습을 당해 죽었다는 것은 일본군에겐 치욕적인 사건이었다.

나카가와를 죽인 조선군은 다름 아닌 전라도 순찰사 권율의 부대였다. 그해 10월경 선조의 어명으로 북상을 시작한 권율의 부대는 11월 말 수원 부근에 진출했다. 그의 부대는 독성산성에 주둔하며 유격전을 펼쳤다. 그들은 이치 웅치의 승리 경험이 있는 호남 관군과 각지의 의병, 승병 등 약 1만 명으로 구성되어 있었다.

한양에 주둔 중인 일본군 총지휘부는 권율 부대가 북상하기 전까지는 한양과 경기도 일대는 자신들이 확실하게 장악하고 있다고 철석같이 믿고 있었다. 일본군은 용인 전투에서 조선군 5만여 명을 대파한 후, 경기 일대에서 제대로 된 조선군을 만난 적이 없었다. 나카가와가 소수의 호위무사와 시종만 데리고, 호기롭게 수원에서 매사냥을 벌인 것도 그런 이유에서였다. 하지만 나카가와의 죽음으로 조선군이 독성산성에 진을 치고 있다는 사실이 알려짐에 따라 도성 한양의 일본군도 마음을 놓을 수 없게 됐다.

독성산성은 수원과 오산 사이의 평탄한 들판에 돌출한 독산(해발 208미터)에 세워진 작은 산성이었다. 독산은 높이는 낮았지만, 평야의 한가운데 솟아 있는 데다, 작은 산치고는 경사가 심해 공략하기 쉽지 않은 구조였다.

당시 한양에는 6만여 명의 일본군이 주둔하고 있었다. 총사령관이자, 제8군 대장인 우키타 히데이에는 독성산성의 권율 부대로 인해, 자신들의 후방 연락망과 보급 수송로가 끊길 것을 걱정했다. 또한 나카가와의 죽음에 대한 복수심도 불타고 있었다. 우키타는 병력 3만여 명을 동원해 독성산성 공격에 나섰다. 일본군은 수적 우위를 바탕으로 맹공격을 퍼부었다.

하지만 권율은 전라도 병마사 선거이의 조언에 따라, 성문을 굳게 걸어 잠근 채 정면대응을 하지 않았다. 그 대신 한밤중이나 새벽에 일본군의 긴장이 풀어진 틈을 이용해 소수 병력으로 기습 공격을 펼치곤 했다.

조선군의 치고 빠지기식 전술로 어려움을 겪게 되자, 우키타는 독성산성 고사 작전을 세웠다. 일본군은 앞서 용인 전투 직전까지 독성산성에 한동안 주둔한 적이 있었다. 그 덕분에 독성산성의 형세가 단기적인 방어에는 효과적이지만, 식수가 부족해 장기전을 펼치기 어렵다는 점을 간파하고 있었다.

우키타는 우선 자신의 부대를 오산과 관천, 용인 등 세 곳에 나누어 독성산성을 포위토록 했다. 그는 권율의 부대가 외부의 식량 보급 및 원병 조력을 받지 못하게 완전 차단하는 한편, 독성산성의 식수원인 시냇물까지 끊어버렸다.

권율은 꾀를 내어 적진에서도 보일 만한 산성 정상 부근에서 쌀로 말을 씻기는 장면을 연출하며 성안에 물이 충분한 척 위장했다. 멀리서 보면 햇빛에 반짝이는 쌀이 물처럼 보이는 점을 활용한 일종의 위장 심리 전술이었다.

하지만 시간이 흐르면서 전세는 점점 조선군에 불리해지고 있었다. 협소한 산성에 1만여 명이 장기간 주둔하는 것은 처음부터 힘든 일이었다. 식수가 부족해 병사들의 입술이 바짝 타들어갔다. 가져온 군량미도 얼마 남지 않았다. 매서운 추위에 쓰러지는 병사들도 적지 않았다.

권율은 체찰사 정철에게 독성산성의 다급한 상황을 보고하고, 구원병을 요청했다. 정철은 곧바로 전라도 도사 최철견에게, 호남 지역 의병을 더 끌어모아 독성산성으로 올려 보내라고 명했다. 충청감사 허욱과 충청수사 정걸 등 충청 지역 관군 병력도 권율 부대를 돕기 위해 북상을 시작했다.

동복현에서 요양 중이었던 익산군수 겸 전라도 조방장 황진이 경기도로 올라온 것은 그 무렵이었다. 이치 대첩 때 다친 다리와 이마의 상처들은 채 아물지 않은 상태였다. 하지만 들려오는 전황을 볼 때, 더이상 자리에 누워 있을 수만은 없었다.

조선군의 구원 병력이 북상해 오자, 적장 우키타는 고민에 빠졌다. 때마침 우키타에게 한양 본진에서 전령이 달려왔다. 명나라 군대가 조만간 압록강을 건너 참전할 것 같다는 고니시 유키나가의 보고였다. 우키타는 일본군 총지휘부가 있는 한양으로의 철군을 전격 결정했다. 명나라 군이 참전하는 마당에 이깟 작은 산성 하나에 매달려 있을 때가 아니라고 판단했던 것이다.

일본군의 포위 압박에서 벗어난 독성산성의 권율 부대는 크게 환호했다. 이제 일본군은 한양에서 부산까지 연결된 자신들의 보급로 근처만 점령했을 뿐, 나머지 지역에선 활개를 치지 못하게 됐다.

1592년 12월 초. 독성산성에 도착한 황진은 제일 먼저 전라도 순찰사 권율에게 예를 올렸다. 권율은 황진의 복귀를 반기며, 몸 상태를 물었다. 권율은 의주 행재소에서 명나라가 곧 참전할 것이니 근왕군은 이에 호응해 협조하라는 지시를 받았다며, 황진에게 한양 수복을 위해 힘껏 싸워줄 것을 당부했다.

"황공의 동복현 부대가 참으로 용맹하게 싸웠소! 우리가 산성 밖으로 나가 왜놈들을 기습할 때, 매번 제일 앞에 서서 공을 세웠소이다. 참으로 훈련을 잘 시켜놓았구려."

전라도 병마사 선거이가 군막에서 황진을 만나자마자, 동복현 부대에 대한 칭찬을 아끼지 않았다.

"황진 장군이 오셨다!"

황진이 군막을 나서자, 비장 공시억을 비롯한 동복현 병사 200여 명이 기다리고 있었다. 병사들은 반가움에 두 눈에 눈물이 글썽글썽했다. 두 달여 만의 해후였다. 그들은 치료 중인 황진을 동복현에 남겨두고, 지난 10월 초 전라도 순찰사 권율을 따라 북상했다.

○ 12월. 전라 순찰사 권율이 수원의 독성(禿城)으로 군사를 진출시켰다. 권율이 직산에 이르자 체찰사 정철이 경솔하게 진격하지 말도록 경계하므로 권율이 그대로 군사를 머물게 하면서 보고하였다. 조정이 전지를 내려 정철을 책망하고 권율을 재촉하여 도성으로 진출하여 도모하도록 청하였다. 권율이 지난날 평야의 전투에서 군사가 패한 것을 징계하여 독성으로 진출하여 머물렀다. 상이 차고 있던 칼을 풀어 달려가 내려주게 하면서 "여러 장수들 중에 명을 따르지 않는 자가 있거든 이 칼로 처단하라"고 하였다. 도성의 적이 진을 나누어 군사를 출동시켜 왕래하면서 도전하였으나 권율은 성곽을 튼튼히 지키고 응하지 않으니 적이 군영을 태우고 퇴각하였다. 권율이 가끔 날랜 군사를 출동시켜 낙후한 적을 습격하자 기내에 주둔했던 적이 모두 도성으로 들어갔다. 이로부터 서로(西路)에 행인이 다닐 수 있게 되어 여러 의병들이 차례로 경기 지역에 진출하여 주둔하면서 중국 군사를 기다렸다.

—『국조보감(國朝寶鑑)』 제31권

24. 사평 돌파 1

1593년 1월 중순.

수원 독성산성에 주둔한 권율의 조선군은 일본군을 상대로 활발한 유격전을 펼쳤다. 한양 도성에서 부산으로 내려가는 일본군의 후방 연락망과 보급 수송 거점들을 끊임없이 괴롭혔다.

익산군수 겸 전라도 조방장 황진은 동복현 시절부터 키워온 자신의 부대를 거느리고, 크고 작은 기습 작전을 펼쳤다. 특히 그가 공들여 훈련시켰던 기마부대는 그 수가 비록 40여 기(騎)에 불과했지만, 빠른 기동력으로 적진을 교란하는 데 제법 효과를 발휘했다.

그러나 선조 임금이 의주로 피란을 가 있고, 한양 도성이 여전히 왜적의 수중에 남아 있는 한 이 같은 자잘한 싸움의 승리에 만족할 순 없었다.

때마침 이여송이 이끄는 명나라 군사 5만 명이 1주일 전 평양성을 탈환했다는 소식이 독성산성의 지휘부에 당도했다. 평안도와 함경도에 진출했던 일본군이 명군에 쫓겨 허겁지겁 한양으로 밀려 내려오고 있다는 정보도 함께 왔다.

독성산성(전라병사 선거이)과 수원(전라 순찰사 권율), 김포(충청감사 허욱), 강화도(창의사 김천일) 등 경기도의 서남부 지역에 흩어져 주둔하고 있던 조선의 근왕군들은 명군과 힘을 합쳐 한양을 탈환하겠다는 기대에 부풀었다. 특히 최고 사령관 격인 권율은 명군이 내려왔을 때, 한양 진공 작전을 함께 펼치겠다는 일념으로 자신의 부대를 한양 인근으로 이동시키기로 마음먹었다.

권율은 선거이에게 군사 4000명을 주어서, 금천(지금의 관악구 부근)에 주둔하면서 한양의 일본군을 견제토록 했다. 또한, 소모사 변이중에게는 정병과 의병을 합쳐 약 3000여 명의 병력으로 한강변의 양천 관산에 진을 치게 했다. 이어 권율 자신은 2300여 명을 데리고, 한강을 건너 행주산성으로 들어가기로 했다.

한강 북쪽의 행주산성을 바로 한강 남쪽인 양천에서 변이중 부대가 1차로 지원하고, 다시 그 뒤를 금천의 선거이 부대가 받쳐주는 부대 배치 구상이었다. 권율은 행주산성에 머물고 있다가 명군이 임진강을 건너 한양으로 진군할 때 합류해 조선군 중에서 가장 먼저 도성을 수복할 계획이었다.

1593년 1월 말.

권율이 이 같은 작전 구상에 따라 부대 병력과 역할을 나누고,

직접 행주산성으로 이동했을 무렵, 황진은 또 한 번 조선군과 일본군 사이에서 입에 오르내릴 만한 활약을 펼치게 된다.

권율의 부대가 행주산성 입성을 준비하고 있던 어느 날. 전라병사 선거이를 따라 금천의 호암산성에 주둔하면서 한양의 일본군을 견제하는 역할을 수행하던 황진은 선거이 등과 함께 사평 정찰에 나섰다. 황진은 그 전에도 기마부대를 이끌고 한강변 교통 요지인 사평(沙平) 지역(지금의 강남구 잠원동)을 자주 정탐했다.

사평 나루터는 일본군에게 전략적으로 매우 중요했다. 부산에서 올라오는 일본군 병력과 군수품이 사평 나루터를 거쳐 한양으로 들어갔다. 사평 나루의 동향만 잘 살피면, 한양 내 일본군의 움직임을 파악하기 용이했다.

일본군은 사평 지역을 단단히 수비하고 있었다. 선거이와 황진이 이끄는 척후부대는 말발굽 소리를 내지 않고, 최대한 조심스럽게 한적한 숲길로만 이동했다. 그들은 사평 인근의 야트막한 야산 중턱에 올라, 한강 나루터의 상황을 면밀하게 관찰했다. 사평 나루터에서 건너편 한강진(지금의 한남동)까지 배다리(부교)가 설치되어 있었다. 일본군 병사들과 장사치들은 물론, 부역에 끌려 나온 조선인들까지 그 배다리로 한강을 쉽게 오가곤 했다.

"조명(朝明) 연합군이 한양을 공격하면, 왜적들은 필시 혼비백산해 저 배다리를 건너 남쪽으로 도망칠 것이 분명하오. 우리는 그때 이 길목을 지키고 있다가 도주하는 왜적들을 한 놈도 남김없이 소탕하면 될 것이오."

선거이는 사평 나루를 보며 황진에게 그 같은 자신의 작전 구상을 설명했다. 두 사람이 야산 중턱에서 정찰하며 작전을 논의하는 동안, 산 밑에선 30여 명의 척후대가 그들이 내려오기만을 기다리고 있었다.

"병마사 대감. 적진에 너무 깊숙이 들어왔으니 오래 머물 수는 없사옵니다. 곧 날도 저물 듯하니 속히 본진으로 돌아가야 합니다."

척후부대 부관이 선거이에게 하산을 재촉했다. 선거이와 황진은 산을 내려와, 자신들의 군마가 있는 곳으로 걸어갔다. 대기하고 있던 군사들이 두 사람에게 말고삐를 막 넘기려던 참이었다.

탕! 탕! 탕!

일본군의 조총 소리가 요란하게 났다. 말에 타고 있던 조선군 척후병 서너 명이 조총에 맞아 말에서 떨어졌다. 다른 군마들도 조총 소리에 놀라 날뛰기 시작했다. 고삐 풀린 황진의 말은 앞발을 높이 치켜들었다가 숲속으로 빠르게 달아났다.

일본도와 치도로 무장한 일본군 보병들과 조총수들이 근처 숲에서 모습을 드러냈다. 기마 사무라이들의 모습도 보였다. 언뜻 봐도 300명은 족히 되어 보였다. 일본군은 조선군 척후대의 움직임을 파악하고, 기다리고 있었던 것이었다.

"적들의 기습이다! 피해라!"

황진이 재빨리 후퇴 명령을 내렸다.

조선군 척후 병사들이 최고 지휘관인 선거이의 말을 둘러싸고, 앞으로 달리기 시작했다.

일본군의 화살이 쏟아졌다. 척후병 서너 명이 다시 말에서 떨어졌다. 하지만 본대는 다행히 포위망을 뚫고 나갔다.

하지만 말고삐를 놓친 황진은 현장에 홀로 남겨졌다.

일본군은 도주하는 조선군을 뒤쫓는 데는 별 관심이 없었다. 그들은 황진을 사로잡으려고 달려들었다. 황진은 쫓기는 신세가 되었다. 장검을 든 일본군 병사 셋이 황진에게 승냥이처럼 달려들었다. 황진이 공격을 막아내며, 모두 베어버렸다. 순식간에 세 명이 쓰러지자, 나머지 일본군 병사들은 놀라서 쉽게 달려들지 못하고 주춤거렸다. 황진은 그때를 놓치지 않고, 자신의 일본도를 휘두르면서 포위망을 뚫고, 야산 위로 뛰기 시작했다.

"오오모노다죠(거물이다)! 카나라즈 이케도리니 시로(반드시 산 채로 잡아라)!"

흑마를 탄 일본군 지휘관이 병사들을 향해 큰 소리로 외쳤다.

황진이 조선군 무관들이 입는 구군복을 입고, 일본도를 다루는 솜씨 또한 예사롭지 않은 것을 보고, 단박에 거물급 무장임을 알아챘다. 매사냥 중 사망한 나카가와 히데마사의 복수를 할 수 있는 절호의 기회였다.

일본군은 황진에게 조총이나 활을 쏘지 않았다. 적당히 포위망을 좁혀, 생포를 시도했다. 본대를 놓친 데다, 탈출로까지 막힌 황진은 아까 정찰 때문에 올랐던 근처 야산으로 피할 수밖에 없었다. 때로 달리고, 때로는 솟구치고, 구르며, 비호처럼 산을 타고 달렸다. 그런 황진을 일본군들은 헉헉거리며 뒤쫓아 왔다.

황진은 도주하면서도 간간이 나무 뒤에 숨어, 추격해 오는 일본군에게 활을 쐈다. 그가 활시위를 당길 때마다 추격병의 가슴과 목에 화살이 꽂혔다. 일본군은 황진의 활 실력에 놀랐다. 황진이 달아나다가 걸음을 잠시 멈추면, 일본군은 화살에 맞지 않으려고 나무나 바위틈에 숨기 바빴다.

황진은 추격을 피하기 위해, 일부러 길이 없는 험한 비탈로 이동했다. 저 멀리 보이는 관악산 쪽을 목표로 삼았다. 선거이 부대가 관악산 인근 호암산성에 주둔하고 있었기 때문이다. 하지만 크고 작은 나무가 빽빽하게 들어서 있고, 발이 낙엽 더미에 푹푹 빠지는 통에 산을 오르는 데 애를 먹었다.

반면 일본군 병사들은 50보 정도 뒤처진 상태에서 서두르지 않고, 끈질기게 따라왔다. 황진이 지칠 때를 기다렸다가 덮치려는 것 같았다. 황진은 이치 전투에서 부상당한 왼쪽 허벅지 부위가 쑤시기 시작했다. 이대로 가다간 얼마 못 가 붙잡힐 것만 같았다.

천만다행으로 겨울 해는 빨리 기울었다. 날이 저물자 일본군은 멀리서 포위 압박을 멈췄다. 대신 그들은 산 곳곳에 모닥불을 피워 놓고 야영을 했다. 그들은 황진이 추운 겨울밤을 산속에서 보내면, 체력이 급격히 떨어져 도주를 포기할 수밖에 없을 거라고 생각했다. 시간은 자신들의 편이라는 듯 여유롭게 모닥불을 쬈다.

실제로 밤이 깊어지면서 황진은 극심한 추위와 허기를 느꼈다. 이대로 겨울 산에서 얼어 죽거나, 아침 무렵 포로가 될 수밖에 없었다. 그는 살기 위해 승부수를 던져야만 했다. 황진은 일본군의 의표를 찔러, 사평 나루터 쪽으로 뚫고 나가기로 마음먹었다.

일본군은 황진이 사평에서 남쪽 방면으로 도주하지 못하도록 막는 데만 치중하고 있었다. 반면 자신들의 본진이 있는 사평 나루터 쪽으로는 감시를 비교적 헐겁게 세워놓았다. 아무리 대담한 자라도 감히 자신들의 본진 한복판으로 제 발로 걸어 들어오지는 못할 거라고 생각했다.

황진은 조용히 사평 나루터 쪽으로 걸음을 옮겼다.

○ 전라도 순찰사 권율이 수원 독성(禿城)으로부터 휘하 정병 4000명을 나누어서, 전라도 절도사 선거이로 선봉장을 삼았는데, 자신은 조방장 조경의 군사 2300명을 거느리고 양천을 경유하여 진군하여 고양의 행주산성에 진을 쳤으며, 선거이는 금천산에 영채를 설치하여 멀리서 도움을 주었다. 전라도 소모사(召募使) 변이중이 역시 정병 수천 명을 거느리고 양천산에 주둔해 있으면서 자신이 감독 제조한 화차 300을 나누어서 권율의 진중으로 보내었다.

—『재조번방지』 제2권

○ 겨울에 경성에 있는 왜적을 토벌하기 위해 감사 권율이 군대를 거느리고 행주로 갈 적에 병사 선거이가 수원의 독성(禿城)으로 들어갔는데, 공도 군대를 이끌고 그를 따라가서는 매일 앞으로 나아가 경성에 있는 왜적의 동태를 탐지하였다. 하루는 사평(沙平)에 이르러서 왜적과 만나 전투를 벌였는데, 다른 장수들은 모두 퇴각하여 돌아왔으나 공만은 혼자 포위당한 채 돌아오지 않았으므로 여러 장수들 모두가 공이 해를 당했으리라고 여겼다.

—『포저집』 제35권 충청도 병마절도사 황공 행장

25. 사평 돌파 2

황진은 자신의 전립(조선시대 무관의 모자)을 벗어, 큰 바위 옆 나뭇가지에 살짝 걸쳐놓았다. 멀리서 일본군이 보면, 황진이 그 바위 뒤에 있는 것처럼 위장하기 위해서였다. 일본군 추격병들은 황진의 화살을 몹시 두려워했다. 그들은 화살을 맞을까봐 섣불리 황진을 덮치지 못하고, 일정한 거리를 유지한 채 그가 지치기만을 기다렸다.

황진이 숨은 야산은 한강변 쪽으로는 경사가 몹시 가팔랐다. 일본군도 그쪽은 아예 사람이 다닐 수 없다고 생각하는 듯 보였다. 황진은 일본군 병사들이 자신의 전립 위장에 속고 있을 때, 몰래 한강변 쪽으로 탈출을 시도했다. 한강을 향한 사면은 경사가 심해 나무와 바위에 아슬아슬하게 매달리다시다시피 겨우겨우 걸음을 옮겨야 했다. 한 발만 잘못 디뎌도, 한 손만 잘못 뻗어도 그대로 밑으로 굴러떨어질 것만 같았다.

"헉헉!"

한 걸음 한 걸음 온 신경을 집중해 한참 동안 내려가자, 비교적 완만한 비탈이 시작됐다. 겨울 산속 추위는 매서웠지만 황진의 몸에선 김이 났다. 황진은 이름 모를 낯선 묘지 앞에서 잠시나마 지친 몸을 쉬였다. 그는 잠시 자신의 어린 시절을 회상했다.

황진은 어린 시절 아버지(황윤공)를 일찍 여의었다. 지독한 가난 때문에 외가인 남양 방씨 가문에 의탁해 성장했다. 외가 또한 넉넉한 형편이 아니었다. 편하게 글공부를 할 여유가 없었다. 그 대신 어린 황진은 논밭일을 돕고 나무를 해야 했다. 논두렁이나 도랑 사이를 훌쩍 건너뛰며, 민첩하고 날쌔게 달리는 황진의 모습은 외가 어른들의 눈에 범상치 않아 보였다. 힘이 남다른 황진은 어른들도 당기기 어려운 활을 능숙하게 다뤘다. 말도 제법 잘 탔다.

어느 날 외삼촌 방덕린은 물에 밥을 말아 먹고 있다가 외조카 황진에게 멋진 활 한 자루를 보여주며 "내가 이 밥을 다 먹기 전에 네가 저기 저 용두산 위까지 갔다 오면 이 활을 주겠다"고 약속했다. 용두산은 외삼촌의 집에서 거리가 3, 4리 정도 떨어져 있었는데, 중간에 큰 내가 있었고, 길 또한 험했다. 어린 황진은 활을 갖고 싶은 마음에 있는 힘을 다해 뛰었다. 그가 목적지까지 갔다가 돌아왔을 때 외삼촌은 아직 물 만 밥을 다 먹지 못한 상태였다. 그렇게 해서 기어이 손에 넣은 활 한 자루가 황진의 이후 인생을 바꿨다.

황진이 어린 시절 추억에 잠겨 있는 사이, 뜨거웠던 몸이 어느새 식었다. 그는 자리에서 일어나, 낙엽 더미에 발이 푹푹 빠지면서 다시 길이 아닌 비탈로 하산을 시작했다.

그의 예상대로 일본군의 포위망은 사평 나루 쪽이 훨씬 헐거웠다. 야산의 사평 나루터 방향 사면에 배치된 일본군 추격병들은 평탄한 중턱에 모닥불을 피워놓고 앉아, 꾸벅꾸벅 졸고 있었다. 지형 특성상 황진이 자신들이 있는 곳으로 내려올 것이라고는 꿈에도 상상 못 한 것 같았다. 황진은 모닥불 불빛과 일본군의 감시 눈길이 미치지 못하는 어두운 지점을 골라, 몰래 기어서 뚫고 나갔다.

야산을 빠져나왔지만 아직 안심할 수 없었다. 황진은 여전히 적진에 있었다. 황진을 잡으려고 일본군이 쫙 깔린 상황에서 무사히 사평 지역을 빠져나가는 일은 여전히 불가능에 가까웠다. 말이 없으면 탈출이 아예 불가능할지도 몰랐다.

'혹시 그곳이라면 군마가 있을지 모른다!'

황진은 낮에 정찰 중에 봤던 사평 나루터 부근의 역참 건물이 떠올랐다. 한강을 오가는 조선의 관원들이 쓰던 숙소 겸 마구간이었다. 현재는 한양 주둔 일본군의 경비 및 연락 지휘소로 쓰이고 있었다. 그러나 역참 건물에서 멀지 않은 들판에 일본군 주둔지 막사들이 잔뜩 세워져 있었다. 어림잡아 3000명 이상의 일본군이 사평 지역에 주둔하고 있는 것 같았다. 한양에 주둔 중인 일본군에게 사평 나루터는 그만큼 꼭 지켜야 할 중요한 요충지였다.

황진이 서 있는 곳에서 사평 나루터의 역참까지는 오륙백 보쯤 걸어야 했다. 그는 그믐밤의 어둠에 몸을 숨긴 채 역참을 향해 조심스럽게 나아갔다. 한낮에는 일본군과 행인들로 북적거렸던 곳인데, 새벽이라 쥐 죽은 듯이 조용했다. 모두가 곯아떨어진 것 같았다. 저 멀리 일본군 주둔지의 망루에는 경비병들이 있었다. 하지만, 주로 남쪽 방면을 경계하느라 역참 방향은 쳐다보지 않았다. 황진은 그들에게 들키지 않도록 조심스럽게 마른 억새풀을 헤치며 전진해나갔다.

동쪽 하늘이 희미하게 밝아올 무렵. 황진은 역참 근처까지 당도했다. 보초병은 없고 불빛도 없었다. 한동안 관찰했지만 건물 안에선 인기척이 느껴지지 않았다. 그는 건물 안으로 들어가 보기로 했다. 황진은 칼을 뽑아 들고, 역참의 샛문 쪽으로 들어갔다. 마초 더미가 천장 높이까지 잔뜩 쌓여 있었다. 일본군들이 사용하는 장창과 칼, 치도 등의 무기들도 가지런하게 놓여 있었다. 말똥 냄새가 진하게 났다.

마구간으로 향하려고 하는데, 내실에서 인기척이 났다. 황진은 잽싸게 문 뒤에 숨었다.

드르륵! 안쪽에서 문을 열고 누군가 나왔다. 자세히 보니 조선인 복색의 노인이었다. 노인은 아궁이로 가더니 땔감을 넣었다. 문짝 뒤에 숨어 있던 황진이 슬며시 모습을 드러냈다.

"아이쿠!"

노인은 황진을 보자, 제자리에서 엉덩방아를 찧으며 어쩔 줄 몰라 했다. 그는 황진의 차림을 보고 금세 조선군 장수임을 알아챘다.

"사…… 살려주십시오! 나리! 저는 역참 노비이옵니다. 어찌하다보니 도망가지 못하고 이렇게 일본군 밑에서 일하고 있습니다. 살려주십시오!"

"쉬! 조용히 하면 해치지 않겠소. 말이 한 필 필요하오."

"나리, 지금 여기엔 쓸 만한 말이 없사옵니다. 무슨 일인지 어제 갑자기 말이란 말은 죄다 한양으로 데려갔습니다."

노인은 황진에게 꽤 협조적이었다.

역참 건물 안쪽의 내실들에는 일본군 연락병들이 잠을 자고 있었다. 그곳에 오래 머물 수는 없었다. 노인은 부뚜막에서 주먹밥 몇 덩이를 꺼내주었다. 황진은 그 자리에서 허겁지겁 먹어 치웠다. 멀리서 동이 터오고 있었다. 어서 자리를 떠야 했다.

다그닥, 다그닥, 히이잉!

역참 밖에서 말이 멈추는 소리가 들렸다. 황진은 재빨리 한쪽 구석에 쌓인 마초 짚단 틈새로 피했다. 일본군 연락병 두 명이 문을 열고 들어오더니 큰 소리로 뭐라고 떠들었다. 노인이 급히 안채로 뛰어 들어가 관리관을 데리고 나왔다. 노인은 다시 그들이 타고 온 말 두 필을 마구간으로 끌고 갔다.

'저 말을 타고 가야겠구나!'

일본군들이 안채로 들어가고 다시 황진만 남았다. 황진은 짚단 속에서 나와, 마구간 쪽으로 걸어갔다. 노인이 말 두 필을 묶어놓고 여물을 주고 있었다. 자신에게 다가오는 황진을 보더니 노인의 얼굴빛이 갑자기 사색이 되었다.

황진은 뒤편의 인기척을 느끼고 재빨리 칼을 뽑아 돌아섰다. 일본군 연락병 한 명이 고함을 지르며 칼로 황진을 내리쳤다. 황진이 그 칼을 막아내고, 바로 그의 손목 쪽을 쳤다. 일본군이 잘린 팔목을 부여잡고 울부짖었다. 역참 안쪽에서 일본군 셋이 더 쏟아져 나왔다. 놈들은 황진을 포위하려고 했다. 황진은 일부러 마구간 벽을 등진 채 놈들에게 맞섰다. 놈들의 칼솜씨로는 황진을 당해내기 어려웠다. 몇 번의 칼부림이 오가자, 한 명 한 명 쓰러졌다. 마지막 일본군은 안 되겠다 싶었는지 밖으로 뛰쳐나가며 고래고래 소리를 질렀다. 근방의 동료들에게 구원을 요청한 것이다.

황진은 재빨리 말에 올라탔다.

"이랴! 이랴!"

노인이 마구간 문을 열어주었다. 말을 탄 황진이 역참 뒤편 마구간에서 튀어나와 힘껏 달리기 시작했다. 역참 내실에서 자고 있던 일본군들이 무기를 들고 뛰어나왔다. 그 소란 때문에 사평 부교의 경비병들과 근처 주둔지 망루의 경비병들이 황진의 존재를 눈치채고 각기 비상 신호용 북을 쳤다.

○ 선거이가 수원부 독성산에 진을 치니 공이 따라갔다. 한성에 이르러 왜노와 사평(沙平)에서 싸우다가 포위되어 3일 동안 돌아가지 못하게 되었다. 공이 한 필의 말을 타고 포위를 뚫고 나가자 왜노가 멀리서 바라보고 병사들에게 명령하여 말하기를,

"황 장군은 마땅히 생포하여야 하니, 탄환은 쏘지 말고 성벽만 포위하라"

하였다.

—『강한집』 제15권 무민 황공의 묘지명

26. 사평 돌파 3

말에 올라탄 황진이 쏜살같이 앞으로 달려나갔다. 사평 나루터에서 금천 관악산 방면으로 방향을 잡았다. 전라도 병마사 선거이의 부대가 주둔하고 있는 호암산성으로 되돌아가려는 계획이었다. 황진이 말을 달리자, 일본군 주둔지에서도 기병들이 쏟아져 나왔다. 그들은 황진의 뒤를 쫓기 시작했다. 황진은 쫓기면서도 자신의 앞을 막는 일본군 병사들이 나타나면, 닥치는 대로 베면서 탈출했다.

앞서 전날부터 황진을 잡기 위해 야산 정상 바위 부근을 포위하고 있던 일본군은 동이 훤히 텄는데도 황진이 반응이 없자, 전립이 걸쳐진 바위 뒤편을 덮쳤다. 하지만 그곳에는 전립만 달랑 걸쳐져 있을 뿐, 황진은 사라지고 없었다. 때마침 저 멀리 사평 나루터 쪽에서 북소리와 조총 소리가 들렸다. 그들은 사평 나루 쪽에서 자신들의 동료 기마대가 황진을 추격하고 있는 것을 볼 수 있었다. 일본 병사들은 빠르게 산 밑으로 뛰어 내려갔다.

산 밑 지휘부 군막에 있던 일본군 장수는 보고를 받고, 단단히 화가 났다. 일본군은 전날 사로잡은 조선군 척후병들을 심하게 고문해 자신들이 쫓고 있는 자가 이치에서 전공을 세운 전라도 조방장 황진이라는 것을 파악해놓은 상태였다. 그들은 황진을 생포하는 것이 나카가와 히데마사의 죽음을 복수할 좋은 기회라고 생각했다. 다이묘가 전쟁 중에 매사냥을 나갔다가 조선군의 기습을 받아 죽은 것이 알려지면 도요토미 히데요시가 대노할 게 분명했다. 이를 조금이라도 무마하려면 황진 같은 큰 먹잇감이 필요했다. 놈들의 지휘관은 무슨 일이 있더라도 황진을 사로잡으라고 지시했다.

일본군은 사평 나루에서 달아난 황진이 금천 쪽으로 가려면 반드시 지나갈 것으로 예상되는 길목에 간이 목책을 설치하고, 장창병 300여 명으로 오와 열을 맞춘 방진을 구성해놓았다. 일부 보병들은 그물을 들고 있었다.

황진은 말에 박차를 가했다. 일본군 연락병을 태우고 사평 역참에 도착한 직후, 다시 황진을 태운 바람에 말은 몹시 지쳐 있었다. 추격하는 일본군 기마병 10여 명과의 거리가 계속 좁혀졌다. 이대로 가면 얼마 못 가 따라잡힐 것이 분명했다. 게다가 9백 척(300미터) 정도 앞에 일본군이 장창으로 진을 짜고, 자신이 오기를 기다리고 있는 게 보였다. 현재의 말 상태로는 정면 돌파하기가 어려워 보였다.

무슨 생각에서인지 황진은 갑자기 말을 멈춰 세웠다. 그리고 말에서 내렸다. 말에서 내린 황진은 나무 옆에서 활을 쏘는 자세를 취했다. 뒤쫓아 오던 일본군 기병들이 깜짝 놀라 제자리에 멈췄다. 일본군은 황진이 무슨 꿍꿍이가 있어 말에서 내렸을 것으로 판단해 조심스럽게 움직였다. 생포가 목적이었기에 그들은 무리하게 덤벼들거나 조총을 쏘지 않았다. 그저 한참 동안 황진의 동향을 관찰하기만 했다.

황진이 말에서 내려 쉬는 사이, 일본군 병사들은 은밀히 멀리서부터 그의 주변을 에워쌌다. 황진의 앞뒤에 이어 좌우 측면의 야산과 들판 쪽까지 퇴로를 차단했다. 이제 그들의 눈에 황진은 완전히 독 안에 든 쥐 신세였다.

황진은 적이 자신을 산 채로 붙잡으려고 조총이나 활을 쏘지 않는 것을 간파하고 있었다. 그래서 그 점을 활용해 최대한 시간을 벌어 말의 체력을 충전시키는 중이었다. 살펴보니 일본에서 가져온 말이 아니라, 조선의 말이었다. 그는 마른풀을 먹는 말을 쓰다듬으며, "잘 부탁한다"고 속삭였다.

그때 앞쪽 목책 방면에서부터 일본군 한 명이 황진을 향해 걸어왔다. 황진은 처음에는 활로 쏴버리려고 했는데, 흰 깃발을 흔들고 있어서 그냥 놔두었다. 조선말을 할 줄 아는 일본군이었다.

"조선군 패장, 황진은 들으라! 전쟁에서 지면 장수는 참수당하거나 스스로 할복하는 것이 마땅한 도리이지만, 우키타 님께서 너의 재주를 가상히 여겨 항복하면 살려주시겠다고 했다! 당장 무기를 버리고 나오라!"

일본군 전령은 황진의 30보 앞에서 멈춰서 큰 소리로 회유했다.

황진은 적이 이미 자신의 이름까지 알고 있는 것에 놀랐지만 항복할 생각도, 자결할 생각도 없었다.

"잠시 생각할 시간이 필요하다. 내 마음이 정해지면 허공에 활을 쏘겠다."

겉으로는 그렇게 대답했지만 사실은 시간을 벌기 위한 작전이었다. 전령이 돌아간 후, 황진은 계속 말의 상태를 살폈다. 적의 포위망을 정면 돌파하려면 엄청난 힘을 써야 했다. 마른풀로 허기를 채운 말은 콧김을 힘차게 뿜었다.

일본군 지휘관은 황진이 곧 항복할 것 같다는 전령의 보고에 기뻐했다. 사실 이렇게까지 포위된 마당에 황진의 선택지는 별로 없었다. 그는 자신이 총사령관 우키타로부터 큰 상을 받을 일만 남았다고 생각했다. 아니나 다를까, 얼마쯤 시간이 흐르자 황진이 힘없이 활을 들어 허공에 쏘려는 자세를 취했다. 일본군은 투항 신호를 보내려는 것으로 여겨 반색했다.

"얏따(됐다)!"

일본군 지휘관의 얼굴에 미소가 번졌다. 이틀에 걸친 생포 작전이 막을 내리려는 순간이었다. 그러나 황진은 허공을 겨눴던 활을 재빨리 돌려, 말에서 내려 서 있던 일본군 기마병을 쐈다. 화살은 100보 정도 떨어져 있던 기마병의 목을 관통했다. 놈은 끽소리 한 번 못 하고 그대로 쓰러졌다.

황진은 재빨리 말에 올라타며 "이랴!" 하고 박차를 가했다. 황진의 말은 앞쪽 목책 방향으로 전속력으로 달리기 시작했다. 목책을 막고 있던 일본군 보병들은 갑작스러운 황진의 돌격에 화들짝 놀랐다. 그들은 생포 명령 때문에 조총이나 화살을 쏘지 못하는 상태였다. 깜짝 놀란 병사들은 목책과 장창으로 말을 막고, 황진을 땅바닥에 떨어뜨려 그물로 생포하려고 시도했다. 하지만 전속력으로 달려오던 황진은 길 옆의 비탈을 타고 야산으로 올라갔다. 황진은 야산 쪽에 배치된 일본 병사 두 명의 목을 순식간에 베어버렸다. 그리고 비탈 사면을 타고 달리기 시작했다. 기마술이 발달하지 못한 일본의 병사들은 말을 타고 가파른 산을 타는 모습을 거의 처음 본 것 같았다.

비탈 사면을 타고 일본군의 목책과 방진을 지나친 황진이 다시 평지로 내려와 달리기 시작했다. 일본군 기마대는 자기편의 목책과 방진이 길을 터줄 때까지 발만 동동 구르며 기다려야 했다.

"쫓아라! 조선군 진영에 도달하기 전에 잡아야 한다. 잡기 어려우면 죽여도 된다!"

화가 단단히 난 일본군 지휘관은 기마대에 불호령을 내렸다.

잔뜩 독기를 품은 일본군 기마대 10여 명이 전속력으로 황진을 뒤쫓기 시작했다. 일본군은 혹시라도 황진이 포위망을 돌파할 것에 대비해 이미 길목마다 병사들을 매복시켜놓고 있었다. 황진은 길 양편에서 매복병들이 튀어나와 덤벼들 때마다 자신의 일본도로 마구 베어버렸다.

그렇게 한참을 달렸다. 저 멀리 호암산성이 나타났다. 산성 쪽에서 먼저 깃발을 흔들었다. 황진이 적진에서 귀환하고 있는 것을 봤다는 신호였다. 하지만 황진이 타고 있던 말의 속도가 갑자기 뚝뚝 떨어지기 시작했다. 산성으로 가는 언덕길을 올라가느라, 많이 힘든 모양이었다. 사평 돌파 직전 잠시 쉬게 하였으나, 그날 새벽부터 계속 달렸을 테니 당연했다.

일본군 기마병 셋이 황진의 50보 뒤까지 따라붙었다. 이런 속도라면 산성 앞에 도달하기 전에 놈들에게 따라잡힐 것 같았다. 황진이 화살집에서 화살을 뽑으려고 했지만 화살은 한 대밖에 남지 않았다. 그는 일본도를 뽑아 들고, 추격대를 향해 말머리를 돌렸다.

일본군 기마병들은 잠시 주춤하는 것 같더니, 이내 오히려 잘됐다는 듯 황진에게 돌진해 왔다. 그들은 긴 칼과 기병용 짧은 창으로 무장하고 있었다. 황진은 제일 먼저 다가온 기마병의 칼을 막고, 허리를 벴다. 두번째 달려오는 적의 창을 말의 배 쪽으로 몸을 숙여 피했다. 이어 다시 말 등 쪽으로 몸을 세우면서 놈의 목을 쳤다. 일본군 기마병 둘이 순식간에 땅바닥에 나뒹굴었다. 살아남은 나머지 한 명은 겁을 집어먹고, 말머리를 돌려 도망치기 시작했다. 황진은 화살집에서 마지막 한 발 남은 화살을 뽑아 활시위를 당겼다. 그가 쏜 화살이 허공을 가르며 날아가 도망가는 기병의 등판에 정확하게 꽂혔다. 놈은 그대로 말 등에 엎어진 채, 저 멀리 사라졌다.

"조방장 나리, 만세! 만세!"

비장 공시억 등 황진의 부하들이 달려왔다. 죽은 줄로만 알았던 황진이 살아 돌아오자 조선군 진영은 사기충천했다.

황진의 긴 수염에는 일본군의 피가 고드름처럼 엉겨 붙어 있었다.

○ 공이 포위되었을 때 왜적도 공이 명장이라는 사실을 알고는 생포할 욕심으로 총을 쏘지 못하게 하며 에워싸고 지키기만 하였다. 한참 시간이 지난 뒤에 공이 갑자기 말에서 내리자 장사들이 그 이유를 모르고 겁에 질려 떨었는데, 이는 대개 돌격해서 포위망을 뚫기 위해 잠시 말을 쉬게 하려고 한 것이었다. 그러더니 이윽고 말에 올라타 채찍을 휘두르며 일약 날쌔게 빠져나오면서 장검으로 좌우의 왜적을 치고 베자 뿜어 나오는 선혈이 수염을 적셔 고드름처럼 엉겨 붙었으므로 이 모습을 보는 자들이 겁에 질려 벌벌 떨었다. 이 전투의 공을 인정받아 즉시 절충장군(折衝將軍)의 품계로 뛰어오르면서 충청도 조방장에 임명되었다.

—『포저집』 제35권 충청도 병마절도사 황공 행장

27. 해후

기적 같은 생환이었다. 모두가 죽은 줄로만 알았던 황진이 멀쩡하게 살아 돌아왔다. 홀로 일본군 포위망에 갇혔지만, 이틀 동안 단기필마로 적들을 마구 베며, 조선군 진영으로 무사 귀환했다. 그것은 아무나 해낼 수 없는 일이었다. 조선 천하 '무쌍(無雙)'의 용장 황진이었기에 가능했던 일이었다. 그의 무사 생환과 눈부신 무용담은 경기도 일대의 근왕군 진영에 빠르게 퍼져나갔다. 황진의 용감무쌍한 활약으로 인해 조선군의 사기가 한층 높아졌다.

전라도 병마사 선거이는 독성산성 전투 및 황진의 활약상을 담은 장계를 의주의 조정에 올렸다. 황진은 임진왜란 초기부터 자신의 공적을 스스로 장계로 적어 조정에 보고하지 않았다. 또한 사적인 일기나 편지 등도 거의 남기지 않았다. 대부분의 장수들은 자신의 공을 조금이라도 더 부풀려서 조정에 알리려고 안간힘을 썼다.

혹은 개인 기록이라도 꼼꼼하게 남겨 후손에게 알리려 노력했다. 하지만 황진은 그런 일에 전혀 관심을 두지 않았다.

그는 스스로를 통신사 임무를 제대로 수행하지 못해, 나라에 왜란이 닥치도록 만든 죄인 중 한 명이라 여겼다. 그런 죄의식은 몇몇 전투에서 무공을 세웠다고 쉽게 사라질 성질의 것이 아니었다. 일본군을 모두 몰아내고 전쟁에서 완전히 이겨야만 풀릴 것이었다. 병석에 누워 마지막 눈을 감는 순간까지도 통신사 소명을 제대로 완수하지 못한 스스로를 책망했던 황윤길이나, 자신의 좁은 소견이 가져온 대재앙 앞에 속죄의 마음으로 온몸을 바쳐 왜적과 싸운 김성일도 황진과 비슷한 심정이 아니었을까?

그의 그런 태도 때문이었는지 웅치·이치에서 눈부신 전공을 세웠을 때도 의주 행재소에서는 황진의 활약이 얼마나 대단한 것인지 제대로 알지 못했다. 소년 정충신이 가져온 권율의 장계만으로는 이치 대첩의 전모를 파악하기엔 불충분했다. 나중에 전라도 지역을 순회하다가 백성들로부터 황진의 활약에 대해 전해 들은 체찰사 정철이 깜짝 놀라 조정에 보고하고 나서야, 종6품의 하급 무장 황진의 비범함이 조선의 중앙 무대에 제대로 알려지게 됐다.

한강 사평에서 혼자 일본군 포위망을 뚫고 불사신처럼 살아 돌아온 황진은 이번에도 자신의 공적에 대해 침묵했다. 그러나 선조 임금과 조정 대신들은 그의 상관인 선거이의 장계에 담긴 황진의 천하무쌍 무용담에 크게 기뻐했다.

"활이라면 몰라도, 칼을 써서 그렇게 많은 일본군들과 싸워 이겼다니! 우리 조선에도 이런 출중한 무장이 있었다니 참으로 장하구나!"

선조는 1592년 12월 말 황진을 절충장군(정3품) 겸 충청도 조방장에 임명했다가, 1593년 3월에 충청도 병마절도사(종2품)로 승진시켰다. 임진왜란 발발 후 1년도 안 되어 종6품에서 종2품으로 무려 8단계나 품계가 뛰어오른 초고속 승진이었다(현대 한국군 계급으로 보면 중위에서 중장으로 진급한 셈이었다).

임진년에 시작된 전쟁은 어느새 해를 넘겼다. 전황은 여전히 긴박하게 돌아가고 있었다. 경기도 일대에 집결한 조선 근왕군의 최고 사령관인 전라도 순찰사 권율이 1593년 2월 12일 행주산성에서 일본군 부대를 크게 격파했다. 하지만 그에 앞서 평양 탈환 이후 파죽지세로 남하하던 이여송의 명나라 군대가 경기도 벽제관에서 고바야카와가 이끄는 일본군에게 대패하면서, 조명 연합군의 한양 진공 계획은 무산되고 말았다.

명군은 벽제관에서 일본군에 혼쭐이 난 이후, 일본군과 정면으로 싸우기를 꺼려 했다. 명군은 일본군과 피 흘리며 싸우기보다는, 강화회담을 통해 전쟁을 끝내는 쪽으로 방향을 선회했다. 조선의 혹독한 겨울 추위와 명나라의 대규모 참전, 그리고 전투력이 급상승한 조선군의 거센 반격 등으로 큰 곤란을 겪고 있던 일본군도 명군과의 강화회담으로 시간을 벌며, 흐트러진 전열을 재정비하고자 했다. 하루라도 빨리 한양을 되찾고, 조선 팔도에서 왜적 도당을 모조리 몰아내고 싶었던 조선 조정과 백성들은 속이 탈 수밖에 없었다.

명군과 일본군의 강화회담이 진행되던 1593년 3월경, 충청도 병마사 황진은 휘하 병력 1000여 명을 이끌고 경기도 안성으로 내려갔다. 안성 인근의 죽산산성에 주둔하고 있는 4000여 명 병력의 일본군 제5진의 후쿠시마 마사노리 부대와 싸우기 위해서였다. 후쿠시마는 도요토미 히데요시의 근위 시동 출신으로 전국시대 시즈가타케 전투에서 큰 공을 세운 일곱 명의 사무라이를 일컫는 '칠본창(七本槍)' 가운데 한 사람이었다.

일본군은 이순신 장군이 이끄는 조선 수군에게 남해와 서해의 제해권을 완전히 뺏긴 상태였다. 따라서 그들에게는 한양에서 경기도 용인, 안성, 충청도 충주를 거쳐 부산포까지 이어지는 육상 보급로가 유일한 생명줄이었다. 그중에서도 안성은 충청도 진천과 경계를 맞대고 있어, 경기와 충청을 잇는 교통물류의 요충지였다. 후쿠시마 부대가 주둔한 안성 부근의 죽산산성은 삼국시대부터 그 일대를 지배하려면 반드시 차지해야 할 군사 거점이었다.

"뭐라, 적장의 이름이 황진이라고?"

황진 부대가 안성에 진을 쳤다는 소문이 적장 후쿠시마의 귀에까지 들어갔다. 후쿠시마도 황진의 명성을 익히 들어 알고 있었다. 벽제관 전투에서 명나라 이여송 부대를 격파한 고바야카와 다카카게도 전년 전라도 웅치·이치에서 황진에게 혼쭐이 났었다. 황진은 또 한강 사평에서 겹겹이 에워싼 일본군의 포위망을 혼자서 뚫고 나갔다. 결코 만만하게 볼 상대가 아니었다. 경기도 일대의 조선 의병들을 상대로 소규모 전투만 치르고 있던 후쿠시마 부대는 황진의 출현에 바짝 긴장하지 않을 수 없었다.

후쿠시마는 자신의 병력이 황진의 부대보다 네 배나 더 많은데도, 정면으로 싸우는 것을 망설였다. 죽산산성은 당시 조선의 성곽으로는 드물게 성벽의 구조가 내성과 본성, 외성 등으로 중첩되어 있어서 방어에 대단히 용이했다. 일본군은 한동안 그 천혜의 요새에 틀어박혀 나오지 않았다.

황진이 안성에 왔다는 소식이 퍼지자, 근방의 의병장들이 하나 둘 황진 휘하로 모여들었다. 그중에 정말로 반가운 얼굴도 끼어 있었다.

"병마사 대감, 안녕하셨습니까? 저 계남이옵니다."

황진과 함께 통신사 호위무관 일행으로 일본에 다녀왔던 금군 소속의 군관 홍계남이 황진 앞에 나타났다. 그는 안성을 중심으로 경기도 남부에서 300여 명의 의병을 이끌고 일본군과 싸우고 있었다.

"아니! 자네 홍 군관 아닌가. 이런 곳에서 자네를 다시 보게 되다니! 참으로 반갑네그려."

통신사 사행에서 돌아와 금군에 복귀했던 홍계남은 임진왜란이 터지자 순변사 이일과 신립 장군 등을 따라, 탄금대에서 일본군과 싸웠다. 신립은 넓은 평지에서 남한강을 등진 채 싸우는 배수진을 쳤다. 조선의 우수한 기마대를 활용해 일본군을 정면으로 깨부수겠다는 생각에서였다.

그러나 황진과 함께 일본군의 전술과 무기, 진법 등을 조사했던 홍계남은 평지에서 제대로 진법을 펼친 일본군 조총부대에 기마로 돌격하겠다는 신립의 작전이 얼마나 위험한지 너무나 잘 알고 있었다. 그는 어떻게든 조령(문경새재)에서 일본군을 막아야 한다고 건의하려 했지만, 서얼 출신 하급 군관의 말을 그 누구도 귀담아들으려 하지 않았다.

탄금대 싸움의 결과는 처참한 패배였다. 패장 신립은 자결했고, 1만여 명의 조선군이 거의 몰살됐다. 마상재의 귀재인 홍계남은 그나마 말을 타고 기적적으로 남한강을 건너, 한양으로 후퇴했다. 하지만 그가 돌아간 한양은 선조 임금이 피란을 가고 텅 비어 있었다. 그는 하는 수 없이 고향인 경기도 안성으로 내려갔다.

홍계남의 부친인 선비 홍언수는 정실 소생 아들 넷, 서출인 계남, 그리고 외조카 이덕남 등을 데리고, 안성에서 의병을 일으켰다. 명목상으로는 홍언수가 일으킨 것이긴 했지만, 실제로는 금군 출신의 홍계남과 훈련원부정 출신의 이덕남이 지휘했다.

홍계남은 안성 서운산의 산성에 주둔했고, 이덕남은 진재봉에 보루를 쌓아 근거지로 활용했다. 사람들은 서운산성을 좌성산, 진재봉의 보루를 우성산이라고 불렀다. 그들은 힘을 합쳐 안성과 죽산, 용인, 양지 등 경기도 남부에서 일본군 보루와 보급 행렬을 상대로 소규모 유격전을 펼쳤다.

홍계남 부대는 소규모의 일본군 병력이 식량 수송을 위해 이동할 때를 노려 기습했다. 갑작스레 공격을 당한 일본군이 뒤늦게 전열을 정비해 홍계남 부대를 추격하려고 했으나, 이미 사라진 뒤였다. 홍계남 부대는 경기도 남부의 지형지물을 훤히 꿰고 있었기에 일본군의 눈에 신출귀몰했다.

의병장 홍계남은 전투 때마다 앞장서 적들의 목을 베었다. 그는 귀신처럼 말을 잘 탔을 뿐 아니라, 벽이나 장애물을 훌쩍훌쩍 뛰어

넘으며 창과 칼로 일본군을 괴롭혔다. 그가 벽을 타고 뛰어넘는 모습이 마치 나비가 날아오르는 것 같다고 하여 '홍나비'라는 별명까지 붙었다.

홍나비 홍계남의 활약으로 일본군은 경기도 남부에서 보급 수송과 행정 연락 등에 적지 않은 어려움을 겪었다. 그의 활약은 의주로 피란 간 조정에도 알려졌다. 선조는 홍계남이 비록 서얼 출신이었으나, 뛰어난 활약을 펼친 것을 인정해 1592년 9월 수원판관 겸 기호 조방장으로 임명했다.

정실 소생의 형제들에게 감히 호형호제도 못 하며 천하게 자란 홍계남은 벼슬길에 올라 큰 효도를 하게 됐다. 하지만 기뻐해야 할 부친은 홍계남이 수원판관으로 부임하기도 전에 전사했다. 홍계남이 소수의 병력을 이끌고 멀리 정찰 나가 있는 동안, 일본군이 홍계남의 서운산성 본진을 기습해 부친 홍언수가 사망했다. 일본군은 일부러 홍계남을 자극해 붙잡으려고, 홍언수의 시신을 자신들의 보루 앞에 걸어놓았다. 이를 보고 격분한 홍계남은 홀로 말을 타고, 적진에 뛰어들었다.

○ 경기도 수원 충의위 홍언수가 의병을 일으켜 왜적을 토벌하였다. 홍언수가 미천한 몸에서 낳은 아들이 있으니, 이름은 홍계남으로 용맹과 힘이 무리 중에서 뛰어났다. 경인년(1590, 선조 23)에 통신사의 군관이 되어 황진과 더불어 일본을 다녀왔기로 그놈들의 강약을 자세히 알고 있었는데, 이에 이르러 아비의 군사를 따라 적을 쳐서 여러 번 싸워 승첩을 올렸다. 전후로 적의 귀를 베어 온 것이 100여 개에 달했으므로, 인근에 진을 친 적들이 위축되어 감히 나오지 못하였다. 곧 군공(軍功)을 들어 본부의 판관을 제수했다.

—『난중잡록』 제1권

○ 계남이 왜진으로 달려 들어가 그 아비의 시체를 거두어 돌아왔는데, 왜인들이 계남인 줄 알고 감히 서로 대항하지 못하였다. 계남이 아비의 군사를 거두고 높은 산꼭대기에 보루를 쌓고 양천·안산 두어 고을의 지역을 굽어보며 군사를 주둔시키고 적의 허점을 틈타 동서로 습격하여 많이 참살하였다. 그래서 적이 감히 그 지역에 들어가지 못하였으므로 경기 지역과 호서의 여러 고을이 그의 힘을 입었다. 특별히 수원판관 겸 조방장에 제수하였다.

—『국조보감』 제31권

28. 죽주산성 전투 1

1592년 9월 어느 날, 경기도 안성 부근의 일본군 보루 앞.

전날 일본군의 기습을 받고 사망한 의병장 홍언수의 시신이 나무기둥에 처참하게 묶여 있었다. 새 떼가 그 시신을 뜯어 먹으려고 하늘을 맴돌고 있었다. 일본군이 홍언수의 아들, 즉 홍계남을 유인, 생포하기 위해 벌인 비열한 짓이었다.

홍계남, 일명 '홍나비'는 경기도 남부 지역에서 소규모 병력을 활용한 유격전으로 일본군을 괴롭혀왔다. 번개처럼 공격하고, 바람처럼 사라지는 홍계남 부대의 활약 때문에 한양 후방의 일본군 부대들은 골머리를 앓고 있었다. 홍계남은 전투 때마다 제일 선봉에 서서, 칼과 창으로 일본군 병사들을 풀잎처럼 베어버렸다. 경기도 백성들 사이에서 홍계남의 명성은 날로 높아져만 갔다. 특히 군량미 수송을 담당하는 일본군 잡병들은 그의 이름 석 자만 들어도 벌벌 떨 정도였다.

사정이 그렇다보니, 일본군은 홍계남을 제거하는 데 혈안이 될 수밖에 없었다. 그들은 홍계남만 처치하면 나머지는 오합지졸이어서 흩어질 것으로 생각했다. 일본군은 홍언수의 시신을 미끼로 그를 유인해 생포하거나 죽이기로 했다.

홍계남은 자신이 본진을 비운 사이, 일본군의 기습을 받아 부친 홍언수가 사망한 것도 모자라, 왜놈들이 부친의 시신을 끌고 가 보루 밖에 내걸어놓고 능욕하고 있다는 것을 알게 되자 대로했다.

분노로 불타오른 홍계남이 혼자서 말을 몰고 일본군의 보루 앞에 나타났다. 일본군은 그때까지만 해도 자신들의 생포 작전이 멋지게 성공할 것으로 생각했다. 그들은 아무리 홍나비라도 혼자서 어찌해보겠다는 것인가 하고 속으로 비웃었다. 홍계남이 나무기둥에 매달린 부친의 시신에 다가가자, 일본군 보병들이 보루 밖으로 우르르 쏟아져 나왔다.

그들은 장창과 일본도, 포획용 그물을 들고 홍계남에게 달려들었다. 일본군 병사들은 우선 긴 창을 휘둘러 홍계남을 말 위에서 떨어뜨리려고 했다. 그러나 홍계남은 말의 옆구리나 배 밑까지 내려갔다가 다시 안장 위로 솟아 올라오면서 놈들의 공격을 척척 피해냈다. 그러면서 자신의 완월도로 일본군 세 명을 베어버렸다. 졸지에 선두의 동료들이 목이 잘린 시신으로 변해버리자 뒤편의 일본군 병사들은 겁을 먹고 주춤했다. 하지만 이내 절대적인 수적 우세를 믿고 다시 협공 작전을 폈다. 챙! 챙! 칼과 창이 부딪히는 소리가 요란하게 울려 퍼졌다.

"으악!"

뒤편에서 그물로 홍계남을 덮치려던 일본군 병사들이 비명을 지르며 잇따라 쓰러졌다. 뒤늦게 홍계남을 쫓아온 의병들이 화살로 엄호해준 것이었다.

일본군이 의병들의 화살 공격을 피하느라 잠시 우왕좌왕하는 사이, 홍계남은 나무기둥에 매달린 부친 시신을 끌어 내려 말 등에 실었다. 말에 올라탄 계남은 왼손으로는 부친의 시신을 껴안고, 오른손으로 창을 휘두르며 일본군 포위망을 뚫고 나왔다. 보루 위에서 있던 일본군이 뒤늦게 조총을 쐈지만, 홍계남은 부친 시신을 안고 이미 저 멀리 사라진 후였다.

본거지인 서운산성으로 돌아온 홍계남은 다른 형제들과 함께 부친 시신을 수습하며 대성통곡했다. 홍계남은 서자 신분이라 어려서부터 다른 형제들과 차별대우를 받으며 자랐지만, 누구보다 효심이 깊었다.

홍계남은 부친의 장례를 치른 후 자신의 심정을 담은 격문「복수대(復讐隊)로 나서자」를 지어, 전국의 조선군 진영에 돌렸다. 그 내용이 너무도 울분에 차고 비장해서, 많은 이들의 입에 회자되었다.

"이 땅에서 먹고 자라 숨 쉬고 사는 사람은 다 창을 베고 자며 쓸개를 씹어가면서 임금과 어버이를 위해 복수하려 한다. 그러나 나는 불행히도 이번 난리를 만나 흉한 칼날 아래 아버지와 형을 함께 잃었으니 어찌 구차히 살아 있기를 구하여 왜적들과 한 하늘을 이고 살 수 있으랴? 생각건대 멀고 가까운 지방 선비와 백성으로서 나와 같은 참화를 입은 사람이 천, 백뿐이 아니리라. 그런 사람들을 모아 한 부대를 이루어 '복수대'라 일컬으며 부형의 깊은 원수를 갚으려 한다."(「복수대로 나서자」에서)

충청병사 황진은 늦은 밤까지 막사에서 홍계남으로부터 그간의 전후 사정을 듣고는 부친의 안타까운 죽음을 위로하기도 하고 계남의 활약을 치하하기도 했다. 황진은 홍계남을 단순한 옛 부하 이상으로 아꼈다. 홍계남도 황진을 여전히 존경하고 따랐다. 두 사람은 함께 일본에 건너가 도요토미 히데요시의 조선 침략 야욕과 군사 준비 상황을 직접 정탐했었다. 왜적이 쳐들어오면 어떻게 싸워야 할지에 대해서 밤을 지새우며 의논하기도 했었다. 그로부터 2년 후 두 사람의 우려대로 전쟁은 터졌고, 둘은 약속이나 한 것처럼 나라를 지키기 위해 최선봉에서 싸우고 있었다.

"병마사 나리, 이번에 죽주산성의 일본군을 공략하기 위해 출전하셨다고 들었습니다. 죽주산성은 매우 견고하여 공략하기 어렵사옵니다. 저희도 여러 차례 공성전을 시도했지만 번번이 실패했던 곳입니다. 특히 적장인 후쿠시마라는 자는 꾀가 많은 자여서 각별히 조심하셔야 합니다."

홍계남은 황진에게 죽주산성의 삼중 방어 구조와 후쿠시마 부대의 전투력 등을 상세히 설명했다.

실제로 홍계남은 두 차례에 걸쳐 죽주산성을 점령하려고 시도했다가 실패했다. 먼저 홍계남은 1592년 9월 충청병사 신응협, 전라도 조방장 이유의와 함께 죽주산성을 협공하기로 약속했었다. 그들은 약속한 날짜에 군사를 움직여 죽주산성을 은밀하게 포위한 뒤 밤에 횃불을 드는 것을 신호로 급습하기로 작전을 짰다.

거사 당일 이유의의 전라도 부대가 먼저 죽주산성에서 5리 떨어진 지점에 도착하여, 홍계남과 신응협 부대를 기다렸다. 하지만 일본군 척후부대에게 움직임을 들키고 말았다. 결국 일본군 기병대의 포위 공격을 받고 이유의 부대가 무너졌다. 뒤늦게 현장에 도착한 홍계남과 신응협 부대 또한 제대로 싸워보지도 못하고 퇴각해야 했다.

두번째 공략은 1593년 1월경에 이뤄졌다. 황진이 충청병사가 되어 안성에 진주하기 불과 두 달 전의 일이었다. 당시 홍계남 부대는 권율의 근왕군이 한양을 탈환하는 데 도움을 주기 위해, 일본군의 주요 보급로인 죽주산성을 칠 필요성을 느꼈다. 조선군이 죽주산성을 점령하면, 일본군은 부산에서 올라오는 보급망이 끊기게 되어, 위험한 상황에 직면할 터였다.

홍계남은 조정에서 파견한 소모사 변이중과 힘을 합쳐, 죽주산성 공략을 시도했다. 당시 변이중 휘하에는 2000여 명, 홍계남 부대에는 500여 명의 병력이 있었다. 변이중은 선비 출신이었지만 생각이 남다른 데가 있었다. 그는 연구를 통해 그때까지 조선군이 듣도 보도 못한 무기와 작전을 종종 선보이곤 했다.

그는 죽주산성 공략에도 신무기를 동원한 작전을 폈다. 그는 우선 경기와 충청 일대에서 백성들로부터 200여 마리의 소를 징발했다. 또 수레도 200여 대를 끌어모았다. 이것들을 활용해 수레에 나무 벽을 세우고, 거적때기와 철갑을 씌워서 조총에 대한 방호력을 갖춘 일종의 장갑차 개념인 우거(牛車)를 만들었다. 우거를 끄는 소에도 나무판자로 장갑이 입혀져 있었다. 또한 우거에는 내부에서 밖으로 화살을 쏠 수 있게 구멍이 뚫려 있었다.

준비를 마친 변이중은 우거 100여 대로 구성된 '복개전차대'를 이끌고 죽주산성으로 향했다. 처음에는 우거를 활용해 순조롭게 공성전을 전개했다. 변이중의 예상대로 일본군의 조총은 우거의 판자를 뚫지 못했다. 일본군이 당황하는 사이, 우거들이 성문까지 접근하는 데 성공했다. 금방이라도 성문을 뚫고 죽주산성 안으로 들어갈 기세였다.

하지만 일본군은 우거가 조총 탄환에는 강하지만, 화공에는 무척 취약하다는 점을 간파했다. 그들은 불화살을 쏴 우거를 불태우려고 시도했다. 우거 내부의 조선군 병사들은 미리 준비해둔 물로 불을 끄며 진격하려고 했지만, 일본군은 집요하게 화공을 지속했다.

마침내 우거 내부에 비축해둔 물이 떨어지자 우거가 하나둘 불타오르기 시작했다. 덩달아 우거를 끌던 소들도 불길에 놀라서 미쳐 날뛰었다. 변이중이 뒤늦게 우거를 후퇴시키라고 명령했지만, 우거끼리 서로 부딪치고 엉기어서 그마저도 쉽지 않았다. 결국 우거에 타고 있던 조선군 상당수가 불에 타 죽고, 변이중은 그나마 홍계남 부대가 구해줘 겨우 몸만 빠져나왔다. 우거는 장갑 개념을 적용한 선진적 무기였지만, 현실에서 활용하려면 좀 더 다듬어야 했다.

죽주산성에 주둔한 후쿠시마 부대는 그렇게 두 차례에 걸쳐 조선군의 공세를 막아내자, 이전보다 훨씬 더 기고만장해졌다.

"쉽지 않겠는걸……."

홍계남으로부터 지난 두 번의 죽주산성 패배에 대해 상세하게 전해 들은 황진은 깊은 생각에 잠겼다. 이치·웅치 전투를 승리로 이끈 황진의 눈에도 죽주산성 공략은 쉽지 않아 보였다. 조선군 1000여 명으로 천혜의 요새에 주둔하고 있는 4000여 명의 일본군을 무찔러야 하는 일이었다. 특히, 적장은 도요토미의 총애를 받고 있는 칠본창 가운데 한 명인 후쿠시마 마사노리였다.

며칠 후 황진은 고민 끝에 죽주산성 탈환을 위한 한 가지 계책을 생각해냈다.

○ 소모사 변이중이 적을 죽산(竹山)에서 토벌하다가 크게 패하여 달아나다. 처음에 충청전라에 군사를 조발하여 옛날에 당나라의 방관(房琯)이 패군한 계책을 본받아서 전차와 마소를 준비하여 가더니, 이때에 이르러 죽산에 진군하여 거진을 베풀어 학익진을 쳐서 들어갔다. 적병이 마주 나와서 가로로 충돌하여 어지러이 작살하니 우리 군사가 패하여 달아났다. 적이 불을 질러 수레를 태우니 수레에 들었던 군사가 모두 타 죽고 변이중은 겨우 몸만 탈출하였다. 홍계남이 군사를 거느리고 달려와 구원하여 적의 머리 몇 급을 베다.

—『난중잡록』 제2권

29. 죽주산성 전투 2

1593년 3월 말, 죽주산성에서 약 10리 떨어진 한적한 들길. 긴 겨울이 끝나고 봄 햇살이 따사롭게 내려 비치고 있었다.

일본군의 잡병 40여 명이 군량미 수레 20여 대를 이끌고 낑낑대며 이동하고 있었다. 약 100여 명의 일본군 보병이 그 행렬을 보호하며, 함께 움직였다. 그들은 충청도 진천에서 죽주산성으로 올라오는 중이었다. 일본군에게 죽주산성은 한양에서 부산으로 내려갈 때 반대로 부산에서 한양으로 올라갈 때 반드시 거쳐야 할 교통과 보급, 연락의 요충지였다. 그 무렵 혹독한 겨울 추위가 끝나고 따뜻한 봄이 오자, 일본군의 보급 행렬이 활기를 띠기 시작했다.

"으악. 어이쿠!"

제일 선두에서 길을 안내하던 기마병이 비명과 함께 말에서 떨어졌다. 그의 가슴과 목에 편전들이 꽂혀 있었다.

"데키다(적이다)! 키슈우다(기습이다)!"

일본군이 적의 위치를 파악하려고 우왕좌왕하는 사이, 화살이 비 오듯 쏟아졌다. 전투력이 취약한 일본군 잡병들은 처음부터 싸울 의지를 잃고 도망치기 바빴다. 긴 창과 일본도로 무장한 보병들은 화살이 날아오는 방향으로 방패를 세우고, 전투 대형을 펼치려고 했다.

하지만 어느새 조선군 기마대가 그들의 뒤편에서 벼락처럼 들이닥쳤다. 조선의 기마병들이 창과 칼로 일본군들의 후미를 공격하자, 대오가 무너진 일본군들은 죽주산성 쪽으로 필사적으로 달아나기 시작했다. 조선군들은 뒤쫓아 가면서 후미의 낙오병들을 하나씩 참살했다. 그렇게 성공적인 기습으로 일본군 수십 명을 죽이고, 군량미와 황소, 수레까지 노획한 조선군은 의기양양하게 경기도 안성의 본진으로 돌아갔다.

죽주산성의 일본군 수장인 후쿠시마 마사노리는 화가 단단히 났다.

안성에 진을 친 충청도 병마사 황진의 부대는 그 무렵 죽주산성으로 들어가거나, 그곳에서 나오는 일본군 보급 행렬을 집중적으로 괴롭혔다. 일본군은 어떻게든 황진 부대의 눈을 피해 이동하려고 애를 썼다. 하지만 황진을 돕는 홍계남의 부대가 안성과 죽주산성 일대의 지리를 훤하게 꿰고 있어, 일본군의 작은 움직임도 놓치지 않았다.

이 때문에 일본군은 자신들의 보급 행렬을 지키기 위해 이전보다 훨씬 많은 수의 호위병을 따라 보내야 했다. 호위 병력이 많아지면 그 병력이 먹어 치우는 군량미도 덩달아 증가하기 마련이었다. 이런 식이면 한양까지 보급 수레들이 무사히 올라가더라도 최종적으로 전달되는 군량미의 양이 크게 줄어들 수밖에 없었다.

이순신의 조선 수군 때문에 수로 보급이 완전히 봉쇄된 마당에 육로 보급망마저 이렇게 흔들릴 위기에 처하자, 적장 후쿠시마는 고민에 빠졌다. 결국 그는 눈엣가시 같은 황진 부대를 직접 섬멸해야겠다고 결심했다. 그는 먼저 척후부대를 보내, 안성에 주둔하고 있는 황진 부대 진영을 자세히 염탐해 오도록 시켰다. 조선군의 병력과 무기, 경계 상태 등을 면밀히 살피도록 지시했다.

말을 탄 10여 명의 일본군 척후병들이 은밀하게 죽주산성을 나와, 안성으로 향했다. 저 멀리 산 위에서 그 모습을 지켜본 황진의 척후병들이 산 밑으로 신호용 화살을 쐈다. 그러자 산 밑에서 기다리고 있던 기마병이 전속력으로 안성의 본진을 향해 달렸다. 그는 황진에게 일본군 척후대의 출발 사실을 보고했다.

황진은 적의 심리를 이미 꿰뚫고 있었다. 그는 자신의 부대가 지속적으로 일본군 보급 행렬을 괴롭히면, 죽주산성의 후쿠시마 부대가 성 밖으로 나오리라 예상했다. 그는 그때를 노려 죽주산성을 빼앗을 작전을 세워놓고 있었다.

황진은 일본 척후들에게 조선군의 상황을 오판하게 만들기 위해 철저한 연막작전을 펼쳤다. 그는 일부러 부대 막사 주변 경계를 허술하게 했다. 보초병들도 많이 세우지 않았고, 병사들에게는 휴식을 취하며 윷놀이 등 잡기를 즐기도록 지시했다. 막사 주변 여기저기 양지바른 곳에 널브러져 낮잠을 자는 병사들도 적지 않았다. 멀리서 보면 누가 봐도 오합지졸 그 자체였다.

예상대로 일본군 척후병들이 몰래 접근해 황진 부대의 상황을 살피고는 회심의 미소를 지으며 죽주산성으로 돌아갔다. 하지만 일본군 척후병들이 사라지자 조금 전까지 오합지졸로 보였던 황진의 부대는 언제 그랬냐는 듯 완전무장을 하고, 일본군 척후병들의 뒤를 빠르게 쫓아갔다.

황진의 병력 1000여 명은 그대로 죽주산성 인근 야산에 매복했다. 낙엽과 나뭇가지 등을 이용해 철저하게 몸을 숨겼다. 그런 사실을 까맣게 모른 채, 적장 후쿠시마는 자신의 척후부대로부터 보고를 받고는 매우 기뻐했다.

"요시(좋아)! 조선 놈들이 자잘한 전투에서 이겼다고 기고만장해 있구나. 저런 미련한 놈들. 바로 이때 우리가 놈들의 본진으로 쳐들어가 섬멸해버리자!" 후쿠시마는 소수의 경계 병력만 남겨놓고 4000여 명의 병력 대부분을 이끌고 죽주산성 성문을 나섰다. 그들은 무서운 기세로 안성의 황진 부대 주둔지로 쳐들어갔다. 당장이라도 황진 부대를 쓸어버릴 기세였다.

그러나 후쿠시마 부대가 안성 방향으로 한참 이동하고 있을 무렵, 죽주산성 인근 야산에 몸을 숨기고 있던 황진 부대가 내려왔다. 그들은 후쿠시마 본대가 빠져나가 거의 텅텅 비다시피 한 죽주산성을 손쉽게 공략했다. 성벽을 타고 올라온 조선군들을 보자, 죽주산성에 남아 있던 소수의 일본군 보초병들은 기겁을 하며 내성 쪽으로 도망갔다. 하지만 홍계남 등이 자신의 부하들과 함께 내성으로 들어가 마지막 한 명까지 말끔히 소탕했다.

임진왜란 초기 일본군에 빼앗긴 이후 줄곧 일본군의 핵심 거점으로만 활용됐던 죽주산성이 마침내 조선군의 수중에 떨어졌다. 그것도 별다른 희생을 입지 않고 황진의 기지로 이뤄낸 값진 승리였다. 황진을 따르는 조선군의 사기는 하늘을 찌를 듯했다.

죽주산성이 이처럼 황진에게 점령된 사실을 까맣게 모르고, 후쿠시마는 안성의 황진 부대 군영 앞에 당도했다.

"어라, 뭔가 이상한데……."

조선군 막사와 깃발은 보였지만, 있어야 할 병사들의 모습은 보이지 않았다. 후쿠시마는 선봉대를 조선군 진영에 투입했다. 그들은 경비용 목책을 뛰어넘어, 긴 칼을 휘두르며 조선군 막사로 뛰어갔지만 아무런 저항이 없었다. 그곳은 그저 빈 막사들뿐이었다.

"아뿔싸. 속았다!"

후쿠시마는 그때서야 자신이 황진의 유인 작전에 속았다는 것을 깨달았다. 그는 전군에게 급히 죽주산성으로 회군하도록 명령했다. 일본군은 죽을힘을 다해 죽주산성 앞까지 돌아왔다. 그들은 숨을 헐떡이며 죽주산성을 올려다봤다. 성문은 이미 굳게 닫혀 있었고, 성곽에는 조선군의 상징인 오색 깃발이 걸려 있었다.

후쿠시마는 자존심이 몹시 상했다. 도요토미 히데요시의 총애를 받는 자신이 이렇게 농락당하자 화가 머리끝까지 끓어올랐다. 상대인 황진의 명성은 익히 들어 알고 있었지만, 무예뿐 아니라 이처럼 병법 계략 또한 잘 쓰는 자일 줄은 몰랐다.

후쿠시마는 지체 없이 총공격을 명했다. 일본군은 그의 명령에 따라 죽주산성을 빼앗으려고 몇 차례 더 공성전을 시도했다. 그러나 모두 허사였다. 황진 부대는 이전에 자신들이 상대했던 조선군과 달리 호락호락한 부대가 아니었다. 더욱이 자신들이 지키는 입장일 때는 좋았지만, 반대로 죽주산성을 공격하자니 엄두가 나지 않았다. 시간이 지나면서 별 소득 없이 희생자만 늘어가자, 후쿠시마 부대는 공격을 포기했다. 후쿠시마 부대는 경기도 음죽(지금의 이천 남부 지역)으로 퇴각하려다가 이마저 황진 부대의 계속된 견제로 여의치 않자, 충청 지역을 거쳐 경상도까지 쭉 후퇴했다. 황진은 경상도 상주 적암과 함안까지 그들을 추격하며 대파했다.

죽주산성은 험난한 산지에 본성 1.7킬로미터, 외성 1.5킬로미터, 내성 270미터의 세 겹으로 둘러싸인 천혜의 요새였다. 고려시대에 그 막강하다는 몽골 침략군도 육지의 성곽 가운데 죽주산성만큼은 끝내 함락하지 못하고 돌아갔다. 황진은 이런 곳을 일본군보다 네 배나 적은 병력으로 쉽게 점령했으니 대단한 전공이 아닐 수 없었다. 또한 죽주산성이 조선군 수중에 떨어지면서 경기도 안성과 죽산, 이천, 충청 진천 부근을 지키던 일본군들의 활동이 크게 약화되었다. 한양에 주둔한 일본군의 배후가 그만큼 위험해진 셈이었다.

그의 눈부신 활약은 입소문을 타고, 조선의 백성들 사이에 또 한 번 회자되었다. 백성들은 "바다에는 이순신! 육지에는 황진!"이라고 입을 모았다. 임진왜란 발발 직전까지 종6품의 작은 고을 현감에 불과했던 황진은 불과 1년도 안 되어, 병법과 무예를 갖춘 조선 최고의 무장으로 칭송되었던 것이다.

명나라와 휴전 협상 끝에 일본군은 마침내 1593년 4월 한양에서 물러나 경상도 해안가로 후퇴하기 시작했다. 충청도 병마사 황진은 자신의 관할 지역인 충청도를 벗어나 경상도까지 내려가 일본군과의 일전을 준비했다.

> ○ 다음 해 3월에 공이 이때 세운 공으로 충청도 절도사에 제수되어 안성에 진을 설치하여 적을 막으니, 왜노들이 전진하던 군대를 멈추고 감히 범하지 못하다가 깃발을 눕히고 돌아갔다. 공이 군사를 거느리고 상주까지 쫓아가서 왜노들과 적암에서 전투를 벌여 크게 격파하니 호남 지역이 비로소 안정되었다.
>
> —『강한집』 제15권 무민 황공의 묘지명
>
> ○ 또 충청병사에 올라 진영을 안성으로 옮길 때 경성에 있던 적들이 이미 달아났는데 상주의 적암까지 추격하여 누차 섬멸하였고 함안까지 뒤쫓아 가서는 크게 승리를 거두었습니다.
>
> —『일성록(日省錄)』 정조 23년(1799) 8월 22일

30. 불길한 먹구름

1593년 5월 초.

한양을 점령했던 일본군은 약 1년 만에 한양을 버리고 경상도로 총퇴각하기 시작했다. 그들은 서생포와 부산포, 웅천 등 남해안 지역에 견고한 왜성을 쌓고, 그 안에서 농성전을 벌이는 작전을 구상했다.

일본군은 표면적으로는 명의 강화회담 제의에 응하여, 화친조약이 체결될 때까지 일시적으로 물러난다는 명분을 내세웠다. 하지만 그들의 속사정을 들여다보면, 명나라의 대규모 참전과 조선군의 거센 반격, 고질적인 군수 보급 차질, 전염병 창궐 등으로 전체 전황이 점점 더 자신들에게 불리해졌으므로 후퇴하지 않을 수 없었다.

조선군은 일본군이 경상도 해안가로 퇴각을 시작하자, 이를 추격하여 섬멸하려고 했다. 단 하루라도 빨리 조선 땅에서 왜놈들을 완전히 몰아내고 싶었기에 지극히 당연한 반응이었다. 그러나 그런 조선 군관민의 뜨거운 바람과 달리, 명군의 총사령관 이여송은 조선 측이 후퇴하는 일본군을 털끝 하나 건드리지 못하게 막았다. 명나라 입장에선 평양성 탈환을 통해 만주로의 전쟁 확대 가능성을 막는 데 성공했다. 명군 참전의 1차 목표는 이미 달성해놓은 셈이었다. 그런 상황에서 자칫 무리해 확전했다가는 벽제관 전투에서와 같이 막대한 피해를 입을 수도 있었다. 기세가 꺾이기는 했으나 일본군은 여전히 만만하게 볼 대상이 아니었다. 명군은 적당한 선에서 일본과 화친을 맺고, 중국으로 돌아가고 싶어 했다.

선조 임금을 비롯한 조선 조정은 일본과의 화친 시도에 강하게 반대했지만, 상국인 명나라의 뜻을 끝내 거역할 순 없었다. 결국 한양에서부터 남하하는 일본군을 명군이 뒤따라가며, 조선군이 함부로 공격하지 못하게 막아주는 일이 곳곳에서 벌어졌다. 조선군은 자신들의 눈앞에서 '철천지원수'들이 태연하게 걸어서 후퇴하는데도, 어쩌지 못하고 그저 지켜보기만 해야 했다.

일본군의 주력 부대가 대부분 경상도 해안가로 내려가자, 조선 관군과 의병도 명나라 군대를 따라 속속 남하했다. 명나라 군대는 대구와 남원, 상주 등에 주로 머물렀다. 조선군은 명군과 보조를 맞추면서도 일부는 함안과 의령 등 경상도 내륙 지역까지 깊숙이 들어가 일본군을 견제했다.

충청도 병마사 황진도 자신의 병력 700여 명을 이끌고 경상도로 내려왔다. 그가 합류하자 조선군 진영에 화색이 돌았다. 황진은 이미 조선군과 명군 내에서도 모르는 사람이 없는 인물이었다. 그의 합류만으로도 병사들의 사기가 진작됐다.

1593년 5월 중순, 경상도 상주에 주둔 중이던 황진의 군막 앞.

"이리 오너라. 게 아무도 없느냐? 새로 온 김해부사가 우리 충청 병사님 좀 만나러 왔다고 전해라."

두정갑을 입은 8척 장신의 사내가 말 등에서 훌쩍 뛰어내리더니, 황진의 막사 앞에서 고래고래 큰 소리를 쳤다. 황진의 막사 앞을 지키던 보초병들이 사내의 등장에 깜짝 놀라, 창으로 막아섰다. 막사 밖이 소란스럽자 안에 있던 황진이 밖으로 나왔다.

"왜 이리 소란스러운가? 아니 이게 누군가! 종인이 아닌가?"

"형님. 아니, 이젠 병마사 대감이라고 불러야죠? 황진 병마사 대감! 접니다. 종인입니다. 하하하!"

임진년 전쟁이 발발하고 한 번도 만나지 못했던 황진과 이종인이 오랜만에 마주 앉았다. 황진이 명군에게서 선물로 받은 백주를 마시며 두 사람은 모처럼 이야기꽃을 피웠다. 이종인은 황진의 활약상을 소문으로 익히 들었다. 황진이 웅치·이치에서 어떻게 싸웠으며, 한강 사평, 안성 등지에서 무슨 전공을 세웠는지 이미 알고 있었다.

"자네 경상도에서만 있었다면서 어떻게 그리 내 소식을 잘 아는가? 누가 따로 일러주는 사람이라도 있었나?"

황진이 자신의 소식을 너무 잘 알고 있는 이종인에게 의아한 듯 물었다. 이종인은 술을 한 잔 쭉 들이켜고는 말했다.

"형님! 제가 얼마 전까지 초유사 학봉 김성일 대감을 지근거리에서 모셨습니다."

이종인은 초유사 김성일의 호위부장으로 일하며, 각종 전황 정보를 가까이서 함께 보고 들을 수 있었다. 김성일은 이종인이 황진과 매우 가까운 사이라는 것을 안 연후에는 황진의 활약 소식이 들어올 때마다 이종인을 따로 불러 알려줬다.

"초유사 어른이 저에게 형님 칭찬을 많이 하셨습니다. 형님에게 빚이 있다고도 하셨습니다. 형님이 어르신을 많이 미워할 거라고 생각하시는 것 같았습니다만……."

이종인이 황진의 술잔에 술을 따르며 말했다.

"내가 어찌 학봉 대감을 미워하겠나! 이미 다 지난 일이네. 이제는 힘을 합쳐 왜적을 물리치는 것보다 중요한 일은 없네! 다시 만나 뵙거든 꼭 나는 괜찮다고 전해주시게."

황진의 대답을 듣던 이종인이 잠시 짧은 한숨을 쉬었다.

"형님…… 아직 모르시는군요! 학봉 대감께서 열흘 전 돌아가셨습니다. 유언에 따라 조용히 상을 치른 터라 알려지지 않았습니다. 몸을 돌보지 않고 일하시다가 그만 몹쓸 병을 얻어 돌아가셨습니다."

이종인은 김성일이 경상도 우병사로 내려왔다가 전쟁이 발발하자 통신사 시절의 잘못된 보고 때문에 한양으로 압송됐던 사연, 그리고 극적으로 방면되어 초유사로 임명된 과정, 그리고 이후 1차 진주성 전투 등을 지원하기 위해 몸을 아끼지 않고 백방으로 뛰어다닌 뒷이야기를 쏟아냈다.

이종인의 이야기 속 김성일은 황진이 예전에 통신사 시절 알던 그 김성일이 아니었다. 김성일은 일본의 침략 정보를 간과하게 만든 자신의 뼈아픈 잘못을 조금이라도 속죄하기 위해 그야말로 온몸을 불살랐던 것이다.

황진은 말없이 술을 들이켰다. 통신사 정사 황윤길에 이어 부사 김성일마저 세상을 떠났다. 자신이 모셨던 통신사 정사와 부사, 두 대감 모두 이제 더는 이 세상 사람들이 아니었다. 술기운 탓일까? 황진은 두 사람과 통신사 사행을 다녀온 것이 바로 엊그제 같다는 느낌이 들었다. 3년 전 그때의 기억이 잔잔하게 밀려왔다.

황진은 그날 저녁 진주성으로 향하는 이종인을 멀리까지 배웅했다. 호위 병사들과 함께 말을 타고 가는 이종인을 바라보고 있노라니, 저 멀리 남쪽 하늘에 거대한 먹구름이 몰려오고 있었다.

1593년 5월 말, 조선군 진영에 흉흉한 소문이 돌기 시작했다. 조만간 일본군이 대병력을 동원해 진주성을 공격할 거라는 내용이었다. 부산포 등의 일본군 점령지에서 도망쳐 온 피란민들의 입을 통해 흘러나온 정보였다. 황진을 비롯한 조선군 장수들과 의병장들은 처음에는 그런 소문을 믿지 않았다. 명군과 일본군 간 휴전 협상이 이제 막 시작됐는데, 일본군이 느닷없이 진주성을 공격할 이유가 없어 보였기 때문이었다. 하지만 도원수 권율이 소집한 회의에서 소문은 사실로 확인됐다.

강화회담의 일본 측 대표인 고니시 유키나가가 명나라 대표인 심유경에게 자신들이 곧 진주성을 대대적으로 공격할 것이라고 귀떰해주었다. 심유경은 그 자리에서 "강화회담 때는 서로 공격하지 않기로 했잖소? 이것은 약속 위반이오. 당장 공격 계획을 철회하시오!"라고 요구했다.

하지만 고니시는 "약속을 위반한 것은 조선이 먼저요! 우리 측 잡병들이 물과 땔감을 구하러 갔다가 조선군에게 공격당해 죽는 일이 끊이지 않고 있소!"라고 반박했다. 이어 이번 진주성 공격은 도요토미 히데요시가 직접 지시한 보복전이어서, 자신들도 거역할 수 없다고 설명했다.

도요토미는 1592년 10월 1차 진주성 전투에서 3만의 병력으로 3800여 명의 조선군에게 패배했던 것을 뼈아프게 기억하고 있었다. 그는 또한 진주성을 손아귀에 넣어 곡창지대인 호남으로 가는 길목을 확보하는 한편 명군과의 강화협상에서도 유리한 위치에 서자는 계산도 한 것으로 보였다.

도요토미는 조선에 출전한 휘하 모든 장수들에게 15개 항의 지침을 내렸다. 그 내용은 진주성을 총공격해 한 명도 남김없이 죽일 것, 진주성을 함락시킨 뒤에는 전라도를 공격할 것, 전라도를 공략한 뒤에는 부산포와 연결되는 성을 쌓고 굳게 지킬 것 등이 포함되어 있었다. 일본군은 이를 완벽하게 수행하기 위해 추가 병력과 군수 물자까지 본국에서 따로 보충받았다.

심유경이 비극을 피할 수 있는 방도를 묻자, 고니시는 "이번에 진주로 가는 우리 일본 군대가 30만 명이나 되니, 조선군은 아마도 당해내지 못할 것이오. 편지를 보내서 은밀히 알려, 진주의 백성들로 하여금 공격의 예봉을 피하게 하시오. 공격하는 일본군도 성이 텅 비고, 사람이 없는 것을 보면 즉시 철병할 것이오"라고 말했다.

심유경은 고니시의 발언 내용이 진실로 심상치 않다고 판단해 조선군 측에 이를 곧바로 전했다. 일본군의 갑작스러운 공격 통보에 명군과 조선군 모두 당황하지 않을 수 없었다.

명군 총지휘부는 일본군에 진주성 공격 중지를 거듭 요구했으나, 일본군은 끝내 들어주지 않았다. 당시 대구와 상주, 남원 등에 주둔한 명군이라고 해봤자 1만여 명에 불과했다. 도원수 권율이 이끄는 조선 관군과 의병을 통틀어도 2만 명을 넘기 어려웠다. 진주성에는 수성 병력이 3000여 명밖에 없었다. 고니시의 말대로 일본군이 대규모 병력을 동원해 총공격을 해 온다면 진주성은 도저히 버티어낼 수 없었다. 설상가상으로 조선군 내부에선 임박한 일본군의 진주성 공격에 어떻게 대처할지를 놓고 서서히 갈등이 싹트기 시작했다.

진주성의 운명은 그야말로 바람 앞의 촛불이었다.

○ 경상우병사 최경회가 치계하였다.

"신은 황진 등과 더불어 물러나서 진주를 지키고 있고, 권율 등은 물러나서 의령을 지키고 있습니다. 19일 박진 등의 비밀 전통에 의하면, 장파총에게서 받은 심유격의 전첩(傳帖)에 '일본이 진주를 공격하는 것은 저들이 지난해에 살육당한 것을 분하게 여겨서이다. 그리고 송노야의 금약(禁約)의 명이 분명히 있는데도 어찌하여 귀국 병사들은 풀을 베는 일본 군사를 자주 죽이는가? 관백이 보낸 글에 '저들이 이미 대명(大明)의 약속을 따르지 않으니 너희들도 진주를 공격하여 그 성지를 격파하여 지난날의 수치를 씻으라'라고 하였으므로 본부가 선봉 소서행장·대총병 우희다수가·부총병 삼성 등에게 재삼 만류하였다. 나의 만류하는 말을 듣고 저들이 비록 관백에게 이문하기는 하였지만, 회신이 오려면 10일 이상이 걸릴 것이니, 아마도 늦어서 일이 낭패가 될 것이다. 또 행장이 나의 말이 절박한 것을 보고는 안색을 변하며 말하기를 '이번에 진주로 가는 우리 일본 군대가 30만 명이나 되니 아마도 당해내지 못할 것이다. 편지를 보내어 은밀히 알려 진주 백성들로 하여금 미리 예봉(銳鋒)을 피하게 하라. 그렇게 하면 우리 일본 군대도 성이 텅 비고 사람이 하나도 없는 것을 보고는 곧 철병하여 동쪽으로 돌아올 것이다' 하였다. 이는 선봉 행장의 말이므로 믿을 수 있으니, 조선의 장령들도 이를 알아야 할 것이다'라고 하였습니다."

—『조선왕조실록』 선조(수정실록) 26년(1593) 7월 10일

31. 진주성으로 들어간 자들

1593년 6월 초.

조선군 진영은 잔뜩 긴장하지 않을 수 없었다. 일본군이 조선 땅에서 자신들이 가용할 수 있는 거의 모든 병력을 동원해 진주성을 치겠다고 협박했기 때문이었다.

"진주성을 비워라. 그러지 않으면 진주성 안의 살아 있는 모든 것들이 죽는다!"

고니시 유키나가는 조선 측을 노골적으로 겁박했다. 일본군 점령지인 부산포 등지에서 들어오는 첩보를 보면, 이는 결코 허풍이나 과장이 아니었다. 남해안 지역까지 후퇴한 일본군은 본국에서 수송해 온 군수물자로 전열을 재빠르게 재정비했다. 한양에서 남하할 때 봤던, 패잔병의 몰골은 이미 사라진 지 오래였다.

조선 조정도 사태의 심각성을 인지했다. 선조 임금은 명군 총사령관 이여송에게 수차례 진주성을 지켜줄 것을 간청했다. 명군이 진주성을 지키면 일본군도 어쩌지 못하리라는 기대에서였다. 하지만 명군은 일본과 화친을 맺어, 이번 전쟁을 빨리 매듭짓는 데만 관심을 보일 뿐, 진주성 수성에는 미온적 태도를 보였다. 사실 일본군이 진주성 한 곳에 자신들의 거의 전 병력을 집중해 공격을 감행할 경우, 명군도 마땅한 대처 방도가 없었다. 당시 명군의 상당수는 한양 도성과 그 주변에 주둔했다. 일본군을 쫓아 경상도와 전라도 남부 지역까지 내려온 명군은 1만여 명에 불과한 실정이었다.

선조와 조정은 도원수 권율 등 조선군 수뇌부에도 진주성을 사수하라는 교지를 내렸다. 하지만 이는 현실적으로 이행하기 어려운 허울뿐인 명령이었다. 조선군에는 10만 왜군과 대적할 병력이 없었다. 그러잖아도 전쟁 통에 나라 곳간이 텅텅 빈 조선은 명군의 군량미까지 조달해주는 바람에 자체적으로 대병력을 꾸릴 여력이 없었다.

사정이 그렇다보니 조선군 내부에선 진주성 대응 방안을 놓고 논란이 불거졌다. 진주성 백성들을 지키고, 나아가 호남을 지키기 위해서라도 진주성에 입성해 싸워야 한다는 수성론과 고립된 진주성에서 일본군 대병력에 맞서는 것은 전술적으로 무모하다는 현실론이 서로 맞섰다.

"황진 병마사 계시오?"

조선군 내부에서 진주성을 둘러싼 논란이 가열되고 있던 어느 날, 의병 총대장 격인 창의사 김천일이 밤늦게 황진의 처소를 직접 찾았다. 김천일은 조선군 내부에서도 가장 강경하게 진주성 사수를 주장하고 있던 인물이었다. 그는 자신과 경상우병사 최경회 등이 진주성에 들어가 싸울 계획이라며, 황진에게 총사령관을 맡아 달라고 간곡히 부탁했다.

"호남은 나라의 근본이고, 진주성은 호남의 울타리 아니겠소. 우리가 함께 진주성을 지켜 호남을 지킵시다. 비록 왜적의 수가 많다고는 하나, 황 병사가 우리를 도와주고, 군관민이 하나가 되어 싸운다면, 지난해처럼 분명히 승산이 있을 것이오!"

김천일과 최경회를 비롯한 수성론자들은 황진 같은 불세출의 용장이 있었기에 환갑이 가까워 혼자 힘으로 활을 쏘기도 힘든 문관 출신의 권율이 이치에서 승리할 수 있었다고 믿고 있었다. 그들은 자신들도 황진과 함께한다면 진주성에서 이길 수 있다고 생각했다.

1537년 전라도 나주에서 출생한 김천일은 서인 계열의 관료 출신이었다. 그는 임란이 발발하자, 나주에서 의병을 일으켜 경기도와 강화도 등으로 북상해 활동했다. 그는 늙고 병약했지만, 강인한 의지와 기개로 의병부대를 이끌었다. 그는 그 공을 인정받아 선조로부터 창의사(倡義使)라는 군호까지 받았다. 김천일은 명나라와 일본의 강화회담이 시작되자, 한때 화병으로 앓아누웠다. 하지만 선조로부터 왜적을 추격하라는 교지가 내려오자 병상에서 벌떡 일어나 "내가 이제 죽을 곳을 얻었다!"며 의병 300여 명을 이끌고 남하한 인물이었다.

"병마사 대감! 김해부사의 서찰이옵니다."

황진이 김천일과 진주성 문제를 의논하고 있을 때, 황진의 시종이 김해부사 이종인이 보낸 편지를 가져왔다.

이종인은 이미 자신의 휘하 병력을 이끌고 진주성에 들어간 상태였다. 초유사 김성일의 부관으로 1차 진주성 전투에도 참전했던 이종인은 망자가 된 김성일의 유지를 받들어, 다시 한번 진주성을 사수하겠다고 편지에서 다짐했다.

"황 병사, 무슨 내용이오?"

황진이 편지를 읽고 잠시 침묵하자, 김천일이 궁금한 듯 물었다.

"별거 아닙니다, 창의사 대감! 저의 뜻은 이미 정해졌습니다. 경상도의 많은 백성들이 지난해처럼 진주성으로 들어가면 살 수 있다고 그곳으로 모여들고 있다고 합니다. 이미 그 수가 3만을 넘었다고 하니, 저는 결코 이들을 버릴 수 없습니다. 백성들이 있는 곳에 제가 있을 것입니다."

"황 병사, 참으로 고마우이. 주상께서도 진정으로 기뻐하실 게요."

황진이 진주성에 함께 입성해 왜적과 싸우겠다고 약속하자, 김천일은 황진의 두 손을 꼭 잡으며 고마움의 눈물을 흘렸다.

며칠 후 조선군 수뇌부와 의병장들은 경상도 의령에 모여 진주성을 지킬 계책을 논의했다. 그 자리에서 도원수 권율과 순변사 이빈, 의병장 곽재우, 창의사 김천일 등 주요 참석자들은 서로 고성이 오가는 격론을 벌였다.

순변사 이빈은 선조의 교지에 따라 참석자들에게 "흉적의 계획이 반드시 진주를 함락시키고 말 것이니, 먼저 들어간 군사로서는 지키기 어렵소. 우리가 의병을 더 보내면 기세를 더할 수 있을 것이오"라며 진주성에 구원병을 보내자고 호소했다. 김천일과 최경회 등이 고개를 끄덕이며 동조했다.

하지만 의병장 곽재우는 "지금 적병의 세력을 당해낼 수가 없는데, 3리 되는 외로운 성을 어찌 지켜낸단 말이오! 하물며 모든 군사가 다 성중으로 들어가버리면 안팎에 응원하는 세력이 없어지니 나는 마땅히 밖에 있어 응원하고, 진주성에는 들어가지 않겠소"라며 반대 의견을 밝혔다.

경상우감사 김륵이 비협조적인 곽재우를 향해 "장군이 대장의 영을 따르지 아니하니 군율은 어찌하겠소"라고 역정을 냈다.

곽재우는 이에 "나 한 몸 죽고 사는 것은 아깝지 않으나, 수많은 전투를 벌이며 경험을 쌓은 금쪽같은 군사들을 어찌 승산 없는 싸움에 몰아넣는다는 말이오. 나는 차라리 자결을 할지언정 진주성에는 들어가지 않겠소!"라고 맞섰다. 조선군 관군 지휘관 상당수와 경상도 의병장들이 대부분 곽재우의 말에 동조했다.

이빈은 논쟁이 격화되자, 곽재우에게 진주성에 들어가지 말고, 밖에서 정암진을 지키라며 한발 물러섰다. 사실 의병들에게 진주성에 들어가라고 명했던 이빈과 김륵도 자신들이 직접 진주성에 들어가야 한다면 주저했을 그런 상황이었다. 그날 회동은 끝내 진주성 수성 계책에 합의하지 못하고 끝났다.

의령 회동이 파한 후 홍의장군 곽재우는 황진을 찾아갔다. 황진이 김천일을 따라 진주성에 들어간다는 소문을 들었기 때문이었다.

"장군은 충청도 병마사이니 경상도의 진주성 수비와는 직접적인 관계가 없소. 진주성에 들어가지 않는다고 해서 그 누구도 장군을 비난할 수 없을 거요. 그런데도 장군같이 중요한 사람이 왜 조정의 특별한 하명도 없는데, 뻔히 죽을 곳으로 들어가겠다는 거요? 부디 나와 함께 성 밖에서 싸웁시다. 그래서 후일을 도모합시다!"

하지만 황진은 곽재우의 제안을 정중히 거절했다.

"나는 이미 창의사께 진주성에 함께 들어가겠다고 약속을 했소이다. 어찌 저버릴 수 있단 말이오? 우리가 안에서 싸우고, 공들이 밖에서 호응하면 반드시 이길 것이오!"

황진의 뜻이 너무 확고해 더이상 말릴 수 없다는 것을 깨달은 곽재우는 그날 밤늦게까지 황진과 석별의 술잔을 기울였다.

1593년 6월 14일.

진주성 수성을 가장 강력하게 부르짖던 창의사 김천일이 먼저 진주성에 들어갔다. 이어 15일에는 충청병사 황진과 경상우병사 최경회, 전라병사 선거이, 조방장 이계정, 복수의병장 고종후 등이 각자 휘하 병력을 데리고 차례로 진주성에 입성했다.

당시 진주성에는 6만여 명의 백성들이 몰려들어 있었다. 그들은 경상도 일대에서 일본군의 학살과 도적질을 피해 진주로 피란 온 이들이었다. 그들은 진주성으로 조선군이 집결하는 것을 보고 기뻐했다. 특히 입소문으로만 들었던 이치 대첩의 명장 황진이 진주성에 왔다는 사실에 군사들과 백성들의 사기가 충천했다.

부산포에서 일본군의 대규모 병력이 진주를 향해 출발했다는 첩보가 당도하면서, 진주성 상황은 더욱 긴박해졌다. 특히 진주로 향하는 일본군의 행군 행렬이 수십 리나 이어질 정도라고 알려지자, 조선군 내부에선 다시금 회의론이 고개를 들었다.

마침내 일본군 선봉대가 16일 함안에 이르렀다는 소식을 접하고, 도원수 권율은 전라도 병마사 선거이 등 휘하 관군 장수들에게 진주성에서 철수하라고 명했다. 명군이 움직이지 않는데, 조선군만 단독으로 움직여 어찌해볼 수 있는 상황이 아니라고 권율은 판단했다.

권율의 명령을 받은 관군들이 썰물처럼 진주성을 빠져나가자, 성안에 남은 병력은 6000여 명에 불과했다. 그중 절반은 원래부터 진주성에 있던 수성군(관군)이었고, 나머지는 김천일과 황진, 최경회 등이 데리고 들어간 호남 의병과 충청, 경상 지역 관군들이었다.

일본군 지휘관인 다이묘들은 진주성 함락에 실패하면, 도요토미로부터 자결 명령과 영지 몰수의 처벌을 받게 되어 있었다. 그래서일까? 그들은 확실히 1차 진주성 전투 때와는 다른 결기로 이번 작전에 임했다. 1차 때는 곧장 진주성으로 달려왔지만, 이번에는 이동 경로부터 달리했다. 일본군은 진주성을 본격적으로 공략하기 전에 그 주변 지역을 차례차례 장악해나가는 방식을 사용했다. 혹시라도 후방에서 명군이나 조선군이 진주성을 지원할 일말의 가능성조차 철저히 차단하기 위해서였다.

계절은 어느덧 장마철로 접어들고 있었다. 남쪽 바다에서 비를 잔뜩 머금은 먹구름이 몰려오고 있었다. 그와 동시에 10만의 일본군이 거대한 해일처럼 진주성으로 밀려오고 있었다.

○ 장차 진주로 가려고 하니 곽재우가, "진주는 고립된 성이라 지켜낼 수 없고, 또 공은 충청도 절도사이니, 진주를 지키다가 죽는 것은 맡은 직분이 아니오" 하고 황진을 말렸으나, 황진은, "내가 이미 가겠다고 창의사 김천일에게 승낙하였으니, 비록 죽는 한이 있더라도 식언하지는 못하오" 하였다. 곽재우가 드디어 술을 권하고 이별하였다.

—『연려실기술』 제17권

○ 이때 변보(邊報)가 매우 위급하자 창의사 김천일이 군사 300명을 거느리고서 6월 24일 진주로 달려 들어갔고, 충청병사 황진이 700명, 경상우병사 최경회가 500명, 의병복수장 고종후가 400명, 부장 장윤이 300명, 의병장 이계련이 100여 명, 의병장 변사정의 부장이 300명, 의병장 민여운이 200명의 군사를 거느리고서 이미 먼저 와서 본부 목사 서예원과 김준민·이종인 등과 수성을 의논하고 있었다.

7월 19일에 전라병사 선거이와 홍계남 등이 군사를 거느리고 와서 사태를 보고는, 적은 많고 우리는 적으니 물러가서 내면을 지키는 것이 낫다고 하자, 김천일이 강력히 저지하였으나 거이와 계남 등은 성을 나가 운봉에 진을 쳤다.

—『조선왕조실록』 선조 26년(1593) 7월 16일

32. 진주성 전투 1

1593년 6월 19일.

"진주성에서 모두 철수하라!"

전라도 병마사 선거이와 경기도 조방장 홍계남 등이 이날 도원수 권율의 명에 따라, 자신들의 군사를 이끌고 진주성을 빠져나갔다. 진주성 싸움 한판에 조선군의 모든 것을 거는 도박을 할 수는 없다는 판단에서였다.

진주성 안의 백성들은 불안에 휩싸였다. 성안에 흉흉한 기운이 감돌자, 창의사 김천일이 백성들을 향해 외쳤다.

"주상께서 우리에게 진주성을 지키라 명하셨다! 천군(명군) 30만 명이 우리를 도우러 달려오고 있다! 이치의 승장 황진도 우리와 함께한다! 성안 군량미도 몇 달을 견딜 만큼 충분하다! 우리가 지난해처럼 힘을 합쳐 싸우면 반드시 왜적을 물리칠 수 있을 것이다!"

동요하던 진주성 백성들은 명군이 구원하러 오고 있고, 명장 황진이 자신들을 위해 싸운다는 소리에 조금 진정됐다. 진주성 주변 고을에서 피란 온 백성들의 생생한 증언도 민심 동요를 막는 데 한몫했다.

일본군은 명군과 조선군의 진주성 외부 지원을 차단하기 위해, 진주 주변 지역 고을들에 2만여 명을 배치했다. 그들은 진주로 가는 길목을 죄다 봉쇄하면서, 닥치는 대로 약탈과 방화를 일삼고 있었다.

진주성 내의 피란민들은 이제 와 살겠다고 성 밖에 나가더라도, 얼마 가지 못해 왜놈들의 좋은 사냥감만 될 뿐이었다. 이제 그들 앞엔 죽으나 사나, 진주성과 운명을 같이하는 길만 남은 상황이었다.

"성문을 열어라!"

선거이와 홍계남 부대의 갑작스러운 이탈로 허탈해하던 진주성에 그날 오후 중요한 손님들이 찾아왔다. 명군 부총병 왕필적과 상주목사 정기룡이 왜적들의 감시와 봉쇄를 뚫고 진주성을 방문한 것이었다. 명군의 원병을 학수고대하고 있던 김천일과 최경회 등은 버선발로 달려 나가 그들을 맞았다.

왕필적은 직접 진주성 안팎의 대비 태세를 살펴본 후 "천혜의 요새로다!"라고 칭찬했다. 그는 총병 유정의 구원 부대가 대구를 출발해 함안까지 와 있다며, 유정의 부대가 진주성을 구원할 것이라고 약속하고는 돌아갔다. 하지만 왕필적의 약속은 끝내 지켜지지 않았다. 조선 조정에서 계속 이여송에게 도움을 요청하며 매달리자 왕필적이 진주성을 찾아와 최소한의 성의만 보인 것뿐이었다. 사실 왕필적은 진주성의 병력이 자신의 예상보다 훨씬 적은 것에 놀라, 내심으로는 원병 파견을 포기한 상태였다. 김천일을 비롯한 진주성 지휘부를 안심시키기 위해 겉으로만 구원을 다짐했던 것뿐이었다.

다음 날(6월 20일) 아침, 의병장 오유와 이잠이 성 밖 정찰을 나갔다. 두 의병장이 성을 빠져나간 지 얼마 지나지 않아, 일본군 기마병 200여 명이 진주성 동북쪽 산상에 출몰했다. 그중 일부는 마현 정상까지 올라가 진주성의 내부를 살폈다. 성안에선 오유와 이잠 등의 신변을 걱정하는 목소리가 나왔다. 하지만 걱정과 달리, 두 의병장은 적의 수급 몇 개를 허리와 말안장에 매달고 무사히 복귀했다. 정찰 중 맞닥뜨린 일본군들을 해치운 것이었다. 진주성 군사와 백성들은 두 의병장의 무사 귀환을 크게 기뻐했다.

진주성에는 원래 진주목사 서예원 휘하의 수성군 3000명 외에 충청, 전라, 경기 등지에서 온 관군과 의병 3000여 명이 합류한 상태였다. 그들은 그 전까지 서로 손발을 맞춰본 적이 없었다. 일본군과 제대로 붙으려면 지휘 체계의 정비가 필요했다.

명목상 진주성의 최고 지휘관은 진주목사 서예원이었다. 하지만 김천일과 최경회 등은 그를 신뢰하지 못했다. 특히 김천일과 서예원은 당색과 지역색, 개인적 성향 등이 복잡하게 뒤얽혀, 이후 2차 진주성 전투 내내 극한 감정 대립을 반복했다.

결국 김천일과 최경회는 서예원 대신 자신들이 최고 지휘관 역할을 맡았다. 하지만 당시 김천일은 늙고 병약해 성안에서 이동할 때조차 가마를 타야만 했다. 환갑을 넘긴 최경회도 두꺼운 갑옷을 입고 전투에 나서기 힘든 건강 상태였다. 무엇보다 그들은 문관 출신으로 이번과 같은 큰 전투를 지휘해본 경험이 없었다.

두 사람은 전투와 전술 작전에 관해선, 지휘 경험이 풍부할 뿐 아니라 성안의 조선군 제장들과 병사들의 존경과 신뢰를 한 몸에 받고 있는 황진에게 전적으로 의지할 수밖에 없었다. 그리하여 진주성 순성장을 맡은 충청병사 황진을 필두로 사천현감 장윤이 좌의병부장, 김해부사 이종인과 거제현령 김준민이 각각 부장을 맡아 전투를 이끌게 됐다.

이들은 황진과 개인적 인연이 깊었다. 모두 출중한 지휘력과 무예를 겸비했지만 임진왜란이 일어나기 전까지 출세와는 거리가 멀었던 숨겨진 인재들이었다. 김해부사 이종인은 황진 못지않은 출중한 무예 실력을 갖고 있었으며, 황진과는 형 아우로 지내며 생사를 함께하기로 맹세한 사이였다. 사천현감 장윤은 뛰어난 지략과 무예 실력을 갖춘 인물이었다. 거제현령 김준민은 황진, 이종인 등과 함께 북방 여진족 이탕개의 난을 토벌할 때 이름을 떨친 역전의 용사였다.

1593년 6월 21일.

이날도 일본군의 척후 기마병들이 동북쪽 산(마현) 위에 나타났다. 그들은 높은 곳에서 진주성을 굽어보며, 성안의 조선군 전투 준비 상황을 정탐하고 돌아갔다.

진주성의 운명이 바람 앞의 촛불처럼 위태로워지자, 선조는 명군 총사령관 이여송에게 거듭 구원을 요청했다. 당시 명군은 상주(왕필적 부대)와 선산(오유충 부대), 대구(유정 부대), 거창(이왕, 조승훈 부대), 남원(낙상지, 사대수 부대) 등에 주둔 중이었다. 하지만 그들은 끝내 조선 조정의 구원 요청에 응하지 않았다.

도원수 권율이 이끄는 조선 관군과 경상도 의병들도 진주성을 외면하기는 마찬가지였다. 그들은 진주성으로 달려가지 않고, 멀리 운봉으로 물러나 사태를 관망하며, 명군의 눈치를 보는 데 급급했다.

마침내 6월 22일 이른 아침. 일본군 본진이 진주성 앞에 그 위용을 드러냈다. 10만의 대병력이 진주성을 세 겹, 네 겹으로 꽁꽁 포위했다.

진주성 남쪽에는 남강이 흐르고, 서문과 북문 쪽은 해자가 깊게 파여 있어 수성에 유리했다. 그러나 동문 쪽은 지대가 낮을 뿐 아니라 물이 잘 괴는 땅에 자리 잡고 있어, 성벽이 탄탄하지 못했다. 조선군은 일본군이 취약 지점인 동문 쪽으로 주로 공격해 올 것으로 예상하고 있었다.

일본군은 가장 격전이 예상되는 동문 쪽에는 총사령관 우키타 히데이에가 지휘하는 제3대(1만 8000여 명)를, 북문은 가토 기요마사의 제1대(2만 5000여 명)를, 서쪽은 고니시 유키나가의 제2대(2만 6000여 명)를 배치했다. 남문 쪽은 남강이 흘렀기 때문에 일본군은 따로 공성 병력을 배치하지 않았다. 이어 모리 히데모토의 제4대(1만 3600명)와 고바야카와 다카카게의 제5대(8744명)가 예비 병력으로 진주성 주변 지역에 포진했다. 이들은 혹여 있을지 모를 조선군과 명군의 진주성 구원 시도를 차단하는 임무를 맡았다. 조선 침략에 참가한 일본의 유명한 사무라이 장수들이 진주성 앞에 총집결한 형국이었다. 그들은 10만 명의 대병력과 함께 일본 전국시대 공성 전투에 사용됐던 다양한 전술과 무기를 총동원해 왔다.

도원수 권율의 명을 따라 운봉까지 물러났던 홍나비 홍계남은 황진이 못내 걱정되어, 자신의 부대를 이끌고 뒤늦게 진주성에 접근하려 시도했다. 하지만 이미 진주성으로 가는 모든 길목이 일본군에 봉쇄된 상태였다. 홍계남은 하는 수 없이 주변의 높은 산에 올라 진주성 쪽을 바라봤다. 일본군에 겹겹이 둘러싸인 진주성의 모습은 마치 거대한 바다 위에 뜬 작은 조각배처럼 애처로워 보였다. 홍계남은 진주성과 황진의 운명을 예감한 듯, 하염없이 눈물을 흘리며 운봉으로 철수했다.

22일 오전 여덟 시경. 드디어 조선의 무쌍 황진이 이끄는 조선군 6천여 명 대(對) 도요토미 가신단이 이끄는 일본군 10만여 명의 단두대 대결이 막을 올리려 했다. 일본군 기병 500여 명이 북산 정상에 올라 먼저 군세를 과시했다. 일본군의 최고 지휘부가 그곳에 진을 치고, 전장을 한눈에 내려다보면서 전투 지휘를 시작했다. 그곳에 모인 일본군 다이묘들은 각자 술잔을 따라놓고, 여유롭게 진주성 싸움을 구경하고 있었다.

일본군 입장에서 2차 진주성 전투는 도저히 지려야 질 수 없는 싸움이었다. 자신들의 승리는 너무도 당연했고, 관건은 얼마나 적은 손실로 빨리 끝내느냐였다. 몇몇 다이묘들은 도요토미의 눈에 들려고, 다른 부대보다 더 많은 공을 세우는 데 혈안이 돼 있었다.

일본군이 공격진을 펼치자, 황진은 북문에 장윤, 동문에 이종인, 서문에 김준민 등을 각각 배치했다. 황진은 말을 타고 성을 한 바퀴 돌며 전투태세를 점검한 후 북문 성루에 올랐다. 황진은 아군 6000여 명과 함께 일본군의 움직임을 예의 주시했다.

일본군 병사들은 장대 깃발을 흔들고 북을 치고 호각을 불고 구호를 외치며 전투 분위기를 한껏 돋우었다. 마침내 오전 아홉 시 무렵, 일본군은 먼저 진주성 서문과 북문을 향해 벌 떼처럼 몰려왔다. 그들은 조총부대의 엄호를 받으며 해자에 접근했다. 조선군은 성가퀴와 방패 등에 몸을 숨긴 채 활로 맞섰다. 일본군은 밑에서 올려다보며 조총을 쏘았기 때문에 위력이 반감한 반면, 조선군은 높은 곳에서 내려다보며 활을 쏘았기 때문에 위력이 배가됐다. 해자의 물을 퍼내던 일본군 30여 명이 조선군의 활 공격에 한꺼번에 목숨을 잃기도 했다. 해가 기울자 일본군은 일단 물러났다.

일본군은 초저녁에 다시 다른 부대로 북문과 서문 공격을 개시했다. 일본군은 저녁 열 시가 다 돼서야 물러났다. 그들은 이어 자정에 또다시 쳐들어왔다. 일본군은 여러 부대가 교대로 체력 안배를 해가며 공성 작업을 펼쳤다.

반면 조선군은 황진의 지휘하에 이종인, 장윤, 김준민, 오유, 이잠, 강희보, 강희열 등의 장수들과 6000여 병사들이 거의 쉬지 못하고 계속 싸웠다. 황진은 목이 터져라 지휘하면서 활도 쉼 없이 쐈다. 얼마나 활을 많이 쐈는지 활시위를 당기던 엄지손가락이 문드러져 뼈가 보일 정도였다. 황진은 개의치 않고 엄지손가락을 천으로 칭칭 동여매고 계속 활시위를 당겼다.

일본군은 새벽 네 시가 되자, 마침내 그날 공격을 모두 종료했다. 길었던 진주성의 첫날 전투가 그렇게 막을 내렸다. 밤을 거의 뜬눈으로 지새운 조선군 병사들은 성곽 여기저기에 주저앉아 쪽잠을 청해야 했다.

조선군은 첫날 전투로 몸은 몹시 지쳤지만 사기만은 충천했다. 일본군의 공격 강도는 예상보다는 세지 않았다. 일본군의 수가 많다고는 하지만, 이 정도의 공격이라면 능히 막아낼 수 있겠다는 자신감을 얻었다.

하지만 일본군은 전술적으로 첫날 싸움에 전력을 쏟지 않았다. 그들은 방패로 몸을 가린 채, 흙주머니를 짊어지고, 성벽 앞 해자까지 접근했다. 그들은 성벽 위 조선군의 화살과 투석 공격을 피하며, 서문과 북문 앞 해자에서 물을 빼버리고, 흙더미를 쏟아붓기를 계속 반복했다. 1592년 10월의 1차 전투 당시 진주성의 해자 때문에 곤혹을 치렀던 일본군은 이번에는 아예 해자부터 메워버리고, 제대로 전투를 시작하겠다는 계획이었다. 일본군의 작전대로 다음 날(23일) 날이 밝았을 때, 진주성의 서쪽과 북쪽 해자는 흔적도 없이 메워져 있었다.

진짜 싸움은 그때부터였다.

○ 이달 21일에 적병이 비로소 진성(晋城)을 범하면서 곁에 있는 고을에 군사를 나눠 배치하여 밖의 원조를 막는 한편 본성을 백 겹으로 에워싸고 주둔하니, 사면 수백 리가 그들 군사로 가득하였다. 홍계남 등이 높은 곳에 올라가 바라보니, 깃발이 하늘을 가리고 함성이 땅을 진동하였으며, 포위 속에 있는 진주성이 마치 큰 바다에 뜬 외로운 배와 같았으므로 두려워서 감히 진격하지 못하였다.

—『조선왕조실록』 선조(수정실록) 26년(1593) 6월 1일

○ 이달 22일에 적이 성을 공격하기 시작하였다. 성안에서 사격하여 1진을 물리쳤으나 초혼에 다시 쳐들어와 한참 동안 크게 싸웠다. 밤새도록 전진 후퇴를 되풀이하다가 5경이 되어서야 그쳤다.

이에 앞서 성안에서는 성 남쪽에 있는 촉석루는 강물과 잇닿아 있는 험절한 곳이니만큼 적이 필시 범하지 못할 것이고, 서쪽과 북쪽은 참호를 파서 물을 채웠으니, 동쪽 한 곳으로만 적의 공격을 받게 되리라 생각하였었다. 그런데 이때에 와서 적은 참호의 물을 빼내고 흙으로 메워 큰길을 만들었는가 하면 곧장 성 밑을 파서 장대의 큰 돌을 운반해 내갔다. 성 위에서 시석이 어지럽게 떨어졌으나 적은 죽음을 무릅쓰고 모여들어 꼭 허문 뒤에야 그만두려 하였다.

—『조선왕조실록』 선조(수정실록) 26년(1593) 6월 1일

33. 진주성 전투 2

1593년 6월 23일 아침, 일본군에게 눈엣가시였던 북문과 서문 앞 해자가 모두 사라졌다. 일본군은 공성 무기들을 끌고, 다시 진주성 앞으로 밀물처럼 밀려들었다.

순성장 황진은 병사들에게 조금도 두려워 말고, 전날 전투 때처럼 용감하게 싸우자고 힘껏 독려했다. 진주성의 조선군과 백성들은 여전히 이여송의 명군과 권율의 조선군이 자신들을 구원하러 오리라 굳게 믿고 있었다. 그때까지 사력을 다해 일본군을 막아내자고 서로서로 격려했다.

하지만 전투가 개시되었는데도 외부 지원군의 모습은 어디에도 보이지 않았다. 진주성 내에선 명군과 관군이 아직 진주성의 상황을 몰라서 그런 것이니, 빨리 전령을 보내 상황을 알리고, 원병을 청하자는 목소리가 높아졌다. 창의사 김천일은 이 같은 의견을 수용해 부장 강희보의 부하 임우화를 전령으로 보냈다. 그런데 진주성을 은밀히 빠져나갔던 임우화는 얼마 못 가, 일본군 매복병에게 붙잡히고 말았다. 일본군은 그를 결박해, 자신들의 공격조 맨 앞에 세웠다. 진주성의 기세를 꺾어보려는 심리전의 일환이었다.

사흘째부터 일본군은 바퀴가 달린 길고 넓은 사다리와 투석기, 화살을 피할 만큼 큰 방패 등을 활용해 본격적인 공성전에 돌입했다. 일본도와 치도로 무장한 보병들이 개미 떼처럼 몰려와, 성벽을 넘으려고 발버둥을 쳤다.

조선군 병사들은 활을 쏘고, 창으로 찌르고, 돌로 내리찍으며 놈들의 공격을 막아냈다. 조선군의 활 사정거리 밖에 진을 친 일본군 조총부대가 성벽 위를 향해 계속 조총을 퍼부었다. 조선군은 성가퀴와 방패, 짚단, 돌무더기 뒤에 몸을 숨기며, 매서운 반격을 가했다. 일본군의 조총 사격이 잦아드는 순간을 놓치지 않고, 현자총통과 화살, 투석으로 용맹하게 싸웠다.

진주성의 해자만 메우면, 전투 상황이 자신들에게 절대적으로 유리하게 돌아갈 것으로 자신했던 일본군 지휘부는 조금씩 당황하기 시작했다. 시간이 흐르면서 일본군 측의 피해 규모는 눈덩이처럼 커져만 갔다. 진주성 앞에는 어느새 일본군 시체가 즐비했다.

이날(23일) 하루 동안 조선군은 일본군과 낮에 세 번 싸워 세 번 다 격퇴했고, 저녁에는 네 번 싸워, 네 번 다 물리쳤다.

"치쿠쇼(제길)!"

북산의 지휘부에 앉아 전투를 지켜보던 다이묘들의 표정이 일그러졌다. 더이상 진주성 전투는 그들이 술잔을 기울이며 즐길 만한 일방적인 학살의 유희가 아니었다. 자신들의 피를 부르는 생지옥 아수라장이었다.

진주성 전투 개시 사흘째인 6월 24일, 먼동이 터오자 일본군은 다시 진주성을 향해 파상 공세를 퍼부었다. 그러나 여전히 조선군의 완강한 반격에 밀려, 진주성 성벽에 다가서기조차 힘들었다. 그래도 포기하지 않고 계속 시도한 끝에 일부 병력이 북문과 서문의 성벽까지 접근하는 데 성공했다.

일본군이 긴 사다리를 타고 올라오려 하자, 그쪽 방면을 지키던 조선군 병사 일부가 겁을 집어먹고 뒷걸음질 치기 시작했다. 그때까지 잘 버텼던 진주성의 수비 대오가 그대로 무너질 수도 있는 첫 번째 위기였다.

그 순간 황진이 칼을 빼들더니 "나, 황진! 오늘 죽을 곳을 찾았다!"라며 문제의 성가퀴 쪽을 향해 뛰어갔다. 그의 부관들도 황진을 따라 수비병이 빠진 성가퀴 쪽으로 뛰어갔다. 물러났던 병사들은 황진의 우렁찬 고함과 그가 용감하게 앞으로 나가 싸우는 모습을 보고선, 그제야 자신들의 위치로 돌아갔다.

대부분의 장수들은 싸움에서 도망치는 군졸들을 보면 그 자리에서 목을 베어 군율을 바로잡곤 했다. 하지만 황진은 도망치는 부하들의 목을 베는 대신 스스로 더욱 앞으로 나가 싸움으로써 부하들을 돌아오게 만들었다.

황진이 움직일 때마다 그를 보호하기 위해 방패병 두 명과 화살 공급병들이 따라붙었다. 황진은 때로는 성 밑 일본군을 향해 활을 쏘고, 때로는 사다리를 오르는 일본군을 칼로 베며, 동에 번쩍, 서에 번쩍 활약했다. 조금이라도 밀리는 증후가 보이는 지점에는 몸소 지원병들을 데리고 달려갔다.

"아노모노가 모쿠소까(저자가 목사인가)?"

일본군 총사령관 우키타 히데이에는 서양 망원경으로 진주성 전투 상황을 유심히 살폈다. 갑옷 입은 조선군 장수 한 명이 방패 사이로 나타나 활을 쏘고 번개처럼 사라지길 몇 차례나 반복했다. 그의 화살 방향에 따라, 조선군들의 화살 공격 방향이 확확 달라지는 게 보였다.

일본군에게 진주성은 '모쿠소(목사)가 지키는 성'이었다. 1592년 9월, 1차 진주성 전투 때 진주목사 김시민에게 대패했던 악몽 때문에, 일본군에게 모쿠소는 '진주성 사령관'을 일컫는 고유명사이자 공포와 두려움의 대상이 되어버렸다.

일본군 입장에선 진주성 정도는 일본의 견고한 왜성들에 비하면, 그다지 구조가 복잡하거나 공략이 어려운 성이 아니었다. 이틀 또는 사흘 안에 충분히 함락할 것으로 믿었다. 하지만 엄청난 규모의 병력과 공성 무기를 쏟아부었는데도, 사흘째 단 한 명도 성벽을 넘지 못하고 있었다. 일본군들의 입에서 '이게 다 저 모쿠소 때문'이라는 분노와 탄식이 나올 수밖에 없는 상황이었다.

일본군 수뇌부의 머릿속엔 관백 도요토미 히데요시의 대로한 얼굴이 떠올랐다. 앞서 도요토미는 진주성에 살아 있는 모든 것을 죽이라고 엄명을 내렸다. 만일 다이묘들이 진주성을 함락하지 못하면 그들의 영지를 몰수하고, 볼모로 잡혀 있는 다이묘들의 가족들을 처형하겠다고 으름장을 놓았다. 그것은 단순한 엄포가 아니었다. 도요토미는 실제로 그러고도 남을 만큼 잔인한 인간이었다. 진주에 출동한 일본의 다이묘들은 도요토미의 처벌을 피하기 위해 당장 진주성을 함락할 새로운 전술을 강구해야 했다.

실제로 다음 날(6월 25일)이 밝자, 일본군의 전술적 움직임이 크게 달라졌다. 해자가 메워진 북문과 서문 쪽을 주로 공략했던 일본군이 그날은 동문 쪽으로 몰려들었다. 일본군은 동문 밖에 흙과 돌덩이를 쌓아 진주성 성벽보다 더 높은 언덕 즉, 토성(土城)을 만들더니, 그 위에 토옥(土屋)을 세웠다. 일본군 조총수들이 그 토옥에 들어가 진주성 안을 굽어보면서 조총을 쏘아댔다.

높은 토성에서 진주성을 내려다보며 쏘는 일본군의 조총 탄환에 조선군과 그들을 지원하던 백성들이 잇따라 쓰러졌다. 황진과 이종인 등이 활로 토옥을 공격해봤지만, 두꺼운 흙담을 두른 탓에 토옥은 끄떡도 없었다. 현자총통으로 토옥을 부수려고도 해봤지만, 높은 곳을 올려다보며 쏴야 해서 발사각이 쉽게 나오지 않았다. 그대로 두었다가는 얼마 못 가 진주성이 왜적에게 뚫릴 판이었다.

황진은 일본군의 토성 전술에 맞서 조선군도 성안에 더 높은 언덕을 쌓으라고 명령했다. 초저녁부터 밤늦게까지 군사들과 성안의 남녀노소 백성들이 혼연일체가 되어 동문 쪽으로 흙과 돌을 퍼 날랐다. 황진도 갑옷과 투구를 벗어 던지고 백성들 틈에 끼여 몸소 흙과 돌을 퍼 날랐다. 진주성을 지키는 데 상하 귀천이 따로 없었다. 황진의 모습을 가까이서 지켜본 백성과 군사들은 감격해 더욱 힘을 냈다.

마침내, 진주성 안에 토성이 완성되자 황진은 그 위에 현자총통을 설치하고 일본군의 토옥을 향해 쐈다. 그때까지 조선군을 괴롭히고 있던 일본군 토옥이 현자총통 몇 방에 박살이 나고 말았다. 그러나 일본군도 독이 오를 대로 오른 상태였다. 그들은 쉽게 물러서지 않았다. 금세 새로운 토옥을 만들어 반격을 가했다. 진주성 안과 밖의 토성 간에 한동안 원거리 타격전이 격렬하게 벌어졌다. 일본군은 조총을 퍼붓고, 조선군은 화살과 화포로 맞섰다. 일본군은 이날 하루에만 낮에 세 차례, 밤에 네 차례 공격을 시도했지만 끝내 진주성을 함락하지 못했다.

나흘째 총공세도 무위로 끝나자, 일본군은 진주성을 회유하기 시작했다. 진주성이 철저히 고립되어 있으며, 외부 지원군이 없었기 때문에 시간이 흐를수록 성안의 군사와 백성들이 불안해할 것이라는 점을 파고들려 했다. 그들은 지금이라도 항복하면 모두 살려주겠다는 회유문을 진주성 안에 던지며, 항복을 종용했다. 총사령관 우키타 히데이에는 회유문을 통해 '성안의 백성들을 모두 도륙하는 것은 너무나 참혹한 일이다. 장수를 보내 강화를 청하면 군사들과 백성들의 생명은 보전하겠다. 강화할 뜻이 있으면 전립을 벗어 표시하라!'라고 말했다.

그러나 진주성은 흔들리지 않았다. 결사 항전의 의지를 분명히 했다. 조선군은 일본군 진영에 '우리는 죽음을 무릅쓰고 싸울 뿐이다. 너희는 명심하라! 구원군이 오면 너희들을 남김없이 무찌를 것이다!'라는 내용의 답 글을 투척했다.

황진을 비롯한 진주성의 조선군 무장들은 자신들이 진주성을 조금만 더 지켜내면, 명군과 조선군이 반드시 도우러 올 것이라고 여전히 믿고 있었다. 애초부터 수성이 불가능하다고 주장했던 이들도 지금처럼 잘 싸우는 자신들의 모습을 보면, 생각을 바꿀 것이라 여겼다. 혹여 일본군의 대병력에 가로막혀, 바로 구원하기 힘들다면, 일본군의 진주성 출동으로 텅 비어 있는 부산포라도 공격해 적을 흔들어주길 간절히 원했다. 하지만 진주성 밖의 명군과 조선군 진영은 진주성의 분전 소식을 듣고도, 누구 하나 선뜻 나서지 않았다.

경상도 고성의 의병장 최강이 거의 유일하게 진주성을 구원하려고 출동했다. 그러나 홍계남 부대가 그랬던 것처럼, 최강의 부대도 일본군의 삼엄한 경계에 막혀, 진주성에 접근하지 못한 채 눈물을 머금고 퇴각해야 했다.

진주성의 절박한 사정을 아는지 모르는지, 그날 밤하늘에선 장맛비가 줄기차게 쏟아졌다.

○ 25일에 적이 동문 밖에 흙을 메워 언덕을 만들고 그 위에 토옥을 세워 성안을 내려다보고서 탄환을 비처럼 퍼부었다. 그러자 충청병사 황진도 성안에 높은 언덕을 쌓았는데 초저녁부터 밤중까지 황진이 전복과 전립을 다 벗고 몸소 돌을 짊어지고 나르니 성안의 남녀들이 감격하여 눈물을 흘리며 힘을 다해 축조를 도왔으므로 하룻밤 사이에 완성되었다. 그리고 이곳에서 현자총통을 쏘아 적굴을 파괴하였으나 적은 즉시 개수하였다. 이날 세 차례 진격해 온 것을 세 차례 다 물리쳤고 또 밤에 네 번 접전하여 네 번 다 격퇴하였다.

—『조선왕조실록』 선조 26년(1593) 7월 16일

34. 진주성 전투 3

1593년 6월 26일, 간밤에 내린 장맛비로 땅이 질척거렸다.

전날까지 진주성은 철저히 고립된 채 나흘째 계속해서 일본군 9만 명의 파상 공격을 받았지만 잘 버텨냈다. 기껏해야 이삼일 정도로 예상했던 전투가 점차 장기전 양상으로 치닫자, 일본군 지휘부의 표정이 굳어졌다. 9개월 전 1차 진주성 전투 때의 악몽이 다시 떠올랐다. 도요토미 히데요시의 격분한 얼굴도 떠올랐다.

그들은 작전 회의 끝에 또다시 새로운 전술과 무기를 들고 나왔다. 일본군 병사들은 직사각형 모양의 큰 나무궤짝을 만들어, 겉면에 소의 생가죽을 입혔다. 그들은 여럿이서 이 나무궤짝을 머리에 이거나, 등에 짊어진 채 진주성의 최대 취약 지점인 동문 성벽에 접근했다.

조선군이 화살과 돌멩이로 그들의 접근을 저지하려 했다. 하지만 일본군은 궤짝을 방패처럼 활용해, 조선군의 화살과 투석 공격을 효과적으로 막아냈다. 명궁 황진이 불화살로 수차례 공격해봤지만, 소가죽이 물에 젖어 있어 좀처럼 불이 붙지 않았다.

궤짝을 뒤집어쓰고 일단 진주성 동문 성벽까지 접근한 일본군은, 궤짝 밑에서 크고 작은 쇠 송곳과 곡괭이로 열심히 성벽을 파내기 시작했다. 성벽 밑단의 초석을 파내, 성벽 자체를 허물어버리려는 작전이었다.

조선군은 일본군의 의도가 뻔히 보였지만, 마땅히 대항할 방법을 찾지 못해 성벽 위에서 속만 태우고 있었다.

"성안에 있는 큰 돌들을 모두 모아 오너라!"

순성장 황진이 병사들에게 큰 돌덩이를 동문 쪽으로 가져오라고 명했다. 화살과 돌멩이, 심지어 불화살 공격까지 다 막혔으니 이제는 큰 돌덩이로 일본군의 나무궤짝을 박살 내는 수밖에 없었다.

큰 돌덩어리가 필요하다는 말을 듣고, 진주성의 남녀노소 백성들이 달려 나왔다. 그들은 병사들에게 자신들이 돌덩어리를 찾아내 동문 쪽으로 나를 테니, 성벽을 단단히 지켜달라고 당부했다. 백성들은 성안 이곳저곳에서 큼지막한 돌덩이들을 끌어모아 황진이 있는 동문 쪽으로 가져왔다.

백성들의 도움으로 짧은 시간에 큰 돌덩이들을 많이 끌어모은 조선군은 그것들을 굴려 동문 성벽 밑으로 떨어뜨렸다. 연이어 떨어지는 바위 돌덩이들에 그제야 일본군의 나무궤짝들이 팍팍 소리를 내며 깨지기 시작했다.

황진은 그 순간을 놓치지 않고 화살 공격을 명했다. 조선군 병사들이 일제히 궤짝의 깨진 틈 사이로 편전을 날렸다. 미리 준비해둔 펄펄 끓는 물도 퍼부었다. 그러자 궤짝 밑에 숨어 있던 일본군들이 더는 버티지 못하고, 비명을 지르며 도망쳤다.

"만세! 만세! 이겼다!"

궤짝을 내동댕이치고 허둥지둥 달아나는 일본군들을 보며, 진주성 조선군과 백성들이 덩실덩실 어깨춤을 췄다.

일본군은 얼마 지나지 않아 또다른 공성 무기를 끌고 나타났다. 큰 수레에 네 개의 나무기둥을 세우고 그 위에 판옥을 올린 형태의 이동식 망루였다. 일본군 보병들이 밧줄로 끌어 망루를 앞으로 천천히 이동시켰다. 일본군은 그 망루를 진주성 동문 쪽에 가져다놓았다.

일본군은 이동식 망루 꼭대기에서 진주성 안을 내려다보며, 조총과 불화살을 마구 쏘아댔다. 다행히 며칠째 오락가락 내린 장맛비 덕분에, 성벽 주변의 시설들에는 불이 쉽게 붙지 않았다. 하지만 진주성 안쪽 촌락의 초가집들은 화공에 취약했다. 일본군의 불화살 공격을 집중적으로 받은 초가집 한 채가 불타올랐다. 불길은 빠르게 다른 초가집 지붕들로 번져나갔다. 백성들은 불길을 잡으려고, 힘을 합쳐 물을 퍼 나르려고 했다. 일본군은 그런 백성들에게도 조총을 마구 퍼부었다.

황진은 병사들을 시켜, 급히 동문 마당에 나무기둥을 세우고, 그 위에 판옥으로 된 망루를 올리게 했다. 전날 일본군의 토성 공격을 토성으로 받아쳤던 것처럼, 망루 공격도 망루로 분쇄해버리겠다는 의도였다.

황진의 대응은 이번에도 효과를 발휘했다. 조선군은 자신들이 만든 망루 위에 천자총통과 현자총통 등 각종 화포를 올렸다. 일본군이 조선군의 화포 운반을 막으려고 조총 세례를 더 거세게 퍼부었지만, 조선군은 기어코 화포를 망루 꼭대기에 설치했다.

"쏴라!"

콰광! 조선군의 현자총통이 잇따라 불을 뿜었다. 화포의 돌덩이 탄환들을 맞은 일본군 망루가 박살 나기 시작했다. 잠시 후, 난공불락이었던 일본군의 이동식 망루가 숨통이 끊긴 거대한 공룡처럼 땅바닥에 콰당 하고 쓰러졌다. 이어 일본군 진영에서 후퇴 명령을 알리는 북소리와 호각 소리가 울렸다.

황진의 조선군은 이날도 일본군과 낮에 세 차례, 밤에 네 차례를 싸워 모두 이겼다.

치열했던 전투가 잠시 멈추자, 하늘에선 다시 굵은 장맛비가 내렸다. 2차 진주성 전투가 개시된 이후 계속 비가 오락가락했다.

황진을 비롯한 6000여 명의 진주성 조선군은 초인적인 힘을 발휘해 닷새째 일본군 공격을 잘 막아내고 있었다. 하지만 모두가 극도로 지친 상태였다. 매일 밤 병사들은 주먹밥 몇 개로 배를 채운 뒤, 성안 여기저기에서 무더위와 모기떼에 시달리며 쪽잠을 자야 했다.

더욱 심각한 문제는 장마철 특유의 짙은 습기 탓에, 조선군이 자랑하는 각궁의 아교가 녹아, 활의 탄력이 떨어지기 시작한 것이었다. 조선군의 장점인 원거리 활 사격을 제대로 활용하기가 어려워진 상황이었다. 반면 일본군은 상대적으로 습기로 인한 피해가 적었다. 그들의 조총병은 대나무 우산을 쓰고, 화약심지가 젖지 않게 조총을 쐈다.

황진은 동문 성루에서 하염없이 내리는 빗줄기를 바라보며, 다가올 내일의 싸움을 생각하고 있었다.

"형님! 우리가 이만큼 버텼으니, 이제 바깥에서도 뭔가 해줘야 하는 거 아닙니까? 도대체 명군과 도원수는……."

황진이 뒤돌아보니 거제현령 김준민이었다. 김준민은 황진의 오랜 벗이자 전우였다. 김준민은 진주성 성벽을 따라 일본군에 밀리는 지점마다 달려가 지원하는 역할을 맡아, 며칠째 용맹하게 싸웠다.

황진은 김준민의 물음에 쉽게 답하지 못했다. 김준민의 말대로 외부의 지원 없이 언제까지 이렇게 버틸 수 없다는 것을 황진도 잘 알고 있었다. 고지식한 김천일과 최경회는 전령을 여러 명 보냈으니, 명나라의 30만 대군이 곧 진주성을 구하러 올 거라는 말만 되풀이했다.

"누가 일본군의 후방을 쳐주면 분명히 승산이 있을 터인데……."

황진도 현재의 상황이 무척이나 답답했다. 도원수 권율과 전라병사 선거이, 경기조방장 홍계남, 의병장 곽재우 등이 분명히 진주성 외부에서 어떻게든 지원에 나서줄 텐데, 여태 소식이 없었기 때문이었다.

황진과 이종인, 장윤, 김준민 등 진주성의 조선 무장들은 이미 진주성에 들어올 때부터 생사를 초월한 지 오래였다. 살기 위해 싸우는 것이 아니라, 죽을 때까지 힘을 다해 싸운다는 극한의 심리 상태였다. 그들이 오로지 신경 쓰는 것은, 자신들만 바라보고 있는 저 불쌍한 6만여 명의 진주성 백성들이었다.

진주성 전투의 전황은 일본군에게도 그리 녹록지 않았다. 그들은 닷새째 계속된 공성전으로 이미 1만 명 이상의 병력을 잃었다. 도요토미의 명령대로 진주성을 완전히 함락하려면 대체 얼마나 더 많은 피를 흘려야 할지 가늠조차 되지 않았다.

하지만 진주성 전투에 동원된 일본군 지휘관들은 전쟁이라면 이골이 난 자들이었다.

"우리가 이 정도면 조선군은 틀림없이 육체적, 정신적으로 훨씬 더 지쳤을 것이다. 이 점을 잘 활용해야 한다."

전투 초기에는 물리적 공격에만 치중했던 일본군은 시간이 지날수록 점차 진주성 군사들과 백성들을 동요시키기 위해 노골적인 심리전을 걸어왔다. 일본군은 26일 저녁 진주성 내부에 '대국(명나라 군대)의 군사도 장차 항복할 것인데, 너희 나라가 감히 항거하는가?'라는 조롱 섞인 회유문을 던졌다. 조선군은 이에 '우리는 죽음을 무릅쓰고 싸울 따름이다. 명나라 군사 30만이 지금 너희들을 추격하여 남김없이 무찌를 것'이라고 반박했다. 그러자 일본군 잡병 몇이 진주성에 접근하더니, 아랫도리를 벗고 볼기짝을 두들기며 "바보 같은 조선 놈들아! 명나라 군대는 벌써 물러갔다!"라고 조롱과 야유를 보냈다. 분노한 김천일이 "명나라 군대가 곧 와서 우리를 구원할 것이다!"라고 큰 소리로 외치자, 진주성 안에서 잠시 환호가 터졌으나 이내 곧 성안이 쥐죽은듯 조용해졌다.

○ 26일에 적이 나무로 궤짝을 만들어 생가죽을 씌워 각자 그 궤짝을 가지고 탄환과 화살을 막으면서 와서 성을 헐므로 성안에서 큰 돌을 밑으로 떨어뜨리고 화살을 빗발처럼 쏘아대니 적이 물러갔다. 적이 또 동문 밖에 큰 나무 두 개를 세워 그 위에 판옥을 만들어놓고는 그 위에서 많은 화전을 성안으로 쏘아대니 성안의 초가집이 일시에 연달아 불에 타서 연기와 불꽃이 하늘까지 뻗쳐올랐다. 목사 서예원이 겁을 먹고서 당황하니, 김천일이 의병 부장 장윤을 가목사로 삼았다. 이때 날씨가 크게 궂어 궁시가 모두 느슨하게 풀리고 병력도 매우 지쳤다. 적이 '대국(大國)의 군대도 항복하였는데 너희 나라가 어찌 감히 항거하는가' 하는 내용의 글을 성안으로 쏘아 보내왔다. 성안에서도 '우리나라는 죽음으로 싸울 뿐이다. 더구나 명군(明軍) 30만이 지금 너희들을 추격하여 남김없이 섬멸하려는 데 있어서이겠는가' 하는 내용의 글로 답하니, 적이 이 글을 보고서 옷을 걷고 불기를 두드리며 말하기를 '당장(唐將)은 이미 다 물러갔다' 하였다. 이날 낮에 세 번 싸움을 하여 세 번 다 물리쳤으며, 밤에 또 네 번 싸워 네 번 다 물리쳤다.

—『조선왕조실록』 선조(수정실록) 26년(1593) 6월 1일

35. 진주성 전투 4

진주성 전투 개시 엿새째인 1593년 6월 27일.

날이 밝아오자 어김없이 일본군의 공격이 시작됐다. 일본군은 본격적인 공성전에 앞서 진주성의 동문과 서문 밖 다섯 곳에 흙과 돌로 높은 토성들을 쌓았다. 그들은 토성의 꼭대기마다 대나무를 엮어 만든 목책을 세웠다. 조총병들이 그 목책 뒤에 숨어, 진주성 안을 내려다보며 조총을 쐈다.

일본군의 토성이 한 개에서 다섯 개로 늘어남에 따라 공격의 강도가 훨씬 세졌다. 진주성 내부에 조총 탄환이 비 오듯 쏟아졌다. 조선군이 활로 대응 사격을 시도했지만, 점점 힘에 부치는 모습이었다. 각궁이 습기를 먹으면서 활의 파괴력과 사정거리가 크게 떨어졌기 때문이었다.

진주성 안의 조선군 병사들과 백성들이 탄환을 피하기 위해 엄폐물을 찾아 이리저리 닭 떼처럼 몰려다녔다. 안타깝게도 그 와중에 순천 의병장 강희열을 비롯한 300여 명의 병사가 전사하고 말았다.

이번에도 순성장 황진이 수습에 나섰다. 황진은 진주성 내의 토성을 추가로 더 쌓고, 화포로 맞섰다. 일본군의 조총 세례에 밀리던 조선군이 토성과 간이 망루를 만들고, 그 위에 화포를 얹어 적극 활용하면서 싸움의 양상은 팽팽해졌다. 조선군의 화포들이 발사될 때마다 일본군의 대나무 목책이 사방으로 파편을 튀기며 부서졌다.

전투는 조선군과 일본군이 서로 대포와 화살, 조총을 주고받는 일진일퇴의 원거리 사격전 양상으로 흘러갔다. 이대로는 안 되겠다 싶었는지 일본군은 전날 동원했던 생가죽을 씌운 나무궤짝을 재등장시켰다. 그런데 이번에는 전날과 달리 나무궤짝을 바퀴 달린 수레에 얹은 형태의 다소 이상한 무기를 만들어 왔다.

일본군이 끌고 온 나무궤짝 수레는 죽주산성 전투 때 소모사 변이중이 만들었던 우거와 비슷해 보였다. 다만 이 수레는 황소가 아니라 철 갑옷과 철 방패로 무장한 일본군 중장보병 수십 명이 쇠밧줄로 끌고 다닌다는 점이 달랐다.

적병들은 그 기괴한 수레를 진주성 동쪽 성벽에 대더니, 궤짝 앞쪽의 큰 철추(쇠송곳)로 동문 쪽 성벽을 쾅쾅 때려 부수기 시작했다. 이 요상한 수레는, 거북이를 닮았다고 하여 일본군들이 '귀갑차'라 부르는 무기였다. 성벽 위의 조선군은 일본군 귀갑차를 향해 큰 돌덩이를 떨어뜨렸다. 하지만 지난번 나무궤짝과 달리 귀갑차는 큰 돌덩이 공격에도 좀처럼 깨지지 않았다. 두꺼운 나무를 써서

강도를 높인 것 같았다.

귀갑차 철추가 성벽을 때릴 때마다, 심한 진동이 전해져왔다. 진주성 성벽 가운데 동쪽 성벽은 원래부터 지반이 약한 곳에 세워져 다른 곳보다 내구성이 취약했다. 귀갑차의 철추 공격을 조금만 더 방치하면 성벽이 와르르 무너질 위기 상황이었다.

"형님. 여기 종인이가 왔습니다."

그때 진주성 서문 쪽을 지키고 있던 김해부사 이종인이 동문 쪽 전투 상황을 전해 듣고, 한걸음에 달려왔다.

황진은 그때까지 얼마나 많은 화살을 쐈던지, 오른손 엄지에 이어 검지까지 살이 벗겨져 뼈가 훤히 드러난 상태였다. 이종인은 그런 황진을 대신해 성가퀴로 다가가더니 일본군 철갑병들의 목과 얼굴, 옆구리 등을 노려, 활시위를 당겼다. 그가 쏜 화살들이 적병 다섯 명을 잇따라 맞혔다. 귀갑차를 운용하던 철갑병들이 푹푹 고꾸라지자, 일본군의 공세가 잠시 주춤했다.

"귀갑차에 기름을 부어라!"

황진은 변이중이 우거를 몰고, 죽주산성에 돌진했다가 일본군의 화공(火攻)에 무너졌던 일을 기억해냈다. 황진의 긴급 명령이 떨어지자, 성안의 백성들은 앞다투어 작은 항아리에 기름을 모아 가져왔다. 병사들은 성벽 밑 귀갑차를 향해 기름 항아리를 던졌다. 항아리가 깨지면서, 귀갑차가 기름에 젖었다.

이종인이 불화살을 쏘자, 귀갑차 한 대가 활활 타올랐다. 조선군 병사들이 그것을 신호탄으로 다른 귀갑차들에도 기름 항아리를 던지고, 불붙은 볏짚을 던졌다. 귀갑차들이 활활 타오르자, 그 안에 타고 있던 일본군 철갑 보병들이 미처 빠져나오지 못하고, 불에 타 죽었다. 그 비참한 광경을 근방에서 지켜본 일본군 병사들은 사기가 꺾였는지, 뒤로 슬금슬금 물러나기 시작했다.

"만세! 우리가 이겼다!"

동문 쪽 조선군 병사들이 승리의 환성을 질렀다. 하지만 적을 물리친 기쁨도 잠시, 장윤이 지키고 있던 북문 쪽에서 전령이 다급하게 달려왔다.

"장군! 신북문이 위험하옵니다!"

황진은 자신의 군마를 타고 신북문으로 쏜살같이 달려갔다. 이종인, 김준민 등도 동문 쪽 병사들을 일부 이끌고 북문으로 출동했다. 직사각형의 진주성 성벽 가운데, 북문 쪽은 성벽이 제일 길었다. 그래서 정문 격인 북문 외에도 작은 문이 하나 더 있었다. 신북문이라 불리는 문이었다. 조선군이 동문 쪽 싸움에 집중하는 사이, 간교한 왜놈들이 신북문 쪽을 기습적으로 치고 들어온 것이었다.

황진이 도착했을 때, 일본군 수십 명이 신북문 쪽 성벽을 막 넘어서고 있었다. 사천현감 장윤이 소수의 부관들을 이끌고, 일본군과 용감하게 맞서고 있었다. 하지만 신북문 주위에 있던 조선군 병사들은 일본군의 창과 칼에 겁을 집어먹고, 뒷걸음질 치며 도망가려고 했다.

"오레가이치방야리다(이 몸이 제일 첫 공을 세울 자다)!"

성벽을 넘은 일본군 선봉대는 기세가 등등했다. 그들은 먹잇감을 발견한 굶주린 늑대처럼 득달같이 조선군 병사들에게 달려들었다. 조선군 병사들이 자신들을 두려워하는 기색을 보이자, 더욱 신이 난 듯 날뛰었다. 창을 잘 쓰는 장윤이 앞으로 나아가 분전하고 있었지만, 그대로 가면 그마저도 오래 버티지 못할 것 같았다.

그때 황진이 뛰어 올라가서, 일본군 두 명의 목을 베었다.

"두려워 말고, 대열을 정비하라. 창을 앞세워 놈들을 성 밖으로 밀어내라!"

황진이 왜놈의 수급을 손에 들고 호통치자 흩어졌던 조선군 병사들이 다시 모여들었다. 좁은 성벽 통로에서 조선군과 일본군의 백병전이 벌어졌다.

여기에서도 이종인의 활약이 눈부셨다. 그는 앞장서 왜적의 대오에 돌진했다. 일본군이 이종인을 막으려고 했지만, 오히려 이종인의 칼에 잇따라 쓰러졌다. 조선군이 창을 앞세워 일제히 돌격하자, 일본군은 좁은 성벽 통로에서 좌우로 협공당하는 처지가 됐다. 비좁은 공간에서 서로 뒤엉키다보니 일본군은 마음대로 칼을 쓰기 어려웠다.

일본군은 창을 앞세워 방진을 짜 조직적으로 돌진해 오는 조선군에게 당황했다. 그들 중 일부는 더이상 버티지 못하고, 진주성 안쪽으로 뛰어내렸다. 그들은 높은 곳에서 뛰어내린 탓에 땅바닥에 굴렀다. 그곳에는 거제현령 김준민이 기다리고 있었다. 그의 지휘를 받은 조선군이 성안으로 뛰어내린 왜놈들을 활로 차례차례 쏴 죽였다. 조선군의 발 빠른 반격으로 성벽을 넘었던 30여 명의 일본군은 모두 죽고 말았다.

황진은 북문 쪽 궁수들에게 신북문 밑의 일본군을 공격하라고 했다. 성벽을 돌파한 줄 알고 밑에서 사다리를 타려고 기다리고 있던 일본군은 화살이 비 오듯 쏟아지자, 크게 당황했다. 그들은 마침내 신북문 돌파를 포기하고 철수했다.

그날(27일) 한밤중.

진주성 전투에 참가한 일본군의 지휘부 막사에서는 총사령관 우키타 히데이에를 필두로 가토 기요마사, 고니시 유키나가, 모리 히데모토, 고바야카와 다카카게 등 진주성 전투에 참전 중인 다이묘들이 모두 모여 심각한 회의를 벌였다.

일본군은 그날도 하루종일 진주성에 공격을 퍼부었다. 하지만 또다시 수천 명의 희생자만 냈을 뿐, 별다른 소득 없이 물러나고 말았다. 일본군이 1592년 4월 조선에 상륙한 이래, 단일 전투로는 가장 많은 인적 피해를 입은 상황이었다. 이대로라면 얼마나 더 죽어나가야 할지 몰랐다.

"조선군이 예상외로 강하다. 특히 전투를 지휘하는 모쿠소가 듣던 대로 대단한 자임에 틀림없다. 우리가 뚫을 수 있겠다 싶으면 그놈의 모쿠소가 나타나 우리를 막아버린다. 어떻게든 묘수를 내야 한다!"

총사령관 우키타가 참석한 다이묘들을 차례로 쳐다보며 심각하게 말했다.

"조선어를 잘하는 대마도 출신 척후가 파악한 것에 따르면, 확실치는 않으나 적장은 모쿠소가 아니라, 황진이라는 자입니다. 이치에서 우리와 싸웠던 자입니다. 3년 전에 통신사로 교토에 왔던 자입니다."

고니시가 진주성 사령관이 모쿠소(김시민)가 아니라 황진이며, 이치 전투에서 공을 세운 자라고 설명하자, 고바야카와의 얼굴이 살짝 일그러졌다. 회의에 참석한 다이묘 중 몇 명은 도요토미가 통신사를 만난 자리에 배석했었다. 그들은 궁정 뜰에 대기하고 있던 조선 측 호위무관에 대한 기억을 더듬었다.

"적장이 모쿠소인지 황진인지는 중요하지 않소. 잘 알다시피 조선군은 지휘 장수를 잃으면 금방 사기가 떨어져 도망치는 오합지졸에 불과하오. 저 적장을 없애면 싸움은 쉽게 끝날 것이오."

가토 기요마사가 목청을 높여 말하자, 참석자들은 다들 고개를 끄덕였다.

일본군은 그날 조선군이 지쳐 잠든 새벽에 조심스레 부대를 움직였다.

○ 27일에 적이 동·서 두 문 밖에 다섯 언덕을 쌓고 대를 엮어 책(柵)을 만들어서 성중을 내려다보고 총을 비 퍼붓듯 쏘아대니, 성중에 죽은 자가 300여 명이었다. 또 나무궤를 가지고 사륜차를 만들어 적 수십 명이 모두 쇠 갑옷을 입고 궤를 밀고 들어와서 쇠 송곳으로 성을 뚫다. 이때에 김해부사 이종인이 군중에서 제일 힘이 세었다. 종인이 연달아 다섯 놈을 죽이니 나머지는 모두 도망하다. 성중의 사람들이 횃불을 묶어 기름을 부어서 던지니 궤 속에 든 왜놈이 모두 타 죽다. 초경에 적이 다시 신북문에 범하였는데, 종인이 자기 수하들과 함께 힘껏 싸워서 물리치다.

—『난중잡록』 제2권

36. 진주성 전투 5
—한밤의 총성

1593년 6월 28일, 일본군에게 완전 포위된 고립무원의 진주성.

진주성 앞은 전날 전투의 처참한 결과를 그대로 훤히 드러내고 있었다. 부서진 사다리. 불에 탄 귀갑차. 찢긴 대나무 목책, 그리고 미처 처리하지 못한 일본군 시체들이 여기저기 어지러이 널려 있었다. 까마귀 떼가 새까맣게 몰려와 죽은 자들의 살점을 뜯어 먹고 있었다.

조선군은 이날도 일본군이 동문과 북문 쪽을 집중 공략할 것으로 예상했다. 그래서 수성 병력 다수를 양쪽 성문에 집결해놓고, 결전을 기다리고 있었다. 예측대로 일본군 공격부대가 동문과 북문 쪽에 모습을 드러냈다. 하지만 그들은 곧바로 공격에 나서지 않고, 대형만 유지한 채 뭔가를 기다리는 듯 보였다.

쿵! 쿵! 그때 진주성의 서문 쪽에서 큰 굉음이 들렸다. 서문 쪽에서 변고가 있다면 곧바로 전령이 달려와야 하는데, 아무런 보고도 없었다.

순성장 황진은 불길한 기운을 느꼈다. 서문 지역은 원래 김해부사 이종인이 지키던 장소였다. 하지만 전날 동문과 신북문 쪽 수비 상황이 위태로워지자, 이종인이 진주목사 서예원에게 서문의 방어를 부탁하고, 자신은 동문 구원에 나섰었다. 황진은 이종인 부대에 급히 서문 쪽으로 되돌아가보라고 명했다.

"아니 이런 젠장맞을!"

진주성 내부를 가로질러 서문 망루로 달려간 이종인은 자신의 눈을 의심했다. 일본군이 새벽 야음을 틈타, 서문 쪽에 접근해 성벽 일부를 크게 손상시킨 상태였다. 보병들이 은밀하게 쇠꼬챙이로 성벽 이음새의 흙과 돌을 파낸 후 이제는 귀갑차의 철추로 때려 부수고 있었다.

서문의 수비 책임자인 진주목사 서예원은 당황해서 어쩔 줄 몰라 했다. 연일 계속된 전투에 지친 서문의 조선군 보초병들은 선잠에 들었다가 귀갑차 철추가 성벽을 때리는 소리를 듣고서야 화들짝 잠에서 깨었다. 그들은 어찌할 바를 몰라 허둥대고 있었다.

조선의 성곽과 성벽은 일본의 성과 달리 견고하지 못했다. 전국시대 100여 년간의 전쟁을 거치면서 일본의 축성술은 비약적으로 발전한 반면, 근 100여 년간 이렇다 할 큰 전쟁이 없었던 조선의 성은 작고, 허술했다.

일본군은 성벽 제일 밑동의 큰 돌(초석)을 파내면 쌓인 돌덩이들이 균형을 잃고 쉽게 무너질 것으로 기대했다. 이종인이 달려갔을 때는 서문 성벽의 큰 초석이 빠지기 직전이었다. 서문 쪽 성벽이 무너지면 진주성은 끝장이었다! 아니 어느 한쪽 성벽이라도 뚫리면 진주성은 모래성처럼 무너질 수밖에 없는 상황이었다.

이종인은 곧바로 서문 성벽을 허물고 있던 일본군 병사들을 공격하기 시작했다. 성벽 밑동의 초석을 거의 3분의 2쯤 빼낸 일본군은 갑작스러운 조선군의 화살 공격에 당황했다. 대기하고 있던 일본군 조총부대가 서문 성벽 위에서 엄호 사격을 퍼부었다.

둥! 둥! 둥! 일본군이 돌격을 알리는 큰북을 치자, 동문과 북문 쪽의 일본군도 파상적인 공성을 시작했다. 남강으로 막힌 진주성의 남쪽만 빼놓고, 성벽의 거의 모든 지점으로 일본군이 거대한 파도처럼 밀려들었다. 2차 진주성 전투가 시작된 이후 최대 규모의 공세였다.

동문 방면을 지키고 있던 황진과 북문 쪽의 장윤, 김준민 등은 눈앞으로 밀려오는 적들을 막아내느라, 서문 쪽 상황에는 손도 쓰지 못했다. 양측 간 싸움은 더할 나위 없이 치열했다. 황진과 휘하 장수들과 병사들은 각자가 맡은 곳에서 죽기를 각오하고 싸웠다.

일본군은 긴 사다리를 타고 서문 쪽 성벽을 넘으려고 하면서, 동시에 성벽 밑단의 초석을 완전히 뽑아내는 데 집중했다. 용감한 조선군 병사들이 활과 투석, 뜨거운 물 등으로 사다리를 타고 올라오는 왜적들을 저지했다.

일본군은 서문 성벽에서 3분의 2쯤 빠져나온 초석에 밧줄을 몇 개 더 걸고, 땅바닥에는 통나무를 깔았다. 끌어당겨 완전히 뽑아내려는 속셈이었다. 이종인과 서문 쪽 조선군 병사들은 그들을 막으려고 성벽 밑으로 화살 세례를 퍼부었다.

그러나 일본군은 철 갑옷과 방패로 무장하고 있었다. 그들은 이번에도 소가죽을 씌운 귀갑차를 동원했다. 조선군의 활과 투석은 그다지 효과가 없었다. 귀갑차를 부술 돌덩어리들은 동문 쪽에만 쌓여 있었다. 그것들을 서문 쪽으로 가져와 사용하기에는 시간이 촉박했다.

이종인은 한 손으로 밧줄을 잡고, 성벽 바깥으로 끌려 나간 초석 위로 뛰어내렸다. 이종인은 환도를 휘두르며, 초석을 끌어내던 일본군을 마구 베었다. 함께 내려간 그의 부하들도 초석 주변에서 창과 칼로 일본군과 피 튀기는 백병전을 벌였다. 그사이 조선군 몇 명이 초석을 꽁꽁 묶고 있던 일본군의 밧줄들을 차례로 끊어버렸다. 운반용 바퀴로 사용하려던 통나무도 걷어 치워버렸다. 성난 일본군들은 들개떼처럼 이종인에게 달려들었다. 이종인과 그의 부하들은 용감무쌍하게 싸웠다. 성벽 위의 조선군 동료들이 활로 엄호사격을 해주지 않았다면 큰일이 날 수도 있었다.

이종인 등이 그렇게 성 밖에서 시간을 벌어주는 사이, 성안의 조선군과 백성들은 반쯤 빠져나갔던 초석을 "영차! 영차!" 하며 다시 성벽 안으로 끌어당겼다.

일본군은 안 되겠다 싶었는지 사무라이 군관들을 현장에 투입했다. 일본도와 갑옷으로 무장한 사무라이 군관들이 투입되자, 이종인 부대가 삽시간에 밀리기 시작했다. 이종인의 부대는 창으로 대응했지만, 사무라이들의 칼을 막아내기 어려웠다. 이종인만이 밀리지 않고 싸웠을 뿐이었다.

"후퇴하라!"

성벽 위 조선군이 사다리와 밧줄을 밑으로 내렸다. 이종인과 부하들이 밧줄을 잡았다. 성벽 위에서 밧줄을 힘껏 당기자, 방패로 몸을 가린 이종인과 그의 부하들이 단숨에 성벽을 타고 올라왔다. 하지만 몇몇 병사는 안타깝게도 조총에 맞고, 성벽 밑으로 추락했다.

이종인의 눈에 일본군 장수가 멀지 않은 곳에서 그들을 지휘하고 있는 것이 보였다. 분노한 이종인은 활을 꺼내 겨냥했다. 황진 외에는 조선에서 자신보다 활을 잘 쏘는 자는 없다고 호언장담하던 그였다. 큰 투구를 쓰고, 검은색 가면으로 얼굴을 가린 적장은 이종인의 화살에 손목 부위를 맞고, 고삐를 놓쳐 말에서 떨어졌다. 그 바람에 큰 투구가 벗겨졌다.

"으악!"

이종인의 두번째 화살이 그의 가슴 한복판에 꽂혔다. 그제야 일본군의 공세가 누그러졌다. 서문 쪽 일본군 부대는 죽은 지휘관의 시신을 끌고 뒤로 물러났다.

하지만 진주성 동문과 북문 쪽에서는 같은 시각 여전히 피 튀기는 전투가 계속됐다. 일본군은 동문 성벽에서도 귀갑차 철추를 이용해 성벽을 부수려고 여러 번 시도했다. 그때마다 황진이 적절한 대응으로 막아냈다.

황진은 엄지와 검지를 천으로 동여맨 채로 계속 화살을 쐈다. 흰 천에 붉게 피가 배었지만 개의치 않았다. 그가 쏜 화살들은 백발백중이었다. 일본군의 선봉대 지휘관들은 황진의 화살이 무서워서 감히 앞으로 나서지 못했다. 일본군의 눈에는 성벽 위의 조선군 장수(황진)가 사람이 아니라 '오니(도깨비)'로 보였다.

하지만 황진에게도 이날 위험한 순간이 수차례 있었다. 방패병 두 명이 따라붙어 막아주지 않았다면 목숨을 잃거나 크게 다칠 뻔했다. 부관들이 황진에게 성벽으로 다가가지 말고 뒤에서 지휘해야 한다고 몇 번이고 조언했지만 황진은 듣지 않았다. 진주성 수성군은 소수의 관군을 제외하면 지역과 출신도 제각각이었고, 전투 경험도 부족했다. 정예병이라기보다는 오합지졸에 가까웠다. 그런 병사들을 데리고 압도적으로 많은 일본군을 상대로 이레째 버틸 수 있었던 것은 상당 부분 황진 덕분이었다.

진주성 병사들과 백성들은 황진을 전적으로 믿고 따랐다. 황진은 그들이 봤던 여타 장군들과는 달랐다. 뒤에서 목청만 높이는 장수가 아니었다. 황진은 스스로 제일 앞으로 나아가 어떻게 일본군과 싸워야 하는지를 몸소 보여주며, 매번 적확한 전술을 구사해 승리를 이끌어냈다.

처음에는 일본군의 대병력을 보고 겁을 집어먹었던 병사들도 이제 황진의 명령에 따라, 황진과 함께 싸우면 이길 수 있다는 믿음을 가졌다. 황진도 그 점을 잘 알고 있었다. 적의 총탄이 언제 자신에게 날아들지 몰랐지만, 황진이 부하들만 남겨놓고 쉽게 뒤로 물러설 수 없었던 이유였다.

사천현감 장윤과 거제현령 김준민은 북문에서 사력을 다해 싸웠다.

일본군은 그날 끝장을 보겠다는 듯, 밤늦게까지 끈질기게 달려들었다. 그들은 독이 오를 대로 오른 상태였다. 일본군의 희생이 시간이 갈수록 눈덩이처럼 불어났지만, 동시에 조선군의 피해도 점차 늘어났다.

일본군 지휘부 군막 앞에선 총사령관 우키다와 1군 사령관 가토가 포르투갈 망원경으로 계속 진주성을 관찰했다. 그들은 뭔가를 열심히 찾고 있는 것 같았다. 가토가 그의 부관을 불러 귓속말로 뭔가를 속삭였다.

앞서 일본군은 이날 전투 개시 전, 조총 사격이 뛰어난 병사들을 따로 모았다. 그들 저격병은 성벽 위로 모습을 드러내는 모쿠소(황진)를 비롯한 조선군 장수들을 집중적으로 저격하라는 명령을 받았다. 모쿠소는 물론이고 두정갑을 입은 조선군 장수를 죽이면, 후한 상을 내리겠다는 약속이 덧붙었다. 저격병들은 일본군이 쌓은 토성들과 목책, 토옥 등에 숨었다. 그들은 조선군 장수들의 갑옷과 투구를 잘 알고 있었다. 놈들은 맹수의 눈빛으로 성벽 위의 먹잇감을 노렸다.

날이 저물면서 싸움은 멈췄다. 장맛비가 오락가락했다. 일본군은 전체 부대를 조선군의 활 사정거리 밖으로 후퇴시켰다. 일본군이 썰물처럼 빠져나간 진주성 앞은 오전보다 더욱 참혹한 광경을 드러냈다.

조선군은 겨우 숨을 돌릴 수 있었다. 병사들은 주먹밥으로 허기를 채우고, 새우잠을 청했다. 7일째 진주성을 지켜냈지만, 조선군의 상황은 말이 아니었다. 황진을 비롯한 조선군 장수들은 외부에서 추가 지원이 오지 않는다면, 결국 무너질 수밖에 없다는 것을 온몸으로 느끼고 있었다.

전투가 끝났지만 진주성의 순성장 황진은 잠시도 쉴 수 없었다. 그날 하루의 수성에 만족하지 않고, 다음 날의 싸움에 대비해야 했다. 일본군은 성벽을 부수기 위해 온갖 변칙적 작전과 요상한 공성 무기를 동원하고 있었다. 일부 성벽은 거의 무너질 뻔했다. 황진은 성벽의 상태와 병사들의 방어 태세를 점검하기 위해 부관들과 함께 진주성 성곽을 한 바퀴 돌기로 했다.

사방이 칠흑처럼 어두웠다. 초저녁까지 쏟아졌던 장대비 탓에 눅눅한 기운이 갑주 속까지 파고들었다. 군졸 하나가 급히 횃불을 밝혀 가져왔다. 황진은 횃불을 치켜들고, 성 안팎의 상황을 살피기 시작했다.

진주성 위에서 내려다본 성 앞의 광경은 참혹 그 자체였다. 7일간 계속된 전투로 조선군과 일본군 양측에서 많은 사상자가 났다. 특히, 진주성 동문 맞은편에 왜적들이 쌓은 공성용 토성 주변에는 놈들의 썩은 시체가 돌무더기처럼 잔뜩 쌓여 있었다. 족히 일이천 구는 되어 보였다.

황진은 철추 공격에 흔들렸던 성벽 외곽의 상태가 궁금했다. 왜놈들은 진주성을 반드시 무너뜨리겠다는 각오로 악착같이 집요하게 공격해왔다. 진주성을 함락시키지 못하면 당장 할복이라도 할 것 같은 태도였다.

하루하루 싸움이 거듭되면서 귀갑차를 활용한 왜놈들의 공격에 진주성 성벽이 조금씩 흔들리고 균열되기 시작했다. 황진이 횃불로 바깥 성벽을 비추니, 여기저기 깨지고, 돌이 빠져 구멍이 생긴 곳들이 눈에 띄었다. 동이 트고 왜적들이 다시 밀려들면, 진주성의 운명이 어찌 될지 몰랐다. 병사들이 지쳐서 할 수 없다면, 성안의 백성들이라도 동원해 당장 성벽을 보수해야 했다.

"여봐라. 여기를……."

황진이 뒤편의 부관에게 성벽 보수 지시를 내리려고 돌아서려던 참이었다.

타앙!

한 발의 총성이 눅눅한 밤공기를 가르며 진주성에 울려 퍼졌다.

○ 28일 여명에 종인이 지키던 성비(城陴)로 돌아가 보니 전날 밤에 서예원이 야간 경비를 소홀하게 하여 적이 몰래 와서 성을 뚫었으므로 성이 무너지려 하였다. 종인이 크게 노하여 서예원을 꾸짖었다. 적이 성 밑까지 바싹 다가왔는데 성안 사람들이 모두 죽을 각오로 힘을 다해 싸웠으므로 죽은 적이 매우 많았으며, 그중에 적추 하나가 탄환을 맞고 죽자 뭇 적이 그 시체를 끌고 물러갔다. 황진이 성안을 굽어보며 '오늘 싸움에서 죽은 적이 1000여 명은 충분히 될 것이다'고 말하고 있는데, 성 밑에 잠복하고 있던 적이 위로 대고 철환을 쏘았다. 그 철환이 목판에 비껴 맞고 튕겨 나와서 황진의 왼쪽 이마에 맞았다. 이때 황진과 장윤의 역전이 제장 중에서 으뜸이라고 칭해졌기 때문에 온 성안이 그에 의지하여 중히 여겼으므로 황진이 탄환을 맞고 죽자 온 성안이 흉흉하고 두려워하였다.

—『조선왕조실록』 선조 26년(1593) 7월 16일

37. 진주성 전투 6
—아, 진주성!

1593년 6월 28일 깊은 밤.

일본군이 모두 물러간 줄 알았는데, 조총 저격병 하나가 토성의 시체 더미 속에 숨어 있었다. 지독한 놈이었다. 짙은 어둠 속 진주성 성벽 위에서 횃불을 높이 치켜든 황진은 놈에겐 더할 나위 없이 좋은 사냥감이었다. 직선으로 겨우 50여 보 거리였다. 횃불을 든 황진이 성가퀴에 세워진 나무방패 사이로 모습을 드러냈다.

탕!

조총 소리가 울렸다. 부관이 거의 반사적으로 황진에게 뛰어들었다. 하지만 한발 늦었다. 외마디 비명 소리와 함께 황진이 바닥에 쿵 하고 쓰러졌다. 주위 병사들이 쓰러진 황진을 재빨리 부축했다. 황진은 의식이 없었다. 그의 이마에서 피가 콸콸 분출되고 있었다.

"장군님! 장군님!"

황진의 시신과 울부짖는 부관들, 그리고 병사들 위로 컴컴한 하늘에서 장대비가 쏟아지기 시작했다.

임진년 왜란이 시작된 후, 황진은 1년 남짓 뛰어난 지휘력과 무예로 조선 땅을 유린하는 일본군을 두려움에 벌벌 떨게 했다. 임진왜란을 통틀어 단연코 최고 반열의 조선 용장이었던 '임진무쌍(壬辰無雙)' 황진은 그렇게 눈을 감고 말았다.

부관들은 황진의 시신을 급히 근처 군막으로 옮겼다. 황진의 심야 비보를 듣고, 이종인과 장윤과 김준민, 고종후 등이 차례로 달려왔다. 아직 체온이 남은 황진의 시신을 껴안고 이종인이 바닥에 주저앉아 꺼이꺼이 몸부림치며 대성통곡했다. 당대 조선군 최고의 지휘관을 잃었을 뿐 아니라 생사를 같이하기로 한 전우 형제를 잃은 슬픔이 너무도 컸다. 김천일과 최경회도 소식을 듣고 달려왔다. 그 자리에 모인 진주성의 모든 장수들이 황진의 죽음을 애통해했다.

황진의 사망 소식은 새벽 진주성 안에 빠르게 퍼져나갔다. 길고 긴 하루를 마치고 휴식을 취하고 있던 군사들과 백성들에게는 청천벽력 같은 소식이 아닐 수 없었다. 명장 황진의 지휘가 있었기에 일본군의 파상 공세에도 지금껏 진주성이 무너지지 않고 버틸 수 있었기 때문이었다.

지난 7일간 진주성은 바로 황진이었고, 또 황진이 진주성이었다. 진주성의 6000여 병사들과 6만여 백성들은 황진을 거의 절대적으로 믿고 따랐다. 진주성의 최고 의사결정권자인 창의사 김천일과 경상우병사 최경회도 황진 없는 진주성은 생각조차 할 수 없었다.

그런 절대적 존재인 황진이 죽었으니, 성안의 군심과 민심이 크게 흔들릴 수밖에 없었다.

다음 날인 1593년 6월 29일.

간밤에 내리던 장대비는 어느새 그쳤다. 순성장 황진의 죽음을 아는지 모르는지 어김없이 아침 해가 밝아왔다. 일본군이 또다시 피에 굶주린 짐승들처럼 몰려올 시간이 다가왔다.

김천일과 최경회는 예기치 못한 황진의 죽음에 어찌할 바를 몰라 했다. 그들은 처음엔 죽은 황진을 대신해 진주목사 서예원을 새로운 순성장으로 임명하고, 결사 항전의 결의를 다지려 했다. 하지만 김천일, 최경회와 극심한 불화를 겪으며 진주목사의 지휘권마저 장윤에게 넘겨줬던 서예원은 싸울 의지가 부족했다. 그는 병법도 모르고 전투 경험도 없는 김천일과 최경회가 승산 없는 싸움에 무고한 백성들을 끌어들였다고 통탄할 뿐이었다.

반면 김천일과 최경회는 그런 서예원의 모습에 분노했다. 최경회는 특히 서예원이 전립을 벗은 채 겁에 질려 혼이 나간 사람처럼 말을 타고 성안을 돌았다며 '군정(軍情)을 경동(驚動)시켰다'는 이유로 목을 베려고까지 했다. 주변의 만류로 참수 결정을 철회한 김천일과 최경회는 서예원 대신에 장윤에게 순성장을 맡겼다. 장윤은 그동안의 진주성 싸움에서 뛰어난 지휘력을 발휘해, 황진 다음으로 신망이 두터웠다. 핵심 지휘관인 이종인과 김준민 등도 장윤을 잘 따랐다.

조선군이 새 순성장을 임명하는 문제로 주춤하는 사이, 일본군은 또다시 총공세를 시작했다. 그들은 진주성 동문과 북문, 서문 등 세 방면으로 쳐들어왔다. 그들은 전날 싸움에서 자신들이 큰 피해를 입고 물러나기는 했지만, 조선군도 '모쿠소'를 잃는 등 상당한 타격을 입었음을 알고 있었다. 진주성 동문의 성벽은 일본군의 귀갑차 공격과 함께 연일 계속된 장맛비로 지반이 크게 약화되어 있었다. 일본군은 그대로 조금만 더 밀어붙이면 동쪽 성벽을 무너뜨릴 수 있다고 확신하고 있었다.

새 순성장 장윤이 이끄는 조선군은 그런 일본군을 상대로 용맹하게 싸웠다. 장윤 또한 열흘 전 진주성에 들어올 때, 이미 죽음을 각오한 상태였다. 그는 황진이 살아생전 그랬던 것처럼 자신의 몸을 아끼지 않고 앞장서 분전했다. 사다리를 타고 올라오는 일본군 병사들을 직접 활과 칼로 해치웠다.

탕!

성벽을 넘어오려는 일본군 병사를 내리치려고 칼을 치켜들었던 장윤이 옆구리를 움켜쥐고 쓰러졌다. 근처의 병사들이 달려와 그를 부축했다. 장윤은 "괜찮다!"며 자신의 옷을 찢어 상처를 싸매고 계속 싸웠다. 하지만 전투가 계속되면서 출혈이 점점 더 심해졌다. 마침내 장윤은 의식을 잃고 쓰러져 숨을 거두었다.

황진에 이어 믿었던 장윤마저 전사하자, 진주성의 사기는 더욱 더 바닥에 떨어질 수밖에 없었다. 김해부사 이종인이 장윤을 대신해 순성장을 맡아, 동으로 서로 뛰어다니며 싸움을 독려했다.

그러나 일본군의 공세는 집요하고 끈질겼다. 동문 쪽 성벽의 지반 약화를 간파한 일본군은 귀갑차로 집중 공격을 해 왔다. 마침내 오후 한 시경 동문 성벽 일부가 뚫리고 말았다. 무너진 성벽 사이로 왜적들이 밀고 들어왔다. 이종인이 부하들을 이끌고 무너진 성벽 틈새로 들어오는 왜적들을 베기 시작했다. 김준민과 고종후 등 다른 장수들도 구원병을 데리고, 급히 달려와 가세했다. 다행히 무너진 성벽의 틈새가 좁아서, 적들이 한꺼번에 들어오지 못하고 병목현상을 겪고 있었다. 성벽 안으로 들어오는 왜적들을 이종인, 김준민과 조선군 병사들이 활과 창을 사용해 해치웠다. 적들이 조선군의 거센 반격에 다시 성 밖으로 밀려난 사이, 백성들까지 동원돼 무너진 동문 쪽 성벽을 임시로 막아버렸다.

하지만 쉽게 물러날 일본군이 아니었다.

쿵! 쿵!

귀갑차들의 철추가 계속 동문 성벽을 두들겼다. 이대로는 얼마 가지 못해 아까보다 훨씬 큰 규모로 성벽이 뚫린 판이었다. 이종인과 김준민이 병사들과 함께 서서히 무너져가는 성벽 앞에서 최후의 결전을 준비하고 있었다.

"부장 나리! 북문 쪽이 뚫렸습니다!"

그 순간 북문 쪽에서 달려온 전령이 긴급하게 현장 소식을 전했다.

조선군의 핵심 병력이 동쪽 성벽 방어에 치중하고 있는 사이, 일본군이 북쪽 성벽을 공략한 것이었다. 북문 쪽은 창의사 김천일이 맡고 있는 지역이었다. 평생 글만 읽은 문신 출신의 의병장 김천일이 감당하기에는 적의 공격은 너무 강했고 집요했다. 마침내 북쪽 성벽을 타고 넘어오는 일본군을 보며 김천일은 어찌할 바를 몰랐고, 겁먹은 병졸들은 뿔뿔이 달아나기 바빴다.

북문 쪽을 통해 일본군들이 성안으로 물밀듯이 들어왔다. 그들은 닥치는 대로 살육을 시작했다. 성안의 백성들은 완전히 공포에 사로잡혔다. 동문과 서문 쪽 조선군도 북문 쪽 상황을 전해 듣고 크게 동요하며, 대오가 눈에 띄게 흐트러졌다.

우르르 쾅!

귀갑차의 집중 공격으로 동문 쪽 성벽마저 무너져 내렸다. 아까보다 훨씬 큰 틈새가 생겼다. 일본군 병사들이 그 사이로 개미 떼처럼 쏟아져 들어왔다. 비가 쏟아지는 가운데, 조선군과 일본군 사이에 서로 죽고 죽이는 피 튀기는 백병전이 시작됐다. 이종인과 김준민 등이 병사들을 독려하며 용맹하게 싸웠다. 하지만 판세는 이미 일본군 쪽으로 기울었다. 조선군 병사들이 하나둘 뒷걸음질 치기 시작했다.

"겁먹지 말라. 등을 보이지 말라. 남문 쪽으로 천천히 후퇴하라!"

이종인과 김준민은 활을 쏘며, 큰 소리로 호령했지만 통하지 않았다. 조선군 대열은 급격히 무너져 내렸다.

그 시각, 서문 쪽도 일본군에 뚫렸다. 서문과 북문, 동문에서 일본군이 쏟아져 들어오며, 조선군은 남문 쪽으로 밀렸다. 그곳은 남강에 가로막혀 있어 더이상 도망갈 곳이 없었다. 배수진을 치고 싸우는 수밖에 없었다.

길었던 2차 진주성 싸움의 끝이 보이기 시작했다. 성벽이 무너지고 여기저기 민가가 불타오르기 시작했다. 성안 곳곳에서 살육의 비명 소리가 들렸다. 그야말로 생지옥이었다.

남문 촉석루까지 후퇴한 김천일은 자신의 최후를 직감했다. 그가 그토록 기다렸던 명나라 30만 대군과 조선군 구원 부대는 끝내 오지 않았다. 그는 한양 궁궐 방향으로 절을 올린 후, 아들 김상건을 껴안고 남강에 몸을 던졌다. 최경회와 고종후도 물에 뛰어들어 자결했다. 많은 이들이 그들의 뒤를 따랐다.

거제현령 김준민은 북방 여진과 싸울 때부터 데리고 다녔던 자신의 애마를 타고, 동문 쪽 적들을 향해 달려들었다. 말을 탄 김준민은 처음에는 활을 쏘다가 나중에는 칼로 일본군 보병들을 마구 베었다. 하지만 결국 중과부적이었다. 어느새 일본군의 장창 숲에 둘러싸였다. 그는 여러 번 장창에 찔리며 땅에 떨어져 절명했다.

김해부사 이종인은 남강까지 활을 쏘며 물러섰다. 마침내 화살이 떨어지자 칼을 뽑아, 달려드는 왜놈들을 거듭 베고 찔렀다. 어느새 그와 함께 있던 부하들의 모습이 한 명도 보이지 않았다. 일본군 병사들은 장군 갑옷을 입은 이종인을 보자, 생포하려고 포위했다.

"이놈들아, 내가 네깟 놈들에게 잡힐 것 같으냐!"

이종인은 창을 들고 달려드는 일본군 병사 둘의 목을 잽싸게 낚아챘다. 그는 그 둘의 목을 껴안고 "김해부사 이종인 여기에서 죽노라!"라고 큰 소리로 외친 후 남강에 뛰어들었다.

마침내 진주성은 함락되었다.

황진이라는 큰 별이 떨어지고 나서도 진주성은 한나절을 더 버텼다. 하지만 진주성의 수호신과 같았던 황진의 빈자리는 너무나 컸다. 전쟁의 끝은 한참 멀었고, 나라와 백성들은 아직도 그들의 영웅이 간절하게 필요했을 터였다. 그러나 1590년 3월 통신사 호위무관이 되었던 그 순간, 운명처럼 시작됐던 '황진의 임진왜란'은 그렇게 처절하게 막을 내리고 있었다.

○ 왜적이 진주를 함락하였다. 창의사 김천일이 그 아들 상건 및 경상병사 최경회, 복수장 고종후, 좌랑 양산숙 등과 함께 북쪽을 향하여 두 번 절하고 강에 몸을 던져 죽었다. 이종인은 이곳저곳에서 싸우다가 남강에 이르렀는데, 양팔로 두 명의 적을 끼고는 크게 소리치기를, "김해부사 이종인이 여기에서 죽는다" 하며, 강에 몸을 던졌다. 진사 문홍헌, 정자 오차, 참봉 고경형 등이 모두 따라 죽었다. 성이 일단 함락되자 적이 대대적으로 도륙하였다. 거제현령 김준민은 단독으로 말을 달리며 거리에서 싸웠는데, 좌우로 돌격할 때마다 적의 무리가 물 갈라지듯 흩어졌다. 왜적이 종일 그를 쫓아다녔으나 탄환과 칼이 모두 명중되지 않았는데, 끝내 그가 어디에서 죽었는지 알지 못했다.

—『국조보감』 제31권

에필로그

1593년 6월 29일.

치열했던 2차 진주성 싸움은 조선군의 안타까운 패배로 막을 내렸다.

8일간의 악전고투 끝에 진주성을 함락한 일본군은 광란의 살육을 자행했다. 조선군 패잔병과 남녀노소 백성 6만여 명이 그들의 손에 희생됐다. 임진왜란 7년 전쟁을 통해 가장 참혹한 전투 가운데 하나였다.

진주 남강의 푸른 물결이 온통 핏빛으로 물들었다.

충청도 관찰사 김늑은 조정에 보낸 장계에서 '성안에 쌓인 시체가 1000여 구이고, 촉석루에서 남강의 북안까지 쌓인 시체가 서로 겹쳤으며, 청천강에서부터 옥봉리·천오리까지 죽은 시체가 강 가득히 떠내려갔다'라고 기록했다.

충청도 병마사이자 진주성의 순성장인 황진의 죽음은 진주성 전투의 승패를 가른 사건이었다. 일본의 10만 대군과의 절대적인 전력 차에도 불구하고, 진주성이 여드레 동안이나 버틸 수 있었던 것은 황진의 존재를 빼놓고는 결코 설명할 수 없기 때문이다.

일본군에게 2차 진주성 전투는 도요토미 히데요시 휘하의 다이묘들이 총동원된 전국시대판 올스타전이었다. 그들은 모두 일본 전국시대 말기를 뒤흔들던 내로라하는 사무라이들이었다. 그들 한 명 한 명이 일본 역사에 나름의 족적을 남긴 이들이었다. 게다가 그들에 의해 동원된 병력 규모만도 10만 명에 달했다.

반면 조선군은 핵심 전력이 대부분 이탈했다. 충청병사 황진을 제외하면 진주성 안에는 이렇다 할 고위급 장수가 없었다. 황진을 따라 마지막까지 처절하게 싸운 장수들은 대부분 이름 없는 하급 무관 또는 의병장들이었다. 사실 황진조차 불과 1년여 전 임진왜란이 발발하기 전만 해도, 벼슬 품계가 종6품(동복현감)에 지나지 않았다. 그럼에도 조일 양측의 싸움은 마지막 날 진주성이 무너지기까지 팽팽했다. 일본군은 압도적 전력 우위에도 황진이 쓰러지기 전까지 진주성 공략에 쩔쩔맸다.

일본군에게 황진은 무서운 '오니(도깨비)'였다. 황진의 활약은 보고도 믿을 수 없을 만큼 눈부셨다. 그는 성안에서 말을 타고 동문과 북문, 서문을 오가며 싸움을 지휘했다. 그는 조선 최고의 무예 실력을 갖춘 무장이었다. 전장에 임할 때마다, 제일 앞에서 활을 쏘고, 칼을 휘두르며 부하들과 함께 싸웠다. 또한 일본과의 전쟁에 누구보다 잘 준비된 뛰어난 지략가였다. 일본군이 다양한 공성 전술과 무기로 공격해 올 때마다 매번 적확한 대응 전술로 이를 무력화했다.

역사에 만일은 없다지만, 만일 황진이 죽지 않았다면 진주성 싸움은 어떻게 됐을까?

황진의 지휘로 진주성이 장기 농성전을 벌이는 가운데, 외부에서 명군과 조선 관군이 조금이라도 지원을 해주었더라면 싸움의 향배는 달라졌을지 모른다. 황진의 비보를 들은 전라좌수사 이순신이 "황진이 죽었으니, 나랏일이 어긋나게 됐다" 하며 통곡했다는 이야기가 전해질 만했다. 하지만 황진을 비롯한 진주성 내 모든 사람들이 그토록 간절하게 열망했던 명군과 조선군의 외부 지원은 끝내 없었다. 약 430년 전 조선의 진주성은, 철저히 고립된 채 홀로 장렬한 최후의 순간을 맞았다.

그런데 그토록 뛰어난 무장 황진이 왜 승산 없는 싸움에 스스로 뛰어들었을까?

곽재우 등 주변의 많은 이들이 진주성 수성 싸움의 무모함을 지적하며, 황진에게 현실적인 선택을 권유했다. 하지만 그는 진주성을 포기하지 않았다. 아니 버릴 수 없었다. 따지고 보면, 그에게는 이치·웅치 전투도, 죽주산성 전투도, 한강진 전투도 모두 처음에는 승산 없는 싸움이었다. 현실적으로 승산을 계산했다면, 한시라도 빨리 그 자리에서 도망쳤어야 마땅했을 전투들이었다. 그러나 그는 불굴의 투혼으로 그 말도 안 되는 무모한 싸움들을 승리로 바꿔냈다.

황진에게 싸움에서 중요한 것은 '승산'이 아니라 '명분'이었던 것 같다. 장수로서뿐만 아니라 한 인간으로서도 황진이라는 인물은, '마땅히 그래야 한다'는 간절한 '명분'을 먼저 지니고, 그 명분에 따라 간절하게 싸울 방도를 찾으면, 사방이 막힌 암흑 속에 갇히더라도 반드시 승리의 길을 찾을 수 있고, 만들 수 있다고 믿은 사람이었다.

그가 진주성을 택한 것도 마찬가지였다. 무엇보다 그는 진주성을 사수해야 호남을 지켜낼 수 있다는 김천일의 주장에 공감했다. 또한 황진은 왜적을 피해 진주성에 모여든 6만여 피란민들을 외면할 수 없었다. 그들 백성을 그대로 왜적의 손에 죽게 내버려둘 순 없었다. 진주성 백성 한 명 한 명이 황진에겐 목숨을 걸고 지켜야 할 가장 큰 명분이요, 가치였다.

한편, 김성일과 황진이 1·2차 진주성 전투에 깊숙이 관여했던 것은 그들이 지난날 통신사의 부사와 호위무관이었던 일과 무관하지 않은 듯하다. 그들에게는 임진왜란의 발발에 대한 상당한 부채의식이 있었다.

황진은 1590년 통신사 일행으로 일본을 다녀오며, 왜적들이 조만간 조선에 쳐들어오리라는 것을 파악했다. 야전에서 잔뼈가 굵은 무관이었기에 누구보다 일본의 침략 야욕과 준비 상태를 잘 감지할 수 있었다. 하지만 부사 김성일의 오판과 당파적 이해관계로 얼룩진 정치 상황 때문에 조선 조정으로 하여금 일본의 침략에 제대로 대비하게 하는 데 실패하고 말았다.

황진은 처음엔 김성일에게 분노했다. 상소를 올리거나, 직접 처단하려고까지 했다. 그러나 생각하면 김성일 혼자만의 잘못으로 보기는 어려웠다. 통신사 사행을 다녀온 모든 이들이 크든 작든 책임에서 자유로울 수 없었다. 왜란을 막지 못했다는 죄책감이 무관 황진의 마음 한쪽에도 언제나 남아 있었다.

임진왜란이 발발하자 김성일은 자신의 잘못을 속죄하는 심정으로 온몸을 바쳐 왜적과 싸웠다. 초유사 김성일이 있었기에 경상도에서 의병의 불길이 활활 타오를 수 있었다. 흩어졌던 경상도 관군도 전열을 정비해 반격에 나설 수 있었다. 무엇보다 김성일은 1592년 10월 1차 진주성 전투를 대승으로 이끌어내는 데 크게 기여했다. 그런 그가 2차 진주성 전투를 두 달여 앞두고 병사했다. 진주성으로서는 가장 든든한 후원자를 잃은 셈이었다.

바로 그때 황진이 진주성을 택했다. 무관으로선 최고의 자리인 병마사에 오른 그 시점에 그는 김성일의 유업을 잇기라도 하듯이 고립무원의 진주성으로 스스로 걸어 들어갔다. 그의 선택이 비록 또 한 번의 기적 같은 승리로 이어지지는 못했지만, 그 누구도 황진의 선택을 폄하할 수 없을 것이다. 더구나 황진과 진주성의 병사들, 그리고 6만여 백성들의 희생은 실제로도 결코 헛되지 않았다.

일본군은 진주성을 무참히 짓밟은 후 곧바로 호남 침공을 시도했다. 인근 하동과 사천 등 서부 경남 일대를 초토화하며 전라도로 가는 길목을 차례로 점령했다. 그들은 지금의 남원 방면인 단성과 산음(현 산청 지역)으로 진격해 올라갔고, 구례와 광양, 순천 등지로도 공격을 전개했다.

하지만 2차 진주성 전투 초기에 보였던 일본군의 막강한 위용은 이미 사라진 뒤였다. 전라도 남원에서 조명 연합군과 몇 차례 전투를 벌였지만 뜻대로 되지 않자, 진주를 거쳐 7월 17일 부산포로 퇴각했다. 진주성 싸움이 끝난 지 보름 만의 일이었다.

일본군이 호남 진공을 중도 포기한 데는, 진주성 전투에서 심각한 내상을 입었던 영향도 컸다. 그들은 8일간의 진주성 싸움에서 조선을 침략한 후 가장 많은 인명 피해를 입었다. 그 후유증이 채 가시지도 않은 상태에서 다시 조명 연합군과 큰 싸움을 벌이기는 사실상 불가능했다.

선조실록에는 경상좌도 감사 한효순이 왜적에게 들은 진주성 전투에서의 일본군 피해에 대한 보고가 나온다.

'우도에서 돌아오는 왜적 40여 명이 모두 화살에 맞아 부상당하였는데, 저들이 말하기를 진주의 접전 때 일본인의 반이 죽었고, 조선인도 많이 죽었다, 중상을 입은 왜인은 더러는 메고 왔다고 하였습니다.'

충무공 이순신 장군이 『난중일기』에서 '약무호남 시무국가(若無湖南 是無國家, 호남이 없으면 나라도 없다)'라고 기록했을 만큼, 당시 조선에서 호남은 전략적으로 매우 중요한 지역이었다.

황진은 이치·웅치 전투에서 호남을 지켜낸 데 이어, 1593년 6월 2차 진주성 전투에서 비록 패했지만, 적의 세력을 약화시켜 결과적으로 또다시 호남을 지켜냄으로써 조선이 임진왜란 7년 전쟁에서 승리하는 데 크게 기여했다. 그런 의미에서 황진은 비운의 장수가 아니라, 임진왜란의 판도를 바꾼 또 한 명의 자랑스러운 불멸의 용장이다.

○ 왜란이 있는 이후로 모든 장수 가운데 행군에 법도가 있고 사졸에 솔선하여 옛날 명장의 풍도가 있는 자로는 모두가 황진을 추중하여 으뜸으로 꼽았는데, 재주를 다 발휘하지 못하고 죽었으므로 조야에서 애석하게 여기지 않는 이가 없었다.

—『조선왕조실록』 선조(수정실록) 26년(1593) 6월 1일

○ 아! 진주성에서 살아 돌아온 사람들이 모두 말하기를, "황진이 만약 있었다면 진주성은 반드시 함락되지 않았을 것이다" 하니, 그 위인이 과감하고 충성하여 직책을 다하다가 절의에 죽은 것이 장순(張巡)과 어찌 다르오리까?

—『난중잡록』 제3권

○ 공의 신묘한 활 솜씨와 날렵한 걸음걸이를 보면 그야말로 옛날의 이른바 천하무쌍(天下無雙)의 장군이라고 할 만하였다. 그리고 왜적과 누차 각축할 때마다 모두 사졸의 선두에 서서 소수의 병력으로 많은 왜적을 공격하였는데, 왜적의 숫자가 많고 적은 것을 따질 것 없이 만나기만 하면 대파하였고 한 번도 좌절당한 적이 없었다. (중략) 그러다가 포위된 진주성 안에 있을 때에는 왜적이 온갖 방법을 동원하여 공격했으나 그때마다 적절한 방법으로 방어하며 격파하지 않은 적이 없었다. 그리하여 8일 사이에 무려 수십 차례나 교전하는 동안 교전하기만 하면 번번이 격퇴하여 왜적을 무수히 죽였는데, 급기야 공이 운명하면서 성이 마침내 함락되고 말았으니, 그러고 보면 성이 우뚝 서서 함락되지 않을 수 있었던 것은 모두 공의 힘이라고 해야 할 것이다.

—『포저집』 제35권 충청도 병마절도사 황공 행장

작가의 말

'알고리즘이 나를 여기로 이끌었다.'

요새 유튜브 이용자들 사이에서 유행하는 댓글이다.

유튜브는 인공지능(AI)이 이용자의 빅데이터를 분석해, 맞춤형 영상을 끊임없이 추천해준다. 그 추천을 거부하지 않고 즐기다보면, 자신도 모르게 낯선 채널이나 동영상을 만나게 된다. 최초의 클릭이 짧고 긴 여정들을 이끌어 지금의 만남과 위치를 결정한 셈이다. 나의 기호와 행동이 누군가에 의해, 또 무언가에 의해 조종되고 유도된다는 것은 썩 유쾌하지만은 않은 일이다.

그러나 내가 '황진'이라는 인물을 알고 그에게 이끌리게 된 것도 바로 그런 알고리즘의 가이드 때문이었음을 고백해야 할 것 같다. '한국고전종합DB'의 놀라운 검색 알고리즘은 나를 황진이라는 영웅의 시간 속으로 끌어들였다. 10여 년 전 의열단에 대한 이야기를 책으로 내면서, '의열(義烈)'의 연원과 용례를 알아보기 위해 『조선왕조실록』을 검색해봤다. 무려 150여 개의 검색 결과가 나왔고, 내용을 살피는 과정에서 2차 진주성 싸움과 황진을 만나게 되었다.

실록은 2차 진주성 전투와 그곳에서 황진처럼 처절하게 죽어간 인물들을 '의열'이라는 단어로 높이고 있었다. 그렇게 검색 기록으로 만난 황진이라는 인물은 알면 알수록 놀라웠다. '의열'이라는 단어의 검색이 왜 나를 머나먼 시간의 벽을 거슬러 임진왜란의 무장 황진에게 이끌었는지 알 수 있었다.

『조선왕조실록』과 『징비록』, 『국조보감』, 『난중잡록』, 『재조번방지』, 『포저집』, 『강한집』 등 수많은 사료에 흩어져 있는 그의 기록들은 스펙터클한 한 편의 영화를 보는 것 같았다. 조선 최고의 무예 실력을 갖춘 무장, 일본의 전술을 꿰뚫어 보는 전술적 혜안, 언제나 본인 스스로 전투의 최선봉에서 싸우는 용맹함, 그리고 병사들을 단단하게 하나로 묶어내는 지휘 통솔력까지…….

황진은 임진왜란 초기 일본군을 상대로 도저히 이길 수 없을 것 같았던 전투들을 하나하나 승리로 바꾸어내고 있었다. 김상옥(金相玉) 의사를 처음 알게 되었을 때처럼, 황진은 '아, 왜 이런 인물을 여태 몰랐을까?' 하는 놀라움과 부끄러움을 느끼게 했다.

그 후로 마치 자석에 이끌린 것처럼 황진에 대한 여러 기록들을 두루 살펴보았다. 김상옥 의사와 마찬가지로 황진 장군 역시 눈부신 활약에 비해, 그에 대한 후세의 연구나 저술이 너무나 부족했다. 다른 나라에선 한 줄밖에 없는 사료 기록을 가지고도 방대한 영웅서사시를 꾸며내는 일이 허다한데, 기록의 나라 조선에서 이렇게 많은 문헌 기록이 남아 있는데도 황진이 후세에 제대로 알려지지 않았다는 사실이 너무 안타까웠다.

'역사'란 시간이란 전장 속에서 펼쳐지는 끊임없는 '기억의 전쟁'이다. 한편에선 잊기 위해서, 다른 한편에선 기억하기 위해서 처절하고 집요하게 몸부림을 친다. 그런데 시간은 원래 망각의 편인지라, 자연스러운 세월의 흐름 속에 누구도 돌보지 않고 내버려두면 잊히기를 바라는 쪽이 결국에는 승리하고야 만다. 이런 안타까운 마음에서 지금의 시대를 살아가는 한 사람으로서 다음 시대의 사람들에게 우리의 영웅들의 이야기를 전해주고 싶다.

의열단의 역사가 어둠의 저편으로 사라져버릴 것 같다는 절박감에서 『1923 경성을 뒤흔든 사람들』을 썼다. 그때와 같은 심정으로 임진왜란의 '숨은 영웅' 황진의 뜨거운 삶을 되살리고 싶다는 소망을 담았다. 황진과 치열했던 그의 시대와 삶이 우리 후손들에게 '불멸의 기억'으로 남길 바란다.

이 책은 황진이 1590년 3월 통신사로 일본에 가게 되면서부터 1593년 6월 28일 진주성에서 마지막으로 눈을 감을 때까지 3여 년간의 불꽃같은 삶을 담고 있다. 최대한 역사 사료를 근거로 스토리를 전개하되, 사료에서 채워지지 않는 팩트와 팩트 사이의 빈 공간들을 작가의 상상력으로 메웠다.

끝으로 이 책이 나올 때까지 물심양면으로 도와주신 출판사 분들과 지인들, 그리고 가족들에게 고마움을 전한다.

2021년 5월

김동진

임진무쌍 황진

초판 1쇄 2021년 7월 9일
초판 3쇄 2022년 10월 17일

지은이 김동진

편집 신정민 이희연 | 디자인 윤종윤 이주영 | 마케팅 김선진 배희주
브랜딩 함유지 함근아 김희숙 고보미 박민재 박진희 정승민
저작권 박지영 형소진 이영은 김하림 | 모니터링 이원주 정소리
제작 강신은 김동욱 임현식 | 제작처 한영문화사

펴낸곳 (주)교유당 | 펴낸이 신정민
출판등록 2019년 5월 24일 제406-2019-000052호

주소 10881 경기도 파주시 회동길 210
문의전화 031.955.8891(마케팅) | 031.955.2680(편집) | 031.955.8855(팩스)
전자우편 gyoyudang@munhak.com

인스타그램 @gyoyu_books | 트위터 @gyoyu_books | 페이스북 @gyoyubooks

ISBN 979-11-91278-55-2 03810

* 교유서가는 (주)교유당의 인문 브랜드입니다.